野兽的烙印

The Mark of the Beast

二十世纪外国文学大家小藏本

〔英〕约瑟夫·鲁德亚德·吉卜林/著

文美惠 任吉生/译

人民文学出版社

图书在版编目（CIP）数据

野兽的烙印/（英）吉卜林著；文美惠 任吉生译. —北京：人民文学出版社，2016

（蜂鸟文丛）

ISBN 978-7-02-011597-6

Ⅰ.①野… Ⅱ.①吉…②文… Ⅲ.①儿童文学—中篇小说—小说集—英国—现代②儿童文学—短篇小说—小说集—英国—现代 Ⅳ.①I561.84

中国版本图书馆 CIP 数据核字（2016）第 099422 号

责任编辑　仝保民
装帧设计　刘　静
责任印制　王景林

出版发行　人民文学出版社
社　　址　北京市朝内大街 166 号
邮政编码　100705
网　　址　http：//www.rw-cn.com

印　　刷　北京明恒达印务有限公司
经　　销　全国新华书店等

字　　数　167 千字
开　　本　787 毫米×1092 毫米　1/32
印　　张　12.125　插页 4
印　　数　1—6000
版　　次　2017 年 2 月北京第 1 版
印　　次　2017 年 2 月第 1 次印刷

书　　号　978-7-02-011597-6
定　　价　33.00 元

如有印装质量问题，请与本社图书销售中心调换。电话：010-65233595

约瑟夫·鲁德亚德·吉卜林 (1865—1936)

出生在印度的英国作家。一生创作了大量诗歌、小说、随笔和儿童文学作品,比较著名的有《丛林故事》《丛林故事续篇》《勇敢的船长》《基姆》《斯托凯公司》等。一九〇七年,瑞典学院授予他诺贝尔文学奖,称其具有"敏锐的观察力、新颖的想象力、雄浑的思想和杰出的叙事才能"。

本书收入作者的短篇佳作十六篇,以成人作品为主,兼收青少年喜爱的篇目,如《爱神的箭》《野兽的烙印》《伊姆雷的归来》《莫格里的兄弟们》《老虎!老虎!》《国王的象叉》等。

约瑟夫·鲁德亚德·吉卜林
Joseph Rudyard Kipling

出版说明

二十世纪,世界文坛流派纷呈,大师辈出。为将百年间的重要外国作家进行梳理,使读者了解其作品,人民文学出版社决定出版"蜂鸟文丛——二十世纪外国文学大家小藏本"系列图书。

以"蜂鸟"命名,意在说明"文丛"中每本书犹如美丽的蜂鸟,身形虽小,羽翼却鲜艳夺目;篇幅虽短,文学价值却不逊鸿篇巨制。在时间乃至个人阅读体验"碎片化"之今日,这一只只迎面而来的"小鸟",定能给读者带来一缕清风,一丝甘甜。

这里既有国内读者耳熟能详的大师,也有曾在世界文坛上留下深刻烙印、在我国译介较少的名家。书中附有作者生平简历和主要作品表。期冀读者能择其所爱,找到相关作品深度阅读。

"丛书"将分辑陆续推出，"蜂鸟"将一只只飞来。愿读者诸君，在外国文学的花海中，与"蜂鸟"相伴，共同采集滋养我们生命的花蜜。

人民文学出版社编辑部

二〇一六年一月

目　次

1

永远保持着缤纷的色彩

——关于吉卜林的短篇小说

十九世纪将要结束的时候，在英国伦敦出现了一位刚从印度归来的年轻作家，他的一些以神秘而遥远的东方印度为题材的作品，立即引起了广大读者的兴趣，他的作品中充满丰富的想象力，雄浑而粗犷的风格，给世纪末萎靡的文坛吹进了一股清新的空气。几乎是一夜之间，这位作家在英国文坛便成了知名人物，成了一颗耀眼的新星。他便是英国诗人、小说家约瑟夫·罗德亚德·吉卜林。

吉卜林于一八六五年出生于印度孟买，父亲是英国雕塑设计师，长期在印度任艺术学校校长和博物馆馆长。吉卜林在六岁时被送回英国上学，中学毕业后回到印度，在拉合尔和阿拉哈巴德的报社任编辑和记者。

　　吉卜林从小受热爱艺术的家庭熏陶，很早就显露出文学才能，报社工作锻炼了他敏锐的观察力和写作能力，记者生涯使他积累了大量生活经验。从一八八四年起，他便开始在印度报纸上发表以印度生活为题材的小说和诗歌。一八八六年，他的诗集《机关打油诗》出版；接着，一八八八年又出版了短篇小说集《山里的故事》。一八八九年吉卜林回到英国的时候，他的作家地位已经奠定。吉卜林没有使读者失望，九十年代他进入了创作的旺盛时期。在出版了长篇小说《消失的光芒》和短篇小说集《生命的阻力》后，他于一八九二年结婚并和美国妻子定居到美国。在幸福的家庭生活中，吉卜林不断有佳作问世，如诗集《营房歌谣》、冒险小说《大宝石》、短篇小说集《许多发明》等。也是在这个时期，他创作了在英国文学中占有重要地位的著名动物故事集《丛林故事》和《丛林故事续篇》。一八九六年，由于和内弟发生争吵，吉卜林带全家回到了英国。

　　吉卜林一向持支持英帝国殖民政策的立场。一八九七年英女王登基六十周年纪念时，在一片对大英帝国业绩的赞扬声中，他却发表了《礼拜终场赞美诗》,告诫同胞不要被胜利冲昏头脑,要记取失败教训,更加努力维护帝国的荣誉。这个时期,他的重要作品有小说《勇敢的船长》,短篇小说集《斯托凯公司》《日常的工作》和随笔集《从海到海》等。

一八九九年英布战争爆发,支持政府扩张政策的吉卜林在读者中声誉下降,他以南非战争为题材的诗集《五国》也受到冷落。于是,吉卜林退居苏塞克斯郡乡间,不再公开进行政治活动。他开始创作一些儿童文学作品,受到了欢迎和好评,如《供儿童阅读的平常故事》、历史故事集《普克山的帕克》、《奖赏和仙女》等。他在一九〇〇年发表了最后一部以印度为题材的小说《吉姆》,主人公是一个生长在印度的白人孩子吉姆。评论家认为这是吉卜林最出色的一部长篇小说。

进入二十世纪,吉卜林继续发表了不少短篇小说集,如《交通与发明》《作用与反作用》《各种各样的人》《借方和贷方》等。吉卜林的晚年心情是苍凉而失望的。他所支持的帝国事业正在衰落,他自己疾病缠身,儿子又在第一次世界大战的战场上阵亡,因此,他晚年的作品有不少涉及战争创伤、神秘主义、病态心理以及疯狂和死亡的主题。评论家认为,他的后期作品虽不及前期作品那样雄浑有力,但艺术表现力更为成熟,感情更加深沉,在表现残暴和仇恨、疯狂和复仇的同时,也表现了同情、宽恕、友谊和爱的主题。

吉卜林一生创作了大量诗歌、小说、随笔和儿童文学作品,受到读者的喜爱和尊重,获得过多种荣誉。一九〇七年,他被瑞典文学院授予诺贝尔文学奖,颁奖理由是,这位作家具有"敏锐的观察力、新颖的想象力、雄浑的思想和杰出的叙事才能"。吉卜林确实无愧于这样高度的赞誉。还应该指出,他是获得该奖项的第一位英国作家。

在我们这本集子里,从吉卜林数百篇短篇小说中精选了十六篇,它们大致可分为印度题材小说和非印度题材小说。

印度题材小说是吉卜林小说中最重要的部分。吉卜林长期生活和工作在印度,熟悉它的自然风光和人民的生活,对印度充满了深厚的情感。他是支持英国的殖民政策的,作品里也不时流露出白人的优越感。但是,吉卜林首先是个现实主义作家,在创作中不回避丑陋落后和残暴黑暗的一面,不怕别人责备他粗鄙,以真挚的情感写出了白人统治下的印度的真实故事,这就使他的作品产生了震撼人心的力量。

《野兽的烙印》是他最为阴森恐怖的一篇杰作,不甘受辱的印度人民把侮辱神像的白人醉鬼变成了一只只会号叫和爬行的野兽。在《越过火焰》中,一对印度情侣为了抗议丈夫和巫师施加的巫术惩罚双双毅然自焚而死。《死心眼儿的水手头目帕姆别》里那个有强烈个人尊严的水手帕姆别,为了寻找一个偶然侮辱了他的人报仇,不惜抛下一切。这些充满异国情调的奇特故事,使读者看到了印度下层人民所具有的可贵的精神品质,了解了他们维护做人的尊严的决心。《伊姆雷的归来》很像是个侦探故事:警官斯垂克兰揭露出了白人职员伊姆雷被仆人杀害的奥秘,也使人看到了白人和印度人之间可悲的隔阂和难以沟通。

在吉卜林的动物小说集《丛林故事》里,这位作家把读者带进了一个瑰丽而神奇的热带丛林的动物天地,他以丰富的想象力创造了一个被狼群抚养大的男孩莫格里和他身边的许多人格化了的有趣的动物形象,有慈祥的狼妈妈、忠诚的狼兄弟、足智多谋的黑豹巴希拉、憨厚的老熊巴卢、孔武有力的蟒蛇卡阿,还有贪婪凶残的老虎谢尔汗和助纣为虐的豺塔巴克。在本集收入的《莫格里的兄弟们》和《老虎! 老虎!》里描写了莫格里在森林中成长和他团结动物朋友们,用智谋战胜并且杀死危害兽群的老虎谢尔汗的故事,它们是《丛林故事》里最令人难忘的故事。

在吉卜林的作品里,有不少篇幅写了在殖民地印度的白人社会的生活,其中写得最为生动的是英国军队中的士兵和各地政府中的白人职员的形象,它们给读者留下了深刻的印象。

在吉卜林写士兵生活的故事里,最令人难忘的是三个普通士兵的形象:穆尔凡尼、李洛埃和奥塞里斯。吉卜林通过他们喜剧性的冒险故事,写出了他们情同手足的深厚友谊,他们粗野而乐观的性格,成功地表达出了他们作为普通士兵的苦闷、欢乐、希望和悲哀。《犯疯病的大兵奥塞里斯》揭示了奥塞里斯的苦闷和他想离开军队过普通人生活的渴望。《在格林诺山上》描绘了李洛埃这个被人看不起的士兵过去的爱情悲剧和他内心的痛苦。在英国文学里,吉卜林无疑是最早把普通士兵的内心世界揭示在读者面前的一个作家。他所创造的"三个士兵"的形象大大地丰富了英国文学人物的画廊。

吉卜林在他的作品里描写的白人低级职员的形象也十分感人。吉卜林认为,那些埋头苦干、终日辛劳、收入微薄的低级职员是帝国可靠的支柱,他们用自己的努力推动着帝国统治机器的正常运转。而他在小说里,正是要把这一切告诉那些远离殖民地的英国本土的读者。在本集收入的《通道尽头》里,他揭示了在极其艰苦的条件下坚守岗位的工程师是如何由于疲劳过度而陷入疯狂的故事。

吉卜林的文风一般来说是粗犷雄浑的,但是在他为数不多的爱情故事里,却显得细腻温柔,这种风格在描写白人职员和印度姑娘的爱情悲剧《没有教会豁免权的情侣》中,表现得尤为突出。但是,吉卜林不只是擅长写哀婉凄恻的爱情悲剧,在《爱神的箭》和《约尔小姐的马夫》中,都洋溢着浪漫的气息,用幽默而轻快的笔法描写了聪明机智的情人如何巧妙地挫败了势利父母的阻拦而缔

结美满姻缘的故事。这些风趣的喜剧显示了吉卜
林写作才能的另一方面成就。

晚年的吉卜林,眼见帝国的衰落,自己又遭到
丧子之痛,心境是消沉失落的。这个时期,他除了
写作一些战争创伤、疯狂和死亡的主题外,还着重
到英国历史和文化传统中去挖掘题材,寻求精神
慰藉和创作灵感。保留着古老传统的英国农村生
活引起了吉卜林的兴趣。《友好的小溪》这篇小
说,从一个村民感谢小溪淹死了经常从伦敦来讹
诈他的酒鬼无赖的角度,生动而幽默地刻画出了
一个保持着纯朴乡村风格的村民形象。这篇作品
被评论家列为吉卜林非印度题材小说的名篇。

吉卜林给读者留下了许多充满想象力的多姿
多彩的文学作品,他将永远给读者带来艺术上的
享受。美国著名作家马克·吐温就曾这样热情地
赞美吉卜林的作品说:"我了解吉卜林的书……
它们对于我从来不会变得苍白,它们保持着缤纷
的色彩;它们永远是新鲜的。"

文 美 惠

2004 年 1 月

约尔小姐的马夫

佳人郎君,情投意合,

纵有卡兹①,岂能奈何?

——谚　语

有的人硬说在印度没有什么浪漫故事。这些人错了。对我们来说,我们生活里的浪漫故事是够多的,有时简直太多了。

斯垂克兰是当警官的,人们都不太理解他;他们说他有点叫人猜不透,最好是躲着他走。这都得怪斯垂克兰自个儿。他有个怪理论,认为在印

---

① 伊斯兰教法官。

1

度当警察的人应该跟当地人一样熟悉当地老百姓的事。说真的，在印度北部地区，只有一个人能随心所欲地装扮成印度教徒、穆斯林、披兽皮的人或者神父，扮什么像什么。从果尔·卡瑟里到查谟·穆斯吉德，当地人都又害怕他，又佩服他；据说他还会使隐身法，又能够指挥许多魔鬼。可是这样一来就使他这个人在印度政府眼里成了不受欢迎的人。

斯垂克兰竟愚蠢到拿这个人当自己的榜样；并且为了实践他可笑的理论，净往体面人绝不去的乱七八糟的地方钻——也就是钻到当地那些下等贱民中间。他用这种特别的办法进行自我教育，已经有七年之久，可是人们都没法赏识它。他经常跑到当地人中间去"入乡随俗"，当然，任何一个有见识的人都不会相信这种做法的好处。他有一次在阿拉哈巴德休假的时候参加了萨蒂拜教派的活动；他会唱禅西斯的《蜥蜴之歌》，还会跳"哈里-胡克"舞，那是一种令人吃惊的宗教性质的"康康"舞。要是有个人知道跳"哈里-胡克"舞的是什么人，还知道他们在什么时间、什么场合下跳以及为何跳这种舞，那么他的这种知识确实是值得骄傲的。他已经从表面深入到了内部。不过斯垂克兰并不骄傲，虽然他曾经有一次在雅加德里参加过一次"给死神公牛刷油漆"的仪式，这种仪式可是任何一个英国人都没有见过的哩；他还学会了昌伽人的盗匪行话；在阿托克附近，他单枪匹马，独个儿抓住了一个优素福查的盗马贼；他还曾经在一座边境上的清真寺里，站在有传声设备的讲坛上，以森乃派穆斯林大师的身份主持过法事。

　　不过他最伟大的成就还是在阿姆利则。他在那里的巴巴·阿塔花园里，扮了十一天的游方僧，就是在那里，他获得了那件著名的纳西班谋杀案的线索。可是人们还是理直气壮地说，"斯垂克兰干吗不坐在他的办公室里写他的日志，招募他的警察，闭上他的嘴，却偏偏要揭露他上级的无能呢？"因此，纳西班谋杀案在局里也并没有帮他什么忙；然而，他发过一阵脾气以后，又恢复了他爱窥探当地人生活的古怪习惯。一个人只要对这种特殊的消遣产生了兴趣，这种习惯就会跟上他一辈子。这可真是世界上最有趣味的事——就连恋爱也比不上它有趣。每当别人到山区去休假十天的时候,斯垂克兰就把他的假期花在他所谓的"打猎"上,也就是说,化装成他当时最中意的某个角色,跨进棕色皮肤的人群里,从此消失一段时间。他是个沉静的黑皮肤、黑头发的年轻人——身材瘦长,眼睛乌黑——当他没有思考什么别的事情时,他是个很有趣的伙伴。听听斯垂克兰根据他的亲身经历,讲讲地方发展问题,是很值得的。当地人恨斯垂克兰;但他们又怕他。他知道得太多了。

约尔一家初次来到驻屯地,斯垂克兰就——十分认真地,像他做每件事那样认真——爱上了约尔小姐;过了不久她也爱上了他,因为她没法理解他。于是斯垂克兰去找她的父母谈;但是约尔太太说,她不想让她的女儿嫁到大英帝国工资最低的部门里去,老约尔简直是公开地说,他不放心斯垂克兰的为人行事,希望他再也不要跟他女儿讲话,也不要写信给他女儿了。"好吧。"斯垂克兰说,因为他不想连累他的心上人。他只跟约尔小姐长谈了一次,就完全中断了他们的来往。

约尔一家四月份到西姆拉去了。

七月里,斯垂克兰因"紧急私人事务"而请假三个月。他锁上了自己的住宅——其实全省的土著人绝没有一个敢去碰一下"斯垂克兰先生"的财产的——就到塔恩·塔兰去看望他的朋友老染匠。

从这时起，他就消失得无影无踪了，直到一天，有个"赛伊斯"，也就是马夫，在西姆拉的林荫大道上递给了我这样一封奇怪的短信：

> 亲爱的老伙计：请付给来人一匣方头雪茄烟——最好是上等的，高级货色。在俱乐部里卖的那种最新鲜。我重新出现时再还给你钱；但目前我要暂离社会。——你的，
>
> E. 斯垂克兰

我买了两匣雪茄烟，连同我的问候，一同交给了那个马夫。那个马夫其实就是斯垂克兰，老约尔雇下他来照料约尔小姐骑的那匹阿拉伯马。这个可怜的家伙非常想抽一口英国烟，他也知道，不论发生什么事，我都会闭住嘴巴，直到事情过去。

后来，最操心自己的仆人的约尔太太，开始在她拜访的人家里提到她找到了一个模范马夫——这人无论多么忙，从来不忘记一清早起来为早餐

桌上采摘一把鲜花,而且他竟然给他照管的那匹马的蹄子涂上黑鞋油——当真涂上黑鞋油——就跟伦敦的马车夫一个样!约尔小姐那匹阿拉伯马的跟班实在是个奇迹,是个宝贝。当约尔小姐骑马出去的时候,斯垂克兰——我指的是杜洛——听着她对他讲的那些甜蜜的话,就觉得自己得到了报酬。她的父母非常高兴她忘了对年轻的斯垂克兰的一片痴情,他们都夸她是个听话的姑娘。

斯垂克兰坚持说,当马夫的那两个月里,他在思想上经受了从未有过的最严格的考验。他的一位马夫同行的老婆爱上了他,然后又因为他对她毫不理睬而下了毒手,要用砒霜毒死他。除了这类小事以外,有时约尔小姐跟某个想跟她调调情的家伙一同去骑马,他不得不拿着毛毯在后面紧跟着,而且听得见他们说的每一句话,这时他还得克制住自己,一声也不吭!此外,他有时在剧院门廊上被警察辱骂——有一次,辱骂他的竟是他亲自从伊色·扬村招募来的一个奈克族警察——这时,他也只好按捺住心头的怒火。更糟的是,有一次他没有来得及给一位年轻的少尉让开路,少尉就骂他是头猪。

但是这种生活也自有其乐趣。他对马夫们的生活习惯和小偷小摸行为了如指掌——他认为，此番他如果是为公事而来，足够把旁遮普邦半数以上的居民都判了刑。他成了玩羊拐骨的高手之一。所有那些等待在市政厅门口，或是晚上等在欢乐剧院门外的跟班和许多马夫都会玩这种游戏。他学会了抽那种掺了四分之三牛粪的烟草；他听到了市政厅那位白发苍苍的仆役头目的充满智慧的话。他的话是十分宝贵的。他看见了许多使他觉得好笑的事情。他以自己的名誉保证说，任何人如果没有从一个马夫的角度看到西姆拉，那么他就无法充分领略这座城市的风光。他还说，他要是把他看到的一切都写出来，他的脑袋就会不止一处被打开花。

斯垂克兰还讲到下雨天晚上他的苦恼：那时，他把脑袋裹在一床马毯子里，听着班莫尔酒店传来的音乐声，看着那里射出的灯光，脚指头直发痒，恨不得能去跳一支华尔兹舞。那种情景确实可笑。总有一天，斯垂克兰会写一本小书，讲讲他这段经历。这本书很值得买，同时，更应当受到查禁。

　　他就这样像雅各为拉结服役一样①，忠实地
为她服务。而就在他的假期快要结束时，事情终
于来了个总爆发。他在听到我刚才提及的调情话
时，确实已经尽了最大的力量来克制自己的脾气；
但是最后他还是压不住了。有位地位很高的老将
军带了约尔小姐出去骑马，开始用那种特别讨厌
的"你只不过是个小姑娘"的方式向她调情——
对一个女人来说，要机智地摆脱掉这种调情是相
当困难的，而这些话听起来又特别让人生气。这
些当着她的马夫的面说出的话，吓得约尔小姐直
发抖。杜洛——斯垂克兰克制着自己，直到他实
在忍受不了的时候。接着，他抓住了将军的缰绳，
用最最流利的英语邀请将军跨下马来，好让他把
将军扔到悬崖下面去。约尔小姐马上哭了起来，
于是斯垂克兰才发现自己把身份泄露了，这下一
切全完了。

　　将军气得差点中了风，这时，约尔小姐才抽抽

---

　　① 《圣经·旧约》里的故事：雅各为了娶表妹拉结，答应给
　　舅父拉班干七年活。但七年期满后，拉班把大女儿利亚
　　嫁给了他，说必须先娶大女儿。于是雅各又为舅父干了
　　七年活，才娶到拉结。

搭搭地把事情讲了出来:什么化装啦,没有得到父母承认的订婚啦。斯垂克兰对自己恼怒得要命,但是他更恼怒害得他露了馅的将军;所以他一句话也不讲,只是拉着马缰,准备揍将军一顿,至少也可以出口气。但是一到将军完全听懂了这个故事,并且知道斯垂克兰是什么人以后,他坐在马鞍上,开始大口喘着气,大笑起来,笑得他差点儿跌下了马背。他说,斯垂克兰完全够资格获得一枚维多利亚十字勋章,哪怕只是因为他肯披上马夫的毯子。然后他骂了自己一通,发誓说自己实在该挨一顿揍,不过,他不能让斯垂克兰揍他,因为他年纪太老了。然后他向约尔小姐夸奖了她的意中人。他完全没想到这件事有什么骇人听闻的地方;因为他是个好心肠的老头儿,他的弱点是喜欢调情。后来,他又一次大笑起来,说老约尔是个大笨蛋。斯垂克兰松开了马笼头,对将军建议说,他既然有这样的看法,就请他帮帮他们俩的忙。斯垂克兰知道老约尔特别佩服做大官的、名字后头带着头衔和爵位的人。将军说:"这真像一场四十分钟的笑剧,嘿,我一定帮忙,哪怕只是为了免得挨一顿揍,这顿揍我可是罪有应得的。回家去吧,我的马夫——警官,换一身体面衣服,我会去向约尔先生进攻的。约尔小姐,我可以邀请你一同打马回府去等着吗?"

大约七分钟以后,在俱乐部里爆发了一场狂热的骚乱。一个披着毛毯、手握马缰的马夫正在问他认识的每一个人:"看在老天的分上,借给我一身体面衣服!"那些人没有认出他,因此就发生了一些有趣的场面。在这之后,斯垂克兰才在一间屋子里洗了个放苏打粉的热水浴,跟这个人借一件衬衣,跟那个人借一个硬领,从另外一个人那里借一条裤子,等等。他就这样穿了俱乐部里一半人的衣服,骑了一个陌生人的小马,快马加鞭,来到老约尔的住宅。穿上紫色外衣和细麻布衬衫的将军比他先到达那里。将军到底讲了些什么,斯垂克兰是永远也不会知道的了,但是约尔以说得过去的礼貌接待了斯垂克兰;约尔太太被这位已经改了装的杜洛的忠诚所感动,对他的态度甚至可说是和气的。将军满面春风地笑着,约尔小姐也来了,在老约尔还不知道是怎么搞的以前,这位父亲嘴里就被挤出了"同意"两个字,约尔小姐

就陪着斯垂克兰一同离开,到电报局打电报,让人
把他的欧洲服装送来。最后一件窘事是有个陌生
人在林荫道上扯住了斯垂克兰,叫他归还偷去的
小马。

最后,斯垂克兰和约尔小姐终于结成了眷属。
但是斯垂克兰首先得同意严格执行以下协议:放
弃他过去的习惯,照警察部门的规矩办事。只有
这样他才能受到赏识,将来有希望升迁到西姆拉
去。斯垂克兰当时是遵守诺言的,因为他太爱自
己的妻子了。但这对他确实是相当严峻的考验,
因为那些街道、集市和它们的喧嚣声,对他都是那
么熟悉和富有含义,它们都在呼唤他回去,重新开
始流浪,寻求新的发现。总有一天,我会对你讲讲
他是怎样为了帮助一个朋友而破坏了自己的诺言
的。不过那已经是许久以前的事了。到现在,他
已经没法进行他所谓的"打猎"了。他已经忘记
了当地的土话,乞丐的行话,以及底层社会的隐
语、暗号和黑话。要想掌握这一切的人,必须不断
地学习。

但是他填写的部门工作报表却非常出色。

爱 神 的 箭

从前在西姆拉,有位非常美貌的姑娘,她的父亲是个非常正直而贫穷的地区法院法官。她是位好姑娘,不过,她当然知道自己的魅力,也知道怎么利用它。她的妈妈就像世界上所有的好妈妈一样,为女儿的前途操尽了心。

如果说,有这么一个人,他既是专员,又是个单身汉,他有权利把种种精工镶嵌的金首饰别在衣服上,并且进门的时候,有权利走在人们的最前头(除非还有市参议员、代理总督或者总督之类的人在场),那么这个人确实是值得姑娘们出嫁的对象。至少,那些太太夫人们是这么说的。那时候,在西姆拉就有这么一位专员,他的身份和穿

12

戴打扮完全跟我前面讲的一样。他的长相很平常——长得很丑——可说是亚洲最丑的人,在那里,只有两个人比他还丑。他的脸是人们梦见以后,醒来想把它雕刻在烟斗上的那种脸。他的名字是萨戈特,巴尔-萨戈特,安东尼·巴尔-萨戈特,名字后面还跟着六个字的头衔。他是某部专员,算得上是印度政府手底下最出色的人员之一。在社交方面呢,他就像个善于奉承人的大猩猩。

当他开始向贝顿小姐献殷勤的时候,我相信,贝顿太太看见老天爷在她晚年给她送来这么一件礼物,简直高兴得流下了眼泪。

贝顿先生没有表示意见。他是个很随和的男人。

专员们全都阔气极了。他们的薪金大大超过了最贪心的人的奢望——那是非常大的一笔钱,足以容许他们用一种几乎会叫市参议员丢面子的办法去进行节约。大部分专员都很吝啬;但巴尔-萨戈特是个例外。他大摆宴席;他骑的是好马;他举办舞会;他是当地有权有势的人物,他的举止也完全符合他的身份。

请注意,我写的这一切都发生在英属印度历

史上的一个几乎属于史前的时期。有人也许还记得，在草地网球还没有诞生以前，我们所有的人都玩槌球。在更早些时候，假如你相信我的话，连槌球也还没有发明出来，于是射箭——一八四四年以后，它在英格兰又重新复活了——就像现在的草地网球一样，成了一种流行的时髦玩意儿。人们挺有学问地讲什么"持箭"啦，"放箭"啦，"石柱"啦，"反射弓"啦，"五十六磅弓"，"背手弓"或者"整根水松木弓"等等，正像我们讲什么"连续对打"、"截击"、"杀球"、"回球"和"十六英两球拍"一样。

贝顿小姐射箭技巧高超，射程也超过了妇女的一般距离——那是六十码——，她被认为是西姆拉最优秀的女射手。男士们称她为"塔拉-德维的黛安娜"①。

巴尔-萨戈特对她大献殷勤；正像我说过的，她的母亲因此心里充满了希望。吉蒂·贝顿对待这件事要冷静得多。当然，有这样一位名字后头

---

① 黛安娜，又译为狄安娜，古罗马神话中的狩猎女神，即希腊神话中的阿耳忒弥斯。

带着几个字的头衔的专员垂爱于你,让其他的姑娘心里充满怨恨,这是使人感到愉快的。但是,巴尔-萨戈特实在丑得出奇,这个事实是无法否认的;他费尽心机打扮自己,结果是使自己显得更加怪诞。人们给他起了个外号,叫他"龙古尔"——也就是灰猿——那不是没有原因的。吉蒂觉得,让他拜倒在她的石榴裙下是愉快的,但是躲开他,跟乌巴拉龙骑兵团的一个放荡不羁的龙骑兵卡博一块去骑马要愉快得多。小伙子长得很英俊,可就是没钱没地位。吉蒂很有点儿喜欢卡博。而卡博呢,从来不掩饰自己是完完全全地陷入了情网,因为他是个爱说实话的小伙子。于是吉蒂时常躲开巴尔-萨戈特体面堂皇的求爱,跟年轻的卡博出去玩,因此也常常挨她妈妈的骂。"可是,妈妈,"她说,"萨戈特先生实在……实在……丑得太吓人了!"

"亲爱的,"贝顿太太虔诚地说,"我们的模样不都是全能的老天爷造出来的吗?那是没法改变的。再说,你将来会比你自个儿的妈妈还有出息呀,你知道吗?想想吧,这样你就会听话了。"

这时,吉蒂就高高地昂起了她娇小的下巴颏,对地位啦、专员啦、婚姻啦,讲了好多不礼貌的话。贝顿先生只是揉了揉头顶;他是个很随和的人。

这一个季节快过完了,巴尔-萨戈特认为时机已经成熟,便想出了一条计策,这计策说明他确实有办事能力。他要组织一次女子射箭比赛,并且拿出一只富丽堂皇的钻石手镯作为奖品。他十分巧妙地规定出比赛的条款,于是人人都看出,这只手镯是准备送给贝顿小姐的礼物;而接受礼物,就等于接受巴尔-萨戈特专员的求婚。比赛条款规定:参加者要进行圣伦纳德轮射,按西姆拉射箭协会的章程,就是让每个射手在六十码距离外射三十六箭。

西姆拉的全体居民都接到了邀请。比赛在阿楠代尔,也就是今天的大检阅台那个地方举行。在那里,一棵棵雪松下面摆设了一张张布置得极其精美的用茶点的餐桌;那只钻石手镯就单独放在一个蓝色天鹅绒匣子里,在太阳下,光芒四射,显得格外气派。贝顿小姐显然非常急于参加比赛,简直有点过分心急的样子。在预定的那个下午,西姆拉的人全都骑着马来到阿楠代尔,观看这

场和帕里斯的裁决刚好相反的比赛。① 吉蒂和年
轻的卡博是并肩骑马到场的。可以看出,这个小
伙子显然愁眉不展,心事重重。以后发生的事,看
来不该归罪于他。吉蒂则脸色苍白、举止不安,长
时间地凝视着那只手镯。穿着华丽的巴尔–萨戈
特比吉蒂还显得不安,而且从来没有像现在这样
丑陋。

　　贝顿太太呢,就像一位未来的专员夫人的母
亲那样,趾高气扬地微笑着。射击开始了。所有
的人围成一个半圆形,夫人小姐们一个个出场了。

　　没有什么比射箭比赛更令人厌烦了。她们射
了又射,射了再射,射个不停,直到太阳沉在山谷
后面,云松间吹拂起了阵阵轻风。大家都等着看
贝顿小姐取得射箭的胜利。众人包围着射手们,
站成一个半圆的圈子,卡博站在圈子的一头,巴
尔–萨戈特站在圈子另一头。按名单顺序,贝顿
小姐是最后一个射手。前面那些参加者分数都不

---

① 希腊神话中,三位女神找到帕里斯,要求他做出金苹果
应该属于谁的裁决。帕里斯愿得美女,便把苹果判给许
给他美女的阿佛洛狄忒。阿佛洛狄忒帮他拐走斯巴达
王墨涅拉俄斯的妻子美女海伦,引起了历时十年的特洛
伊战争。

高,那只手镯,加上巴尔–萨戈特专员,看来准是属于她的了。

专员亲自动手,为她绷紧了弓弦。她上前一步,望了一眼手镯,第一箭分毫不差——直射金心——九分。

站在左边的卡博脸色发白。支配着巴尔–萨戈特命运的魔鬼促使他微笑了一下。巴尔–萨戈特的微笑,一向会吓得马匹往后倒退的。吉蒂看见了那个微笑。她朝左前方看去,对卡博几乎难以觉察地点了点头,继续射了起来。

我真希望我的一支拙笔能够把接着发生的事情描绘出来。那简直太不寻常,太不体面了。贝顿小姐不慌不忙,极其从容地把箭压在弓上,好让每个人都能看见她在做的事。她是个十全十美的射手;她使用起四十六磅弓来得心应手、恰到好处。她十分小心地接连射出四箭,每只箭射中靶牌木柱的一条腿。她又一箭射中了靶牌的木柱顶端,所有的夫人小姐们都相互交换了一下眼色。然后她开始对准靶牌上的白圈表演起花样来。那些白圈,射中了正好得一分。她朝白圈射中了五箭。这的确是高超极了的箭术;不过,由于她本来应该射中金心，好赢得那只手镯的，于是巴尔－萨戈特的脸变成了嫩芹菜那样的青绿色。接着，她朝靶牌的上空射去了两箭，又朝离靶牌很远的左边射出了两箭——射的时候都那么认真从容。全场观众都陷入冰冷的沉默中，贝顿太太掏出了手绢。然后，吉蒂朝靶牌前的地面上射起箭来，射裂了好几支箭。然后她射中了一次红心——也就是七分——好叫人知道，她要是愿意的话，能射得多准，最后，她又朝靶牌的柱子射去好多支花箭，作为这场惊人表演的结束。下面是她的计分：

贝顿小姐：金心，一；红心，一；蓝心，零；黑心，零；白心，五；总计射中七箭，总分二十一分。

从巴尔－萨戈特的模样看起来，似乎最后几箭的尖头都扎进了他的腿里，而不是射进靶牌木柱的腿里。深深的沉默被一个塌鼻子、小个子、脸上长满雀斑的半大姑娘打破了。她胜利地尖声喊了起来："这下我赢啦！"

贝顿太太费尽力气克制自己，但还是当着众人哭了起来。不管她多么训练有素，也经不住这样巨大的失望的打击。吉蒂使劲"嘣"的一下放松了弓弦，走回自己的座位，这时巴尔－萨戈特正装出一副满意的样子,把手镯扣到那个塌鼻子姑娘又粗又红的手腕上。这场面实在太叫人难堪了——简直难堪到了极点。大家都赶紧一齐离开现场,好把吉蒂留给她妈妈去教训。

但是卡博把她带走了。然后——其余的事就没什么可写的了。

银行骗局

他爱喝老酒,他谈吐粗俗;
　　他买了衣服不付账;
他驱马踢倒了一个信赖他的年轻人,
　　他在运动场上赢得不明不白。
接着,他在干坏事又干傻事的当儿,
　　却换了一个样,
他做了好事,马上又想掩盖它们,便
　　说了一个谎。

　　　　　　　　——军营食堂歌谣

　　要是雷基·柏克这会儿还在印度,他一定不
高兴别人讲这个故事;不过他既然现在身在香港,

21

不可能知道,那么,把这件事讲出去也就没关系了。他就是在辛德与夏尔柯特银行设下那场大骗局的人。他是这家银行设在印度内地一家分行的经理。他是个讲求实效的人,对当地的借贷和保险业务有丰富的经验。他能把日常生活里的琐碎小事和工作结合起来,而且还能干得很出色。雷基什么样的牲口都会骑,他跳起舞来也和他的骑术几乎同样高明。不论驻屯地里有什么娱乐活动,都少不了他。

他自己这样说过,而且好多人也很诧异地发现,有两个柏克,两个都随时愿为你效劳。从四点到十点,他是"雷基·柏克",随时愿意参加各种活动,不论是一场暑期运动会,还是一次骑马郊游野餐会。从十点到四点,则是"雷金纳德·柏克先生,辛德与夏尔柯特分行经理"。你完全可能有一天下午跟他一块儿玩马球,听见他对某人打中的球发表议论;然后,第二天上午,你又可能前去拜望他,用已付过八十镑的一张五百镑保险单作保证,借两千卢比的钱。他会认出你来,但是你要想认出他来,却会有点困难。

这家银行的董事会总部设在加尔各答,它的

总经理的话对于政府事务是有一定影响的。这家
银行的董事会很会挑选职员。他们曾经用几乎能
拖垮人的劳累工作考验过雷基。他们信任他，就
像董事会通常信任经理那样。待会儿你就会知
道，他们是否信任错了人。

雷基的分行设在一个大驻屯地里，人员配备
和普通的分行一样——一名经理，一名会计，这两
名是英国人。还有一名出纳和一群当地职员。此
外，还有一名晚上在银行门外巡逻的警察。这是
个生意兴隆的地区，所以银行里大部分业务是期
票和五花八门的贷款之类。傻瓜是干不了这种工
作的；即使是一个聪明人，如果他不和顾客们交
往，不去稍稍深入地了解一下他们的事务，那他就
简直比傻瓜还要糟。雷基看上去显得年轻，脸孔
刮得十分光洁，目光含着笑意，酒量甚大，哪怕喝
下去一加仑根纳牌白葡萄酒，也只不过稍稍有点
醉意。

一天，他在一次盛大的晚宴上顺便宣布说，董
事们从英国把会计这行里的一个天生的活宝推到
他身上了。他讲的完全是实话。会计官赛拉斯·
赖利先生真是一种最稀有的动物——他是个瘦长

笨拙、骨瘦如柴的约克郡汉子,充满了只有在英国最出色的郡里才能够滋长的狂妄自大。用傲慢这个词来形容赛·赖利先生的思想状况实在太温和了。他曾经在赫德斯菲尔德的一家银行里干了七年,从最低层一点点往上升,最后升到出纳官的位置;他的全部经验来自英国北部的工厂区。假如把他调到孟买那一带去,他也许会干得更出色一点,那儿的人只要获得一分五的利润就心满意足了,而且借款的利息也低,可是来到印度北部,而且是一个产麦子的邦,他就成了废物。这儿的人如果想要交出一份叫人满意的决算,就必须思想开阔,有点儿想象力才行。

在事务方面,他的头脑狭隘得惊人。他初来乍到,一点不知道在印度办银行和国内的办法完全不同。就像许许多多靠自己的努力奋斗成功的聪明人一样,他的天性非常单纯;他不知怎么搞的,把董事会的聘书上写的那些普通的客气话当了真,以为董事们聘用他当真是因为他有特殊的天才,并且对他寄予很大的期望。这个想法越来越强烈,越来越具体,简直在他天生的北方人的自尊心上又火上加了油。不仅如此,他还是个身体赢弱的人，肺里有点毛病，脾气也有些暴躁。

所以你得承认雷基把他新来的会计称做天生的活宝是有道理的。他们两个压根儿就合不来。赖利认为雷基是个浪荡成性、疯疯癫癫的傻瓜，习惯于在那种叫做"营房食堂"的下流地方进行些老天爷才知道的堕落活动，认为他绝对不适于干银行这种严肃认真的工作。他怎么也没法习惯雷基充满青春活力的外貌和他那对一切都毫不在乎的神气；他也无法理解雷基的朋友们——他们是一群身材匀称、无忧无虑的军人，一到星期天，他们就骑上马来到银行，吃一顿丰盛的早餐，在餐桌上他们讲了许多放荡的故事，讲得赖利站起来走出了屋子。赖利经常指点雷基应该怎么做生意，雷基不得不一次又一次地提醒他，在赫德斯菲尔德和贝弗之间那有限的七年工作经验，是不足以使他具有指挥一家内地大银行的资格的。于是赖利生气了，把他自己说成是银行的支柱，是董事会最亲爱的朋友，急得雷基只好撕扯自己的头发。在印度，假如某人的英国籍下级职员使他感到失望，那么他确实是陷进了十分困难的处境了，因为当地职员即使再出色，也还是有非常大的局限性的。到了冬天,赖利肺里的毛病经常犯,每次都得连着休息好几个星期,这就使更多的工作落到雷基身上。雷基倒宁愿这样,而不愿意赖利在不生病的时候一天到晚和他发生摩擦。

银行派出的一位巡视员发现赖利多次病倒,就报告了董事会。原来赖利是由一位国会议员强行推荐给银行的。这位议员希望得到赖利父亲的选票,而赖利的父亲则担心儿子的肺病,所以急于把他的儿子送到一个气候温暖的地方去。这位议员在银行里有些股份;但是董事会里的一个董事也想推荐一个他自己的人;于是当赖利的父亲死后,这位董事就向董事会指出,一个一年倒有半年生病的会计,最好把位置让给一个健康的会计。赖利如果知道他得到这件差事的前因后果,他也许不会这样气焰嚣张;但是他什么也不知道,他除了生病以外,其他时间都用来无休止地、坚持不懈地干预和刺激雷基,而且用的是一个处于下属地位的自高自大的人所能采取的所有成百种方式。雷基常常背地里给他起许多吓人的外号,以发泄一下自己的感情;但是他从来没有当面辱骂过赖利,因为他说:"赖利是个体弱不堪的畜生,他那叫人厌恶的自高自大有一半是因为肺病疼痛惹起来的。"

有一年的四月,赖利确实病得不轻了。医生敲了敲他,拍了拍他,对他说,他不久就会好些的。然后医生去找雷基,对他说:"你知道不知道你的会计的病有多严重?""不知道,"雷基说,"越严重越好,见他的鬼!他的病好一点的时候,他简直是个烦死人的讨厌家伙。要是你能给他点安眠药,叫他在这样热的天气里闭上嘴,我情愿让你把银行的保险箱抬走。"

但是医生并没有笑。"喂,我不是开玩笑,"他说,"他只能在床上躺三个月了,然后也许再拖上一个星期左右,他就要死了。我以我的名誉发誓,他在世的日子只有那么长了。他患的是肺结核,已经病入膏肓,治不好了。"

雷基的脸一下子变成了"雷金纳德·柏克先生"的脸,他回答说:"我能够做些什么呢?""什么也不用做,"医生说,"从实际意义上说,这个病人等于已经死了。只要让他安静、愉快,对他说他的病会好起来的这就行了。当然,我会照顾他,直到最后。"

医生离开后,雷基坐下来拆开晚班送来的信件。第一封信就是董事会写来的,通知他按录用时的规定,提前一个月通知赖利先生,他已经被解雇。信中告诉雷基,他们给赖利的信将接着发出,并且通知雷基,新会计即将到来,此人是雷基认识并且喜欢的一个人。

雷基点燃了一根雪茄烟,他还没有抽完这根烟,就已经策划出了一个骗人的计划。他收起了——扣下了——董事会的信,就去找赖利谈话。赖利还像往常一样无礼,他认为由于自己生了病,银行不知会变成什么样子。他压根儿没想过有多少额外的工作压到了雷基的肩头上,只想他自己的升迁机会会受到什么样的损害。雷基就安慰他说,一切都会好起来的,他雷基会每天来和赖利研究银行的业务。赖利觉得心情好了一点,可是他还是露骨地暗示说,他对雷基的办事能力评价甚低。雷基表现得很谦卑。其实就在这个时候,在他的办公桌里放着许多封董事会写给他的信,那是可以使任何一个吉尔巴特或是哈第都会引以为豪的!

在那幢光线被遮住了的阴暗的大房子里,日

子一天天地过去了,董事会给赖利的解雇信寄来了,被雷基藏了起来。他每天傍晚都把账簿拿到赖利的屋子里,告诉他工作进行得怎样了,而赖利总是恶声恶气地咆哮。雷基想尽办法讲些能使赖利高兴的话,但是会计员总是断定银行没有了他正在走向毁灭。到了六月,长期卧床渐渐影响了他的精神,他询问说,董事会是否注意到他的缺席。雷基说,董事会写来了一些十分同情的信件,希望他不久就能继续做出宝贵的贡献。他把这些信拿给赖利看;赖利说,董事会应该直接写信给他才对。几天以后,雷基在室内昏暗的光线下拆开了赖利的信,把一张董事会写给赖利的信笺——只是信纸,没有信封——递给赖利。赖利说,他希望雷基别动他的私人信件,尤其因为雷基知道,他还不是衰弱得拆不了自己的信件。雷基向他道了歉。

接着,赖利的情绪又变了。他训斥起雷基放荡的生活方式来:骑马啦、交坏朋友啦。"柏克先生,我躺在这里,一点也动不了,当然也没法管教你;等我身体好了以后,我倒希望你能听得进我的话。"自从雷基开始照顾起赖利来以后,他早已不打马球,不参加晚宴,不打网球,什么也不干了,但他还是说,他心里很悔恨,他要改过自新,同时,他把赖利的脑袋安放在枕头上,听他夹着空洞的干咳低声抱怨他、反驳他,却没有表现出一丝不耐烦的神气。而这一切,都发生在六月的后半个月里,发生在他在办公室里一人顶两人干了一整天繁重的工作以后。

新会计来了。雷基把这件事的始末都告诉了他,并且对赖利说,他有一位客人要住在这里。赖利说,他应该更体恤人一些,在这种时刻,他本来就不该招待他那些"可疑的朋友们"。因此,雷基就让新来的会计卡隆住在俱乐部。卡隆到来以后,把一部分沉重的工作从他肩上卸了下来,他就有了更多的时间去满足赖利的苛刻要求——向他做些解释,安慰他,说些谎话,把这可怜的病人在床上安顿来又安顿去,编造些从加尔各答寄来的问候信等等。还在头一个月月底,赖利想寄些钱回去给他母亲,雷基帮他寄出了汇款单。第二个月月底,赖利的薪金照旧发下。那是雷基自己掏的腰包,还附上董事们寄来的一封亲切的慰问信。

赖利病得很重,但是生命的火焰仍在不稳定

地燃烧着。有时,他会很愉快,对于前途充满信心,订出一些回家看望母亲的计划。雷基在工作结束以后就来耐心地听他讲,并且给他鼓励。

另外一些时候,赖利硬要雷基给他读《圣经》,读一些气势汹汹的"卫理公会教派"的宣传小册子。他冲着经理,把小册子里的说教读给他听。不过,他总能找到时间拿银行的业务问题来烦扰雷基,指出他的缺点在什么地方。

这种足不出户的病房生活,和不停的骚扰,弄得雷基筋疲力尽、心烦意乱,连打弹子戏的分数都降低了四十分。但是银行的业务工作和病房里的活动还得照样维持下去,虽说连树荫下的气温都已经到了华氏一百一十六度。

到了第三个月的月底,赖利很快地衰弱下去,开始意识到他病得十分重。但是那促使他不断烦扰雷基的自尊心,不允许他往最坏的地方想。"要让他多拖些天,就得给他某种思想上的鼓舞,"医生说,"假如你真关心他的死活,就想法让他对生活感兴趣。"于是赖利违背了一切商业的和经济的法则,从董事会那里获得了百分之二十五的加薪。这个"思想上的鼓舞"非常成功。赖利感到幸福和快活,正像大多数肺结核患者那样,在身体衰弱到极点时,他的思想却十分健全。他多活了整整一个月,咆哮着,抱怨着银行的事务,谈着未来,听着《圣经》,教训雷基犯下的罪过,并且考虑自己什么时候能下地出门走走。

但是到了九月底,一个酷热的傍晚,他从床上抬起身来,吸了一小口气,急促地对雷基说:"柏克先生,我马上就要死了。我心里知道。我的肺烂空了,没有办法呼吸。我这一生——"他的语气像是又回到了童年,"没干过什么亏心事。感谢上帝,他保护了我,没有犯过堕落的罪过;我要劝告你,柏克先生……"

说到这里,他的声音低了下来,雷基向他弯下腰去。

"把我九月份的薪水寄给我母亲……如果我不死的话,我一定能为银行做出一番大事业来……错误的措施……责任不在我……"

然后他扭转脸朝着墙壁,死去了。

雷基把被单扯上来盖住了死者的脸,走到阳台上,口袋里还有最后一份没有用过的"思想上的鼓舞"——一封董事会寄来表示同情的慰问信。

　　"我要是早来十分钟就好了,"雷基想道,"我还可能叫他高兴起来,再活上一天。"

团队的女儿

简·哈丁是个上士的老婆

上士的老婆就是她。

她和上士在奥尔德肖特结了婚

又随他远渡重洋。

(合唱) 你从来没听说过简·哈丁?

简·哈丁?

简·哈丁?

你从来没听说过简·哈丁?

那位连队的骄傲?

——古老的军营歌谣

"一位不会跳塞尔卡西恩圆圈舞的绅士,根

本就不应该硬挤进来跳——把别人都搅和乱了。"这话是麦坎纳小姐说的,在我对面跳舞的那位上士看来也是这个意见。我害怕麦坎纳小姐。她只有六英尺高,黄雀斑,红头发,一点没有装饰的白缎子鞋,粉红色细布的连衣裙,苹果绿的腰带,黑色的丝手套,头发里还插了几朵黄玫瑰。于是我就从麦坎纳小姐身边溜开,去找我的朋友,二等兵穆尔凡尼,他正在军营小卖部——不,正在茶点桌旁边。

"哦,你原来在和小占西·麦坎纳跳舞,先生——她就要嫁给斯莱恩下士了吧?你下次和那些爵爷以及夫人们聊天的时候,可以告诉他们,你跟小占西跳过舞。那可是一件值得骄傲的事。"

但是我一点也不觉得骄傲。我非常谦卑。我从二等兵穆尔凡尼的眼里看出了一个故事;再说,假如他在酒吧间逗留得太久,我知道他准会受到处罚,被命令全副武装操练行军。要知道,在禁闭室外遇见你的一位受尊敬的好朋友正在被罚操练,这是件叫人难为情的事,尤其是因为你这时正在和他的指挥官一块散步。

"到操场上去吧,穆尔凡尼,那里凉快些,给我讲讲麦坎纳小姐的事。她是干什么的？她是什么人？为什么你们叫她'占西'①？"

"难道你从来没听人说过'老柚子'的女儿？你还自以为什么都知道呢！等一会儿，我点燃了烟斗就来找你。"

我们来到星空下。穆尔凡尼在一座火炮的桥架上坐了下来。他像往常那样，嘴里叼着烟斗，两只大手握成拳头放在两膝中间，军帽推到后脑勺，开始讲了起来：

"在穆尔凡尼太太还是谢德小姐的那会儿，那时你也比现在年轻得多，那时的军队和现在可大不一样。现在他们不让小伙子结婚，所以军队里那些出色的、善良的、正直的、会骂人的、健壮的、软心肠的、惹不起的大嫂们，就没有我当下士的时候那么多。后来我被降职了——不过，没关系，反正我当过下士。那时候，一个男子汉和他的兵团是要活就活在一起，要死也死在一处的；当然，他长成了个男子汉，他就要结婚。在我当下士的时候——圣母啊，我们兵团从那时到现在，经历

_____

① 占西是印度一城市名，位于德里东南部。

36

了多少人间沧桑啊！——我的上士就是老麦坎纳，而且是结过婚的人。他的老婆——他的第一个老婆，因为麦坎纳结过三次婚——是布丽奇特·麦坎纳，她是波塔林顿地方的人，跟我是同乡。我记不清她的闺名了，不过我们 B 连队的人都叫她'老柚子'，因为她的身材是滚圆滚圆的。就像一面大鼓！那个女人——愿上帝保佑她在天国光荣地安息吧！——生起孩子来一个接一个，生个没完。就在她的第五个或是第六个孩子呱呱坠地，给花名册上又添了一个名字的时候，麦坎纳发誓说以后给他们起名字统统按号码排下去。可是'老柚子'求他就用孩子们出生的驻屯地做名字。于是就有了柯拉巴·麦坎纳、慕特拉·麦坎纳，以及一大堆其他英国管辖地的麦坎纳，包括在那边跳舞的占西。可是，孩子不光是一个个地出生，他们还一个个地死掉。假如说现在我们的孩子像羊羔一样死掉，那时候，他们可就像苍蝇一样死掉。我的小谢德就是那样死了——算了，不说它了。那是很久以前的事，后来穆尔凡尼太太再也没有生第二个孩子。

　　"我又扯远了。接着说吧，在一个热得不得

了的夏天,上边一个发了疯的大官,他的名字我记不得了,他发下命令,让我们这个兵团开拔到内地去。也许他们想了解一下新建的铁道线运送军队的能力吧。他们可真算了解了!我敢说,没用多久他们就清楚了!'老柚子'刚刚埋葬了慕特拉·麦坎纳;那个季度正好瘟疫盛行,所以她身边只剩下了当时才四岁的占西·麦坎纳。

"一年零两个月,就死了五个孩子。太叫人伤心了,是吧?

"于是,我们就在那样酷热的天气里动身到新驻屯地去了——但愿下这道命令的人遭到圣劳伦斯的诅咒!我这辈子难道能忘记那次换防吗?他们给我们这个兵团两节尾车车厢,可我们一共有八百七十口人。A、B、C、D四个连队都在第二节车厢,其中有十二个女人,都不是军官的妻子,还有十三个小孩。我们要旅行六百英里,当时,铁路还是一件新鲜玩意儿。我们只在火车车皮里过了一个晚上——男人们都只穿衬衣,拼命喝他们能弄到手的酒,有时找到一些腐败了的水果之类,他们也吃,因为我们没法禁止他们——我当时是个下士——第二天天一亮,霍乱就在火车上流行开了。

"你该向圣徒祈祷,乞求他保佑你今生别看见一趟流行着霍乱的直达列车!那简直像晴天里降下了上帝的审判!我们开到一处休息营地——可能是卢迪阿纳①,不过一点儿也不像那营地的名字那样舒适。指挥官发了个电报到沿线三百英里的车站,请求援助。我们确实急需援助,因为火车一停下来,所有的乘务员就四下逃散,一个不剩;等到电报稿拟出来以后,车站上除了一个话务员以外,一个当地人也不剩了——连这个话务员也是因为被人揪住他那鬼鬼祟祟的黑脖子按在椅子上,才没有跑掉。天亮以后,只听见火车里的喧闹声,还有月台上那些正在排队点名,准备出发到营地去的人们,突然连同全副武装和行李,一下子栽倒在月台上的响声。让我说霍乱是什么样子,我可说不好。也许医生能说清。也就是说,如果当我们从车厢往外抬死人的时候,他没有从车厢门口一下子栽倒在月台上的话。他和别人一样,也死了。有些小伙子是在那天晚上死的。我们抬

---

① 印度西北部城市,在阿姆利则市东南。

出七个死人和二十个病人。女人们都吓得缩成一团，恐惧得尖声号叫。

"指挥官说，——我不记得他的名字了——'把女人们领到树林那边的高地去。让她们离开营地。这可不是她们待的地方。'

"'老柚子'正坐在她的行李卷上哄着占西，想让她安静下来。'到那块高地去！'指挥官说，'别在这里碍男人们的事！'

"'见鬼去吧！''老柚子'说，小占西蹲在她母亲身边，也奶声奶气地学舌，'见鬼去吧。'然后，'老柚子'转过脸对女人们说，'你们这些懒骨头，难道你们就打算这么袖手旁观，看着小伙子们断气吗？'她说，'他们需要的是水，快来帮一手吧！'

"说完她就卷起袖子，朝宿营地后面的一口井走去——小占西也一溜小跑，跟在后面，手里拿着一根绳子和一只黄铜水壶，其他的女人都像羊羔一样乖乖地跟在她后面，有的拿着饮马的木桶，有的拿着做饭的锅子。等到所有的桶呀、锅呀都装满水以后，'老柚子'就大步前进，回到营地——那儿就像战场；只是没有一点光荣——她后面跟着一队娘子军。

"'麦坎纳,我的男人!'她用发口令的大嗓门喊道,'叫小伙子们保持安静!"老柚子"来照顾他们了,——喝水不要钱。'

"于是我们欢呼起来,队列里的欢呼声高过了那些病倒的可怜家伙的呻吟。不过也高不了多少。

"你要知道,那时,我们还是一支新建的兵团,我们一点也不了解这种病,所以我们都帮不上忙。男人们一个个就像哑巴羔羊一样转来转去,等着下一个病倒,嘴里低声说:'这到底是怎么回事?老天啊,这到底是怎么回事?'这情景太可怕了。可是'老柚子'和小占西从开头到最后,一直来来去去,跑上跑下,不停地干着——小占西戴着一顶不知是哪个死人的头盔,帽缨在她小小的肚皮上晃来晃去——来回送水,还有她们能找到的一点白兰地。

"有时,'老柚子'会说:'我的小伙子们,我可怜的送了命的宝贝小伙子们!'眼泪一滴滴滚下她红通通的胖脸蛋儿。但是,大部分时间她一直在鼓励男人们,让他们振作起来;小占西也不停地对大伙儿说,他们大家'到早晨就会觉得好些的'。这句话是慕特拉发高烧的时候她听见'老柚子'常说的。她也跟着学会了。到了早晨！对于二十七条好汉来说，他们的早晨就是圣彼得把守着大门的那个永恒的早晨；另外还有二十条好汉，到了第二天，在那灼热烤人的骄阳下也得了病死去了。可是那些女人，就像我刚才说过的，干得像天使一样，而那些男人呢，就像魔鬼一样。直到从铁路线上边下来了两个医生，我们才得救了。

"就在医生们到来的前一会儿，'老柚子'正跪在我们班里的一个小伙子床跟前——他在营房里是睡在我右边床上的伙伴——用从没使人失望过的宗教的话来安慰他。她突然说了声，'小伙子们，快扶住我！我难受得要命！'使她难受的不是霍乱，而是烈日酷暑。她忘了她只戴着一顶没有边的黑布帽子。她死在'麦坎纳，我的男人'的怀抱里，小伙子们在埋葬她时都号啕大哭。

"那天晚上刮起了大风，刮呀刮呀，把帐篷都刮倒了。但是这阵风也把霍乱刮走了，从那以后，我们在那儿宿营待命的十天时间里，没有再发生一起霍乱。信不信由你，这场病在营房里流传的路线，完全像一个人在帐篷里用滑冰的舞步走了四个 8 字形。他们说,是'流浪的犹太人'①把霍乱带走了。我相信这话。

"所以,这件事,"穆尔凡尼不合逻辑地总结说,"就是占西·麦坎纳之所以是这样一位姑娘的原因。麦坎纳去世以后,军需上士的老婆把她抚养大,但是,她是属于 B 连队的。关于我对你讲的这件事,还有人们应该怎样充分地尊重占西·麦坎纳,我都已经用皮带深深地铭刻进了每个刚到连队的新兵脑子里。哼,是我用皮带抽得下士斯莱恩向她求婚的!"

"真的?"

"嗯,我就是这么干的! 她不是什么美人儿,但她是'老柚子'的女儿,我有责任为她的前途着想。斯莱恩马上就要提升了,我对他说:'明天我要是揍你,就成了犯上了;但是我凭着现在已经在天堂里的"老柚子"的灵魂起誓,假如你不答应立刻娶占西·麦坎纳为妻,今儿晚上我就要用一根

---

① 中世纪欧洲传说中的人物。据说他是耶路撒冷城的鞋匠,耶稣背着十字架经过他家门口,请求休息一下,鞋匠却粗暴地叫他走开,因此耶稣罚这个不敬上帝的犹太人永不停步地流浪,直到世界末日。

铜火钩扒掉你的皮。她到如今还没有出嫁,实在是 B 连的耻辱!'我是这么说的。我的主意打定以后,难道会让一个三岁毛孩子斗胆跟我顶嘴?不!斯莱恩果然向她求了婚。斯莱恩是个好孩子。总有一天他会当上军粮供应官,赶着马车,还有……自己的存款。我就是这样安排'老柚子'的女儿的生活的;好啦,你去吧,再和她跳一次舞。"

我当真这么做了。

我对占西·麦坎纳小姐产生了尊敬;后来我去参加了她的婚礼。

也许有一天我会跟你讲讲那次婚礼。

犯疯病的大兵奥塞里斯

唉,嗓子干得冒烟的时候我想去哪儿?
唉,子弹呼啸飞过的时候我想去哪儿?
唉,快咽气的时候我想去哪儿?
　　嘿,
当然是到我的伙伴身边去。
他有酒就会给我喝一口,
我快咽气了,他会把我的头搂在他怀里,
我死了以后,他会替我写信回家。——
但愿老天爷赐给我们每人一个忠实的好
　　伙伴!

　　　　　　　　　　——《营房歌谣》

我的朋友穆尔凡尼和奥塞里斯要出去打一天猎。李洛埃不能去,他在缅甸染上了热病,现在还在医院里休养。他们发了一封邀请信,请我和他们一块儿去。当我本人和我带的啤酒——勉强够两名步兵中士喝——到达那里的时候,他们真诚地表示痛心。

"我们可不是为了这个才请你来的,"穆尔凡尼绷着脸说,"我们只是喜欢和你做伴。"

奥塞里斯赶快打圆场说:"好啦好啦,他带了酒来也没关系。我们又不是一伙公爵,我们只不过是该死的汤米①,你这个爱吵架的爱尔兰佬!来吧,为你的健康干杯!"

整个下午我们都在打猎,我们轻而易举地一下子打死了两条印度野狗、四只抱窝的绿鹦鹉、河边火葬场旁的一只鸢、一条飞蛇、一只甲鱼、八只乌鸦。猎物十分丰富。然后我们在河边坐下吃午饭——穆尔凡尼称之为"掺水老酒加麸皮面包",我们只有一把小刀,大家就轮着用它来切吃的东

---

① 汤米,指英国大兵。这是吉卜林给英国普通士兵起的别名。

西。在等着用刀的空隙里,我们就朝鳄鱼乱开一气枪。然后我们把啤酒全部喝完,把瓶子扔进水里,一边扔一边朝瓶子开枪。干完这些以后,我们都放松了腰带,伸直身体,躺在温暖的沙滩上抽烟。这时我们都懒洋洋的,不想再打猎了。

奥塞里斯握起拳头抱住了脑袋,脸朝下躺在沙滩上。他深深叹了一口气,接着便翻身冲着蓝天低声骂了起来。

"你在干什么?"穆尔凡尼说道,"难道你还嫌喝得不够?"

"我在回忆托特纳姆法院街①,那儿有个我心爱的姑娘。当兵究竟有什么好处?"

"奥塞里斯,你这小子,"穆尔凡尼忙说,"看样子你肚子里的啤酒在跟你闹矛盾了。我的肝脏有点不听使唤的时候,我也会有这种感觉。"

奥塞里斯并不理会他的插话,慢吞吞地继续说了下去:

"我是个汤米——一个该死的、只值八安那的、偷鸡摸狗的汤米,只有一个号码,没有规规矩

① 伦敦的一条街道。

47

矩的名字。我有什么用处？我要是待在家里，这会儿已经娶了那个姑娘，在汉默史密斯大街开着一家店铺了。那招牌上写着：'斯·奥塞里斯，熟练的动物标本剥制师。'橱窗里像海尔斯伯里牛奶店一样，放着一只狐狸标本，一小匣子蓝色和黄色的玻璃眼珠，还有个娇小玲珑的妻子，门铃一响，她就会喊，'顾客来了！顾客来了！'可是现在呢，我只不过是一个汤米，一个该死的、倒霉的、大口喝啤酒的汤米。'枪放下——稍息；立正。枪放下。向左向右——转。慢步——走，立定——向前看。枪放——下。空弹——上膛。'这就是我的下场。"他喊的是殡仪队的口令。

"住嘴！"穆尔凡尼喊了起来，"等到你像我那样，有那么多回为了一个比你更好的人而举枪朝天射击的时候，你就不会拿殡仪队的口令开玩笑了。这比在营房里吹《葬礼进行曲》的口哨还糟糕。何况你现在肚子吃得饱饱的，太阳又不算毒，一切都舒舒服服！我真替你害臊。你呀，简直比不信教的人好不了多少——去你的殡仪队啦，玻璃眼珠啦。你到底住口不住口，老弟？"

我还能说什么呢？我难道还能对奥塞里斯絮

叨什么他自己还不知道的生活乐趣吗？我不是随军牧师，也不是少尉军官。奥塞里斯有权利爱怎么讲就怎么讲。

"让他讲吧，穆尔凡尼，"我说，"是啤酒的劲儿上来了。"

"不，不是啤酒，"穆尔凡尼说，"我早就知道他要来劲了。他过一阵子就会来这么一下，真糟——太糟了——因为我是喜欢这小伙子的。"

穆尔凡尼的确显得有点过分的焦急；但是我知道他像父亲一样照顾着奥塞里斯。

"让我讲，让我讲吧，"奥塞里斯如痴似醉地说道，"要是有一个热天，你养的鹦鹉关在热得像蒸笼的鸟笼里，把它可怜的小红脚爪子都快烤化了，难道你还不许它嚎叫吗？"

"小红脚爪子！难道你穿的树皮鞋里面是小红脚爪子，你这个胡说八道的……"穆尔凡尼聚集了全力作一次歼灭性的揭露："女教师！红脚爪子！这个胡说八道的娃娃到底喝了多少巴斯啤酒呀？"

"我喝的不是巴斯啤酒，"奥塞里斯说，"比那种啤酒要苦得多。是思乡病呀！"

"听他说的！用不了四个月，他就该坐上'谢拉皮斯'号回家了！"

"我不管。什么都一样。你怎么知道我在拿到退伍证以前不会死掉？"于是他又哼哼唧唧地念起了殡仪队的口令。

我从来没有见过奥塞里斯性格的这一面，穆尔凡尼显然见过，而且认为事态很严重。奥塞里斯把头埋在胳膊里，不住地嘟哝着，这时穆尔凡尼悄悄对我说：

"他们现在总是派些毛头小伙子来当军曹，这些军曹把他管得太严的时候，他就会变成这样。再加上没有什么事儿可干。总而言之，我也捉摸不透是怎么回事。"

"咳，有什么关系？让他讲讲就过去了。"

奥塞里斯唱起一支用《拉姆洛德军团之歌》改编的诙谐歌曲，他用轻松愉快的口气唱着战斗啦，谋杀啦，暴死啦之类的内容。他一面唱，一面凝视着对岸；我觉得他的面孔变得陌生了。穆尔凡尼抓住我的手肘，叫我注意。

"什么关系？关系大极了！他犯了病啦。我见过的。今夜一整宿他都会这个样儿，半夜时候他会从床上爬起来,到箱子架上去翻他的那套行头。接着他就会来找我,他就会说:'我要上孟买去。早晨点名的时候帮我应一声。'然后我们就会像以前那样干起仗来。——他硬要走,我硬要拽住他——最后两人都会因为扰乱营房秩序而挨罚。我抽打过他,我打破过他的脑袋,我劝过他,可是只要他一犯病,这一切都毫无用处。他头脑清醒的时候,是个再规矩不过的好小伙子。我早知道,今晚他在营房里会干什么。但愿老天爷保佑我,在我从床上爬起来把他揍倒在地上的时候,千万别让他跟我干起来。我白天黑夜考虑的就是这一条。"

这番话说明事情并不那么愉快,也说明穆尔凡尼的担忧是有道理的。他像是想哄着奥塞里斯,让他别犯病,因为他冲着躺在河岸上的小伙子喊道:

"喂,听着,你这个长着'可怜的红脚爪子'和'玻璃眼珠儿'的家伙!那天晚上你像个棒小伙子那样,跟在我后头游过了伊洛瓦底江吗?还是像在阿米德·基尔的那次那样,躲在床底下?"

这话既是无端的侮辱,又是睁眼说瞎话。穆

尔凡尼就是想挑动他打一架。但是奥塞里斯似乎陷进了某种神志恍惚的状态中。他一点没有表示气恼,而是慢吞吞地,用他刚才发出殡仪队口令的那种有腔有调的嗓门回答道:

"你明明知道,那次攻打伦胜彭镇,我是脱掉衣服赤条条地在黑夜里游过伊洛瓦底江的。你也明明知道,在阿米德·基尔的战斗里,我是待在什么地方的,还有另外四个该死的帕坦人也知道。不过,我那时是不得不那么干,当时我一点也没想到死。现在我只想回家——回家——回家!不,我不是想妈妈,我是伯父养大的。但是我真想伦敦;想听见它的声音,想看见它,想闻闻它的臭气;想站在沃克斯豪尔桥上,看看那里的橘子皮、柏油马路和煤气路灯;想坐上去博克斯山的火车,嘴里衔着一只新的黏土烟斗,心上的姑娘坐在自己的膝头上。就这些,还想看看伦敦滨河马路的灯光,我在那儿谁都认识,就连那个逮捕我的警察也是个老朋友,从前,当我还是个小不点儿的小家伙,在法学院和宗教裁判院一带混事的时候,他就逮捕过我。再也不用去站他妈的岗了,不用去擦他妈的枪了,不用披上这身军服了,自己能当家做主,星期天能带上姑娘去看救生队演习,看他们从伦敦海德公园的蛇池里钩出死尸来。我居然为了那个寡妇①抛弃了这一切,漂洋过海,到这里来当兵。这里没有女人,没有好酒,这儿没有什么值得看,没有什么值得干,没有什么值得讲,也没有什么能叫你感动,叫你思考。斯坦莱·奥塞里斯,老天爷保佑你吧,你可真是个天大的傻瓜,比团里所有的人再加上穆尔凡尼还要傻!那个寡妇这会儿就坐在家里,头上戴着王冠,而我呢,我斯坦莱·奥塞里斯不过是那寡妇的私有财产,是个该死的大傻瓜!"

说到最后,他的嗓门越提越高,用一句六个字的盎格鲁民间骂人话结束了这番话。穆尔凡尼一声不吭,只是瞧瞧我,好像认为只有我能给奥塞里斯的糊涂脑袋带来平静。

我想起有一次在拉瓦尔品第,我看见一个发酒疯的人被人捉弄了一通,他的酒就醒过来了。有些团队的人可能知道我说的是什么。我想,我

---

① 指英国维多利亚女王(1819—1901),当时她已丧夫,故称她为寡妇,或寡妇女王。

们也许能用这个办法把奥塞里斯治好,虽说他一
点也没有醉。于是我说:

"你在这儿发牢骚骂那位寡妇又有什么
用处?"

"我可没有骂!"奥塞里斯说,"老天在上,我
敢发誓,我可没有说她一句坏话,我才不干那样的
事呢——哪怕这会儿我正准备开小差!"

这下可给我送来了机会。"哦,原来你是打
算开小差。你满口胡诌又管什么用呀?要是有机
会,你是不是愿意现在就溜号?"

"那当然啰!"奥塞里斯像被人扎了一下似的
跳了起来说。

穆尔凡尼也跳起身来。他说:"你想干什
么呀?"

"我要帮忙把奥塞里斯搞到孟买或者卡拉奇
去,随便他想上哪一处都行。你可以去报告,说他
吃午饭之前就跟你分了手,还把他的枪扔在这儿
的岸边上了!"

"叫我去报告——叫我去?"穆尔凡尼慢吞吞
地说,"好极啦。只要奥塞里斯当真想开小差,确
实要开小差,而你呢,先生,你是我们两人的好朋

友,你愿意帮他的忙,那么我,特伦斯·穆尔凡尼,
我发誓——我从来说话是算数的——我一定照你
说的去报告。不过——"他走到奥塞里斯面前,
朝他晃了晃猎枪的枪柄,"斯坦莱·奥塞里斯,以
后我要是再看见了你,你可得靠拳头来帮你的
忙了!"

"我才不在乎呢!"奥塞里斯说,"这种狗过的
日子我早腻味了。让我试一试。别跟我开玩笑,
让我走吧!"

"把衣服脱下来,"我说,"跟我换一下,换完
了我再告诉你怎么做。"

我希望这么荒唐的做法会使奥塞里斯就此罢
休。但是,我几乎还没有解开衬衣领子,他就已经
甩掉了大皮靴,扒掉了他的军服。穆尔凡尼拽住
了我的胳膊:

"他的劲头儿上来了:这会儿他身上的劲头
正足呢!我敢发誓,我们当真会成为逃兵的帮凶
呢!先生,你会说,这只不过是关二十八天禁闭,
要不就是关五十六天禁闭的事。可是这太丢人
啦,——我跟他两个都没法见人了!"我还从来没
有看见穆尔凡尼这么激动过。

　　但是奥塞里斯却非常冷静。一等到他跟我换完衣服,我像一名常备军士兵那样站在那里,他就急不可耐地说:"好啦! 说吧,下面该怎么做呢? 你不是开玩笑吧,你说说,我要跳出这个地狱,得做些什么?"

　　我对他说,只要他肯在河边上等两三个钟头,我就骑马到驻地去,取一百卢比回来。他把那笔钱放进口袋以后,就可以到离这里大约五英里的一个最近的小火车站去,买一张到卡拉奇的头等车票。他的团队知道他去打猎的时候身上没带一个子儿,就不会立刻打电报到各个港口去询问,而会到河边那些当地老百姓的村庄里去找他。何况,谁也不会想到在一节头等车厢里去找一个逃兵。到了卡拉奇,他就去买一身白人的衣服和一张轮船票,最好是搭乘一艘货轮。

　　讲到这里,他打断了我的话。只要我帮他到了卡拉奇,余下的事他自己都能安排。于是我命令他待在那里,天稍黑一点以后,我就骑马到驻地去,那时就不会有人注意我的服装。我真得谢天谢地,虽说英国士兵里有不少人往往是些天不怕地不怕的歹徒,亏得上帝聪明,把他们的心变得像小娃娃一样嫩,好让他们在大灾大难的处境里一心一意地信任他们的军官,紧紧跟着他去冲锋陷阵。他们对文职人员不是那么容易相信的,可是,一旦相信了,他们就死心塌地,毫不怀疑,像只狗那样忠实。我很荣幸地获得了大兵奥塞里斯的友谊,我们的友谊断断续续已经有三年多了。我们一直像男子汉那样开诚相见。所以他把我的话句句当真,认为我没有半句戏言。

我和穆尔凡尼把他留在河边的草丛里,然后我就沿着草丛到我拴马的地方去。他的粗布衬衣磨得我身上难受极了。

我们等待着天黑,我好趁黑骑马离开这儿。我们等了两个小时。我们一面悄声谈论着奥塞里斯,一面侧耳谛听他那里有什么动静。但是除了草丛里传来的风声以外,什么声音也听不见。

穆尔凡尼认真地说:"我不止一次把他的脑袋打开了花,我还用鞭子抽得他差点送了命,可是,我还从来没法把他脑子里那些怪想法打掉。从来没有!而且,他也并不傻,他很讲道理,脾气又随和。到底是什么缘故呢?是他的出身太穷苦?是他没有受过教育?你们这些自以为什么都知道的人,你倒是告诉我呀。"

可是我也找不到答案。我在想,奥塞里斯在河边上到底能熬多久,我到底是不是会被迫真的帮他开小差,因为我已经答应了他呀。

反正,当天黑了下来,我怀着沉重的心情给马备鞍子的时候,就听见河边传来了疯狂的喊叫声。附在 B 连队 22639 号大兵斯坦莱·奥塞里斯身上的魔鬼已经跑掉了。正像我希望的那样,孤独、暮色、等待,把它赶走了。我们急忙跑过去,发现他正在草丛里疯了似的横冲直撞。他已经脱下了他的外衣——应该说是我的外衣,正在像个疯子似的呼唤我们。

等我们赶到他身边,他已经汗流浃背,像一头受惊的马一样全身颤抖不止。我们费了好大的力气才使他安静下来。他抱怨说他穿的是便衣,他硬是把我的衣服统统从他身上扯下来。他命令我脱下衣服,我们尽量快地第二次交换了服装。

他自己那件"灰皮"衬衣发出咔嚓咔嚓的响声,加上他自己那双皮靴发出吱嘎吱嘎响声,好像使他清醒了过来。他双手捂住眼睛说:

"这是怎么回事？我没有发疯呀，我也没有中暑呀，我都说了些什么，干了些什么……我都干了些什么呀！"

"你干了些什么？"穆尔凡尼说，"你丢了自己的人，现了自己的眼——那倒没什么关系。可是，你给B连丢了脸，最糟的是，你丢了我的脸！我！是我教给你怎么样挺起身子，像个男子汉一样走路——那时候，你还是个脏兮兮的、弯腰驼背的、哼哼唧唧的新兵。就跟你现在一样，斯坦莱·奥塞里斯！"

奥塞里斯沉默了一会儿，然后他解下了自己的腰带。这条腰带上面沉甸甸地挂着跟他的团队并肩战斗过的其他六个团队的肩章。他把这条腰带朝穆尔凡尼递了过去。

"我这么小的个子，是打不过你的，穆尔凡尼，"他说，"过去你就揍过我。不过，你要是愿意，可以拿这条腰带，把我劈成两半。"

穆尔凡尼转身朝着我。

"让我跟他谈谈吧，先生。"穆尔凡尼说。

我走开了。在回家的路上，我陷入了沉思，不但想到奥塞里斯，还想到了我喜爱的大兵汤玛斯·阿特金斯①。

但是,我想来想去,也得不出一条结论来。

---

① 即大兵汤米,吉卜林对英国士兵的统称。

在格林诺山上

爱神的柔声絮语她无心倾听；
她的纤手紧握在他红润的手心，
是那样冰凉而沉重。她不愿转身细听；
脸儿掉了过去，只管自己往前赶路。
然而当苍白的死神，面目模糊而又狰狞，
竖起瘦骨嶙峋的手向她召唤，
伸出柏枝编的花环，她却随他而去，
丢下爱神冷冷清清、满心诧异，
为什么她不愿留下，不肯听从他的请求，
而一听见死神的轻语，便起身离去。

——《情敌》

61

"喂,阿赫默德·迪因! 夏菲兹·乌拉! 巴哈杜尔·汗,你们在哪儿? 走出帐篷来,学我的样儿,跟英国人干。别杀你们自己的同胞了! 到我这儿来呀!"

那个土著兵团的逃兵在兵营外边爬着,不时地放上几枪,对他的老伙伴们喊着话。由于天黑,又下着雨,他摸错了地方,竟爬到英国兵住的营房这边来了。他的尖叫和枪声吵醒了士兵们。他们修筑了一整天的道路,都累得要命了。

奥塞里斯睡在李洛埃的脚头。"怎么回事?"他哑着嗓子说。李洛埃打了声呼噜,一颗施奈德枪弹嗖的穿进了帐篷。大兵们都咒骂起来。"这是奥朗加贝德团那该死的逃兵干的,"奥塞里斯说,"谁起来告诉他一声,他摸错地方了。"

"睡吧,小个子,"穆尔凡尼说,他是紧挨着门睡的,身上直冒汗,"我可没法起来跟他细讲什么道理,外面的雨下得像挖战壕的铁锹一样猛。"

"你根本不是不能够,你就是不想出去,你这软骨头瘦长条,你这个偷懒的叫花子。你听他号叫吧!"

"争论有什么用? 叫那头猪吃颗子弹不就完

了！他害得我们全都没法睡觉了！"另外一个人说。

有个少尉怒冲冲地喊了一声，接着，有个淋得像落汤鸡似的哨兵在黑暗中抱怨说：

"没有用，长官。我看不见他，他是躲在山脚下面的。"

奥塞里斯翻身起来，掀开了毯子。"是不是让我去把他干掉，长官？"

"不用了。"少尉回答道，"躺下吧。我不想让整个营房一天二十四小时连轴转地打枪。叫他滚去找他自己的朋友好了。"

奥塞里斯考虑了片刻。然后他从帐篷下面探出脑袋，就像公共马车售票员对一个堵住道路的家伙那样，高声喊了起来："喂，往前挪一步！再往前挪一步！"

弟兄们大笑起来，笑声顺风传到了逃兵那里，他知道走错了地方，于是便转移到半英里路以外去纠缠他自己的军团去了。迎接他的是几下枪声；奥朗加贝德团的士兵们因为他给他们的军旗带来了耻辱而大大地生他的气了。

"行啦，"奥塞里斯听见了远处施奈德枪叭叭的响声，就把头缩进去说，"不过，说真的，那家伙的确该死，他把我的好梦都吵掉了。"

"那么，你明天早上出去给他一枪好啦，"少尉随口说道，"现在帐篷里都别说话了。好好休息吧，弟兄们。"

奥塞里斯心满意足地轻轻叹了口气，躺了下去。不到五分钟，除了打在帆布帐篷上的雨点声和李洛埃那所向无敌的、吓人的呼噜声外，一切又都寂静无声了。

营房设在喜马拉雅山的一个光秃秃的山脊上，一个星期以来，他们一直在等待一支突击队来和他们建立联系。那个逃兵和他的朋友们每晚来骚扰，已经成了一个祸害。

到了早上，士兵们在炎热的阳光里擦干了身子，清洗着他们污秽的装备。老团这天休息，由土著兵团换班去修筑道路。

"我要去伏击那个家伙，"奥塞里斯擦洗干净了他的步枪以后说道，"他每天傍晚五点钟左右就沿着那条小溪上来。我们要是今天下午到北边的小山那里埋伏起来，就一定能干掉他。"

"你真是个爱吸血的小蚊子，"穆尔凡尼把一缕缕蓝色的烟雾喷向空中,说道,"不过,我看我还是陪你去好。杰克上哪儿去啦?"

"他跟'杂拌酸泡菜'他们一块儿去了,他自以为是个了不起的神枪手。"奥塞里斯轻蔑地说。

"杂拌酸泡菜"是一支由高明的枪手组成的小分队,一般用来扫清山坡上过于放肆的敌人。这可以使年轻的军官掌握带兵的本领,不过对于敌人倒起不了多大的杀伤作用。穆尔凡尼和奥塞里斯漫步走出营地,路上看见奥朗加贝德团的士兵们正出发去筑路。

"你们今天得卖点力气才行,"奥塞里斯和蔼地对他们说,"我们要去干掉你们那个逃兵。昨晚你们有没有人把他打中?"

"没有。那头猪嘲笑着我们走掉了。我朝他开了一枪,"有个士兵说,"他是我的表弟,本来应该由我来洗刷掉我们的耻辱。不过,祝你们成功。"

他们小心翼翼地来到北边的小山。奥塞里斯走在前头。正如他解释的,"这是远距离射击,得由我来干。"他对自己的步枪爱到了极点,据营房里头传说,他每晚都要亲吻一下自己的步枪才去睡觉。他瞧不起冲锋和肉搏。要是实在避不开的话，他就溜到穆尔凡尼和李洛埃两人中间，让他们为自己，也为了他，去拼死战斗，他们也从没有让他失望过。这会儿他穿过北山的树林快步搜索前进，像一条跟踪着时隐时现的足迹的猎狗。最后他感到满意了，便一屁股躺倒在一片铺满松针的软绵绵的山坡上。这里居高临下，下面的小溪和小溪对岸的一座光秃秃的褐色山坡都可以看得清清楚楚。这儿的树林浓密幽暗，散发出一股清香，哪怕是整整一支军团都可以隐蔽在这里，免受骄阳曝晒之苦。

"这里已经到了树林的尽头，"奥塞里斯说，"他一定得从那条小溪那儿上来，只有那儿能藏身。我们就躺在这里。再说这儿也没有那么多尘土。"

他把鼻子埋进一丛没有香味的白色紫罗兰花里。没有人来告诉这些花儿说，它们盛开的季节早已过去，于是它们依然在幽暗的松林深处快乐地开放着。

"这地方位置不错，"他舒舒服服地说，"一枪打过去，距离太合适了。你说有多远，穆尔凡尼?”

"七百码。也许还少一点，因为空气太稀
薄了。"

"哐!""哐!""哐!"北边的后山坡上响起了
一排旧式步枪的射击声。

"那些该死的'杂拌酸泡菜'只会放空枪! 他
们会把这一带的人都吓跑的。"

"乘着这个闹劲，你先放一枪试试准头，"穆
尔凡尼说。他的鬼点子最多。"那边有块红色的
岩石，他一定会经过那里的。快!"

奥塞里斯瞄准到六百码的地方开了枪。子弹
在岩石底部一丛龙胆草旁边溅起一片尘土。

"蛮不错的!"奥塞里斯扳下瞄准尺说道，"你
就照我这样瞄准，或者再低一点。你总是射得偏
高。不过要记住，头一枪是我的。嗳，下午天气真
不错呀。"

枪声越来越响，树林里响起了嘈杂的脚步声。
两人都不出声地躺着。他们知道，英国兵只要听
见一点响动，不问青红皂白，马上就会开枪的。接
着，李洛埃出现了，他脸上显得很羞愧，军服前胸
被子弹划了一道口子。他喘着粗气，一下子躺倒

在松针堆上。

"酸泡菜队里一个该死的种菜园子的家伙，"他摸着撕破的地方说，"朝左翼开了一枪，他明知道我就在那儿。我要知道他是谁，我就剥了他的皮。瞧瞧我的军服。"

"这就是神枪手特别靠得住的地方。你训练他用固定支架打一只七百码外的苍蝇，于是他一看见或者听见一英里外有什么动静，就马上开枪。你算是离开了那伙瞎放枪的人，杰克。就待在这里吧。"

"他们在朝着他妈的树梢的风开枪呢，"奥塞里斯咯咯地笑着说，"等会儿我放几枪给你们开开眼。"

他们在松针堆里打着滚，他们躺在那里，被太阳晒得浑身暖洋洋的。"杂拌酸泡菜"们不放枪了，他们回营房去了。树林里只留下了几只吓坏了的无尾猿。在寂静中，小溪放开了嗓子，和岩石絮絮叨叨说着毫无意义的傻话。隔一会儿就能听见三英里外一声闷雷似的爆炸声，它透露说奥朗加贝德团在筑路时遇到了困难。这几个人露出笑容听着。他们静静地躺着，享受着温暖的闲暇的

乐趣。不久,李洛埃一面吸着烟斗,一面说:

"真奇怪——那边的家伙——居然要开小差。"

"等我干掉他以后,他可就要他妈的更奇怪了。"奥塞里斯说。他们都把声音压得低低的,因为树林里的寂静和杀人的欲望使他们受到了压抑。

"他肯定有他开小差的理由;不过,我敢担保,别人全都想杀死他,他们更加有理由了。"穆尔凡尼说。

"很可能这里面牵涉到一个姑娘,男人们为了姑娘,什么都干得出来。"

"我们当兵多半是她们鼓动的;她们可没权利让我们开小差。"

"唉,不是她们,就是她们的父亲让我们当兵。"李洛埃轻声说道,他的军帽低低地压在眼睛上。

奥塞里斯恶狠狠地皱起了眉头。他在望着山谷。"要是为了一个姑娘,我就要给这叫花子两枪。补第二枪是因为他当了傻瓜。你怎么突然变得这么多愁善感啦。是不是想起了上次差点送命的事?"

"不是的,伙计;我只不过想起了过去的事。"

"过去到底发生了什么事,你这个多灾多难的屠头小伙子,你简直像牧场尽头的一头小母牛那样哞哞地叫,好替斯坦莱要杀的那个家伙找些可恶的借口。小个子,你还得再等上一个小时呢。说出来吧,杰克,向月亮唱唱你的苦经吧。要从你嘴里掏出点什么来,非得来一次地震,要不就是来一颗子弹蹭着你的皮。讲吧,风流小生!情郎罗萨里奥·李洛埃①的恋爱史!斯坦莱,注意监视下面的山谷。"

"事情发生在一座山上,和那边的山一模一样。"李洛埃注视着喜马拉雅山底下一座光秃秃的平坡说道,这儿使他想起了他老家约克郡的荒山坡。他与其说是在讲给同伴听,不如说是在自言自语。"唉,"他说道,"伦波德荒坡就在斯基普顿镇上边,而格林诺山呢,又在帕特利布里格上边。我想你们从来没有听说过格林诺山,不过,远

---

① 罗萨里奥是英国作家罗(Rowe,1850—1923)的剧本《忏悔的女郎》中的一个风流公子角色。

处那块荒山,要是有一条白色的道路环绕着它,就跟格林诺山一个样;真是出奇地相像。那里到处是一眼望不到边的荒山坡,没有一棵树可以遮挡太阳。那儿净是用石板做屋顶的灰房子,到处是红嘴鸥在叫,到处是茶隼像这儿的鸢鹰一样来回盘旋。那才叫冷呢!风像刀子一样锐利。你只要看见谁的脸蛋和鼻尖像苹果一样红,蓝眼睛被风吹得眯成一条缝,你就知道他们准是格林诺山的老乡。他们大部分是挖矿的,在山沟里挖铅矿,像田鼠一样跟踪着矿苗。我从来没有见过这么艰苦的挖矿法。你走到一架只有井台大小的、嘎吱嘎吱直响的木头绞盘井架那里,身上拴根绳子就放下井去,一只手推着井壁,一只手拿着插在黏土烛台上的蜡烛,另一只手抓住绳子。”

“那就得有三只手啰,”穆尔凡尼说,“那地方的气候一定不错。”

李洛埃没有理他。

“等你下到一块平地,你就趴在地上,弯弯曲曲地在一条巷道里朝前爬,爬上一英里地,就到了一个像里兹市政厅那么大的洞里,那里有台抽水机,把更深的工作面里的水抽出来。这是块古怪地方,更不用说挖矿了。因为山里到处都是那种天然洞,河流和小溪的水都流进他们叫'地壶'的洞里,然后在几英里外的地方又流出来。"

"你在那儿干什么?"奥塞里斯问道。

"我那时是个年轻小伙子,经常赶着马匹运送煤和铅;不过,这件事发生的时候,我是在一家大矿里赶运货马车。我并不是当地人。我是在家里吵了架跑出来的。起先我跟一群浪荡的家伙混在一起。有一天晚上,我一定是喝酒喝得太多了,要不就是酒不好。不过说实话,那些年头,我还从来没有见过坏酒。"他扬起胳膊举过头顶,揪了一大把白色的紫罗兰,"是啊,我从来没见过我没法喝的酒,也没见过我没法抽的烟,也没见过我没法亲吻的姑娘。嗯,我们非要比赛谁回家跑得最快。我一下子把别人都甩在了后面。当我爬上一道用碎石头堆起来的墙时,一跤摔进了墙下面的沟里,石头块也跟着掉了下来。我的一只胳膊摔断了。在那时我并不知道这些,因为我是后脑勺先着地的,当时就砸晕过去了。我醒来的时候已经是清早。我发现自己躺在杰西·朗特里家的长靠背椅上,丽莎·朗特里在旁边坐着缝衣服。我浑身疼痛,口渴得像个石灰窑。她端来一杯水给我喝,那是只瓷杯,上面印着'里兹市赠'几个金字。后来我还曾经好多次看过这只上面有字的瓷杯。'你得安安静静地躺着,等波瓦顿医生来,因为你的胳臂跌断了,爸爸已经打发一个小伙子去请他了。他是去上工的时候看见你的,他把你背了回来。'她说。我只说了声'噢!'就闭上了眼睛,因为我实在臊得慌。'爸爸上工已经去了三个小时了,他说他会让他们另找个人去赶车的。'时钟滴答滴答地响着,一只蜜蜂嗡嗡地飞进了屋子,这些声音震得我脑袋里像是有好多个水车轮子在旋转。她又给我喝了一杯水,把我的枕头拍拍平整。'唉,你还年轻呢,怎么就喝得烂醉,胡闹一气呢。你以后再别这样了,行吗?'我说:'行,我再不喝得烂醉了,只要能叫我脑袋里那些水车轮子别那么嘎吱嘎吱地响。'"

"说真的,你生了病能有个女人看护你,可真不赖啊!"穆尔凡尼说,"哪怕砸破二十个脑袋也值得。"

奥塞里斯皱着眉头转过脑袋注视着山谷那边。他这辈子可没有什么女人看护过他。

"后来波瓦顿医生骑马来了,杰西·朗特里也跟他一起回来了。医生是个有学问的人,可是他跟穷人说起话来一点不拿架子。'出了什么事呀?'他说道,'砸破了你的傻瓜脑袋?'然后他摸了我的全身。'没有砸断骨头,只不过砸傻了一点,本来就够糊涂的。'他就这么说了下去,想出各种各样的话来骂我,不过他还是在杰西的帮助下很小心地给我接上了摔坏的胳臂。'你得让这个大笨蛋在你这儿住几天,杰西,'他给我包扎好,吃过药以后这么说,'你跟丽莎得照顾着他,虽说他一点也不值得你们为他操心。这么一来,你就得丢掉工作,得靠疾病互助会帮你两个月,也许还要久一点。你说你是不是个傻瓜?'"

"可是我倒想知道,不管出身贵贱,哪个年轻人不是傻瓜?"穆尔凡尼说道,"的确,干过蠢事以后,倒是会变得聪明的,我就这么干过。"

"聪明!"奥塞里斯扬起下巴颏,打量着他的同伴们,咧开嘴笑着说,"你们两个都是他妈的所罗门,是不是?"

李洛埃沉静地继续说了下去,眼光稳定,像一头反刍的公牛。

"我就是那样认识丽莎·朗特里的。有几首她经常唱的歌——唉，她老是在唱歌——我一听就仿佛格林诺山就在我眼前，跟对面那座山坡一样清楚。她硬要教我唱男低音，要我和他们一起上教堂去。杰西和她在那儿领唱，老头儿还拉提琴。老杰西是个怪人，爱音乐爱得发了狂，他要我答应他，在手臂好些以后学拉大提琴。这把大提琴是他的，它装在一只匣子里，摆在一座可以连续走八天不用上弦的大钟旁边。在教堂里拉这把琴的原来是威利·萨特思维特，可是他后来耳朵完全聋了，这使杰西非常恼怒，他得用琴弓敲打他的脑袋，才能使他在该停的时候止住他那拉锯似的声音。

"但是这一切都被一块黑斑搅乱了，而这块黑斑是一个穿黑衣服的人①带来的。那个卫理公会原教旨派牧师到格林诺来的时候，总是住在杰西·朗特里家，他从一开始就揪住了我不放。看来我的灵魂需要拯救，而他则下了决心要拯救我。而同时使我感觉妒忌的是，他似乎也非常热心地

---

① 指牧师。

要拯救丽莎的灵魂,有好多次我差点把他宰了。事情就这样继续下去,终于有一天我支持不住了,向丽莎借了钱去买杯酒喝。过了四天,我垂头丧气地又回来了,只是为了想再看看丽莎。但是杰西和那个牧师——阿莫斯·巴拉克洛夫也都在家里。丽莎没说什么话,只是她平时苍白的脸上现在泛起了一点红晕。杰西尽量有礼貌地说:'嗳,小伙子,事情是这样的:你得自己选择究竟走哪条路。我可不愿意让酒鬼跨进我的门槛,而且还是个借我闺女的钱去喝酒的酒鬼。闭嘴,丽莎。'他看见丽莎想开口,就这样阻拦她说。丽莎是想对我说,她很愿意借给我钱,并且相信我一定会还给她的。这时牧师看见杰西要发脾气了,就插了进来,他们两人狠狠教训了我一通。可是最叫我受不了的,比他俩的嘴还起作用的,却是丽莎,她只是在旁边看着,什么话也不说。于是我决定改邪归正。"

"什么!"穆尔凡尼喊了起来。然后,他克制住了自己,轻声说道,"没关系! 没关系! 圣母马利亚确实是所有的宗教和大多数女人的母亲。只要男人们不干涉,每个姑娘都是非常虔诚的。在这种情况下,我也会改邪归正。"

"噢,"李洛埃的脸红了,他说,"不过,我是诚心诚意要改邪归正的。"

奥塞里斯有他自己监视的任务,所以他想笑可又不敢使劲笑。

"唉,奥塞里斯,你尽管笑吧,你可不了解那位巴拉克洛夫牧师,他是个脸色苍白的小矮个,他说起话来能哄得小鸟飞下树枝,能哄得人们以为他们从来没有和这么了不起的好人交过朋友。你从来没有见过他,而且……而且……你也从来没有见过丽莎·朗特里……从来没有见过丽莎·朗特里……我看不只是因为那牧师和丽莎的父亲,而且还多亏了丽莎,反正,他们的想法都一个样,而且我也感到很羞愧,所以我就成了一个他们所说的改过自新的人。我回想起来,很难相信那个参加祈祷会、上教堂、到读经班去的人,居然会是我。不过,关于我自己我从来没有说过什么,尽管在那儿好多人大喊大叫,还有那个患了风湿病,腰都直不起来,眼看即将入土的老萨米·斯特罗瑟,也高声唱着什么'欢乐呀! 欢乐!'还说什么坐着煤筐上天堂也比坐六匹马拉的大马车下地狱要强得多。他常常把他那只可怜的老鸡爪子一样的手搭在我肩膀上,问我'你是不是感觉到了,傻大个儿?你是不是感觉到了?'有时我觉得我感觉到了,有时又觉得没有,到底是怎么回事呢?"

"人的本性从来就是这样的,"穆尔凡尼说道,"而且,我怀疑你是不是适合做一个卫理公会原教旨派的教徒。正因他们是新教徒。我向来相信旧教,旧教才是所有新教派的母亲——是的,同时也是它们的父亲。我喜欢旧教,因为它的规矩最严。我可能死在檀香山,或者新赞不拉,或者死在卡晏角,不管我死在哪里,我既然信奉旧教,那么,只要那里能找到一个神父,我就要像教皇亲自从圣彼得大教堂的屋顶上下来为我送终一样,按旧教的仪式,用旧教的祈祷词,行旧教的涂油礼。因为旧教的规矩要求一切都分毫不差,不能太高,也不能太低,不许超过,也不许省略。我就是喜欢它这一点。不过你要知道,旧教对意志不坚定的人可不合适。它要求他全心全意地投身进去,除非他有自己的工作要做。我还记得我父亲死后三个月才下了葬;真是天晓得,他为了少进炼狱十分钟,竟瞒着我们全家把他的小酒店卖给了别人。

他可真是竭尽全力了。所以我才说,只有坚强的人才能和旧教打交道,这也是为什么有那么多女人信奉旧教的缘故。这事还真叫人纳闷。"

"操心这些事有什么用?"奥塞里斯说,"不管怎么说,你肯定很快就会明白的。"他把枪栓里的子弹倒在手上,放在手心里。"这就是我的牧师。"他说,同时把那颗杀气腾腾的黑头子弹竖了起来,让它像木偶人儿似的鞠了一躬。"它就要好好地教训那人一顿了,而且是在太阳落山之前。不过,后来怎么样了,约克?"

"有一件事使他们拿不定主意,差点当着我的面把我关在大门外边,那就是我养的小狗'爆炸'。它是在小铺老板的小屋里一桶开矿用的火药爆炸以后,从一窝被炸死的小狗里救出的惟一的一只狗。他们不喜欢它的名字,更不喜欢它跟所有它遇见的狗打架的脾气。它是只少见的好狗,脸上有黑红两色的斑点,一只耳朵被炸掉了,另外,由于它当时是在一只篮子里被拖过大约一英里半远的铁皮屋顶,所以一条腿也跛了。

"他们一定要我把它扔掉,说它太充满世俗味道,太粗野了;他们说难道我为了一只狗,宁愿让自己被关在天堂的大门外边？'不行，'我说，'要是天堂大门那么窄，容不得我们两个一块儿进去，那我们就待在外边，反正我们是决不分开的。'这时那牧师也出来替'爆炸'求情了，因为他从一开始就有点喜欢它——我猜那是为什么我慢慢喜欢上那牧师的缘故——有些人想把小狗的名字改成'祝福'，他坚决不同意。于是我和'爆炸'就经常上教堂去了。但是像我这样性格的年轻小伙子，要想和尘世、欲念、魔鬼一下子断绝关系，实在很不容易。不过我还是坚持了很久，那些到了星期天常常站在镇子边上，倚在桥头往河里吐痰的小伙子们，总是跟在我后边叫喊，'喂，李洛埃，你什么时候讲道呀，我们都想来听！'另一个小伙子就会说，'别嚷嚷了，他今天早晨没戴白领圈呢！'这时我只好把手塞进我星期天穿的好衣服口袋里，拳头攥得紧紧的，对自己说，'如果今天是星期一，而我又不是卫理公会的教徒，我一定要狠狠揍扁这帮家伙。'心里知道打得过他们，而又不能动手打架，这是最叫人难受的事。"

穆尔凡尼同情地咕噜了几声。

"于是，又是唱歌啦，又是练习啦，读经班啦，还有杰西硬要我夹在两条腿中间的大提琴啦,我就有许多时间是在杰西·朗特里家里度过的。可是,尽管我常去那里,牧师去得比我还勤。老头和姑娘也都很高兴见到他。他住在帕特利布里格,那地方比较远,可是他还是来。他还是经常来。一方面我喜欢他——和别人一样喜欢,甚至比别人更喜欢他,可是另一方面我又恨他。我们两人像猫和耗子似的互相防备,不过表面上都客客气气的。我对他总是彬彬有礼的,而且因为他为人是那么光明磊落,我对他也就不能不光明磊落。虽说我经常恨不得拧断他那聪明的小脖子,但他其实却是个非常好的伙伴。每当他从杰西家里出来的时候,我常常要陪他走一段路。"

"你是说,送他回家?"奥塞里斯说。

"是啊,这是我们约克郡人送朋友的规矩。这个朋友,我不希望他再回到这儿来,而他呢,也不希望我再回这儿来,于是我们一块儿走到帕特利,然后他又往回送我。我们俩就像一对该死的钟摆一样,在山头和山谷中间送来送去,直到清晨两点钟,这时丽莎窗口的灯光早就熄灭了。我们装着在看月亮,其实一直在看着她的窗口。"

"啊!"穆尔凡尼插嘴说,"你是斗不过那个专门会抢别人东西的,唱赞美诗的家伙的。女人们十有八九只喜欢装腔作势的人,等到发现错误,已经晚了。女人就是这样的。"

"这你就错了,"李洛埃说,他那晒得黑黑的、长着雀斑的面颊泛起了红晕,"我是丽莎的第一个心上人,你会认为这就够了。可是那牧师却是个有耐性的人,杰西完全是支持他的,而且教会里所有的娘儿们都整天在丽莎耳朵边嘀咕,说她心眼太好了,肯跟一个像我这样没有出息的二流子来往,说什么我这样的人太有失体面了,脚后面还跟着一条爱打架的狗,等等。她们说,她想帮助我,想拯救我的灵魂,这当然是件好事,但是她也得小心,自己别上当。人家常说有钱的人喜欢摆架子,装斯文样儿。其实教会里的穷人,才是最爱面子、最讲体面的。这股风气就像格林诺山上刮过来的风一样冷。唉,冷得多,因为它从不停下来。现在我回想起来,最奇怪的一件事就是,他们顶不喜欢人们去当兵。《圣经》里本来有许许多多打仗的故事,军队里也有好多人是卫理公会的教徒;但是听教会里的人讲话的口气,仿佛当兵离受绞刑只隔一步远,而且跟受绞刑简直差不多。他们聚会的时候,讲的全是打仗的事。要是萨米·斯特罗瑟在祷告的时候一时想不出词儿来,他就会高唱起《天主和吉提昂的宝剑》来。他们经常说什么要披挂起正义的全副武装,为信仰而战斗。可是后来有个小伙子想去当兵,他们就为他举行了一次祈祷会,冲着他大声祈祷,差点儿把他的耳朵都震聋了。小伙子最后只好拿起帽子逃跑了。他们在主日学校里常常讲一些坏孩子的故事,说他们星期天掏鸟窝,平常的日子逃学,因此经常挨揍,后来他们又怎么染上了摔跤、斗狗、逮兔、酗酒的嗜好,说到最后,仿佛是给坏孩子写墓志铭一样,他们用'后来他去当了兵'这句话给这个已经远离山沟的人作了结论,说完话还要深深叹一口气,然后抬眼朝天,像一只正在喝水的母鸡一样。"

"事情为什么是这样的?"穆尔凡尼一巴掌狠狠地拍在大腿上,说道,"老天爷,事情为什么是这样的? 而且这些我都见过。这些人骗人、诈财、撒谎、造谣,还干过许多糟糕得多的事;可是他们却认为,最最糟糕的事,是老老实实地去为那寡妇当兵。总的说起来,这有点像孩子们讲的故事。"

"要是我们不给这些人一个安安静静的好地方去干仗,你瞧瞧他们不狠狠地大干一仗才怪呢。他们又是怎么打仗的呢!像屋顶上的猫打架,喵呜喵呜地叫对方快过来。要是能让伦敦那些养尊处优的家伙们到这里来修一天的路,淋一夜的雨,叫我拿出一个月的薪饷来我也心甘情愿。这样他们就能忍受许多别的磨难,就像人家认为我们能忍受一样。有次我在兰白思一家只有外卖执照①的下等小酒店里给轰了出来,那店里挤满了浑身油污的马车夫。"

"也许因为你喝醉了吧。"穆尔凡尼安慰他说。

"比这更糟。醉的是马车夫们。我当时穿着女王的军服。"

"在那些日子里,我并不特别想当兵,"李洛埃说,他的眼睛仍然注视着对面光秃秃的山顶,"可是他们那种说法却使我产生了当兵的念头。

---

① 英国酒店须领执照才能卖酒,执照分为两种,一种允许顾客在店里饮酒,一种只准许外卖,顾客买酒后只能拿走,不能坐在店里饮用。这里提到的酒店属于后一种。

这些教会里的人，心眼太好了，结果他们反而把话说过了头。不过，我为了丽莎的缘故，还是忍受着，特别是因为她正在教我唱'霍洛托里奥'里的男低音。这场'霍洛托里奥'是杰西组织的。她自己唱得像一只画眉那样好听，我们每天晚上练唱，一直练了将近三个月。"

"我知道什么是'霍洛托里奥'，"奥塞里斯冒冒失失地插嘴说，"那是一种牧师唱的调调，词儿都是《圣经》上的，还有哈利路亚之类的合唱。"

"格林诺山的老乡们差不多全都会演奏一种乐器，他们唱起歌来的时候，你在几英里外就可以听见，他们又拉又唱，自得其乐，没有人听也不在乎。牧师吹笛子，要不就唱高二度，由于我到底还是没有学会拉大提琴，他们就叫我坐在威利·萨特思维特身边，轮到他拉琴的时候就推他胳膊肘一把。这些人里就数老杰西兴致最高了。他又是指挥，又是第一小提琴手，又是领唱，一人身兼三职。他用琴弓打拍子，有时甚至用它重重地敲桌子，大声喊道：'喂，你们都停下来，该我唱了。'于是他就转过身去，充当男高音独唱歌手，脸上得意得冒出汗珠，唱了起来。他是合唱队里最神气的一个,摇头晃脑地唱着,两只胳膊挥舞着,像风车一样,直唱得脸色发青。杰西真是个少有的歌手。

"你们要晓得,除了丽莎·朗特里,别人都不怎么看得上我。所以在集会上或是'霍洛托里奥'练唱的时候,我有很多时间是静悄悄地坐在旁边听他们说话的。一开始我就觉得不太对味儿,后来,我越听越觉得不对味儿了。因为那时我被排斥在外,所以可以仔细琢磨这是什么意思。

"刚刚唱完'霍洛托里奥',本来身体就很弱的丽莎,这时病倒了。波瓦顿医生来看病,我就牵着他的马在门外头来回遛马。他们不让我进门,虽然我心里急着想进去看看她。

"'她马上就会好起来的,孩子,——她马上就会好起来的,'他总是这样说,'你必须有耐心。'后来他们说,如果我安安静静,就让我进去。阿莫斯·巴拉克洛夫牧师常常去给她读书听,她躺在床上,枕头垫得高高的。后来她的病好了一点,他们让我把她抱到长靠背椅上去坐着。天气暖和起来以后,她又可以照常下地走动了。在那些日子里,我和牧师及'爆炸'三个常常待在一起,我们可以说是很要好的伙伴。但是,我不止一次地真想把他打翻在地上。我记得有一天他说他很想到地心深处去看看上帝是用什么材料来做这无边无际的山脉的骨架的。他就是那种能言善道的人，讲起话来滔滔不绝，跟咱们这儿的穆尔凡尼一个样。要是穆尔凡尼当初肯下点儿工夫的话，他也能当个了不起的牧师。我借了一套矿工衣服给他，这套衣服宽大得几乎把这个小个子埋了起来，他那苍白的脸蛋埋在衣领和帽檐里面，看起来像个幽灵。他就蹲在运货马车里面。我当时赶着马车爬上斜坡，到了矿洞口上，洞里有架抽水机正在往外抽水，马车就从这里自动下去，好把从地底下运上来的矿石装进马车。我只是拉住闸，让马儿慢慢跟在后面。只要是在明亮的白天，我们两人总是要好的朋友，可是一等到我们进入了黑暗的矿穴，只看得见洞口露出一丝光亮，像街道尽头的一盏路灯似的，我的心里就装满了坏念头。我回头看着这个老是夹在我和丽莎中间的人，我的宗教观念就全都跑到九霄云外去了。人家都说，等她的病好些以后，他们就要结婚，可是不管我怎么问她，她也不肯说这是不是事实。他开始用他那单薄的嗓子唱起了一首赞美诗，我却不住地用粗话咒骂起我的马儿来,这时我才明白我是多么恨他。而且,他的个子那么小,我只消用一只手轻轻一推,就可以把他推进加斯东的铜矿井口去。就在这里,有一条地下小溪淌过一块岩石,然后静悄悄地泻下一道万丈深渊,就是把格林诺所有的绳子拿来也测不到底。"

李洛埃又揪下一把无辜的紫罗兰。"是啊,应该让他到地心去看看,别的什么都不用。我可以沿着坑道带他走一两英里路,然后把他丢在那里,让他拿着一支熄了的蜡烛唱哈利路亚,旁边没有一个人听他的,或是跟着他说声阿门。我只要领着他走下阶梯,到杰西·朗特里干活的巷道去。谁能保证他不会在阶梯上滑一跤?而我的脚就会踩住他的手指头,一直到他松了手,再用脚一踢,把他踢下去。要是我先下扶梯的话,我就可以抓住他,从我脑袋顶上把他扔下井去,叫他撞在一根根横木上,跌得粉身碎骨,就像那个刚来的比尔·阿普尔顿那样。比尔跌到井底下的时候,身上已经没有一根完整的骨头了。从此以后,再也不会有一条该死的腿从帕特利走过来了,再也不会有一只胳膊搂住丽莎·朗特里的腰肢了。再也不会有了——再也不会有了。"

他那厚厚的嘴唇掀开了,露出两排发黄的牙齿,他的脸涨得通红,脸上的表情十分难看。奥塞里斯同情地点了点头。奥塞里斯被伙伴的激情感动了,他把步枪举到肩头,眼睛瞧着山边,搜索着他的猎物,嘴里嘟嘟囔囔地骂着什么麻雀啦、喷水嘴啦、暴风雨啦之类的脏话。潺潺的溪流打破了寂静,仿佛在和人谈心。后来李洛埃继续讲了下去。

"但是,要杀死那样一个人,可不是件容易的事。我把马匹交给了接班的小伙子,把矿井指给牧师看。我在他耳边高声叫嚷,压倒了抽水机的轰隆声。这时我发现,他什么也不怕。当灯光照着他漆黑的眼睛时,我觉得他又一次把我制服了。我就跟'爆炸'一个样。'爆炸'被锁链拴住,每当一只陌生的狗平安无事地跑过它身边,他就恶狠狠地汪汪吠叫。

"'你是个胆小鬼,是个大傻瓜。'我对自己说;我在心里又跟他斗了起来,等我们来到加斯东的铜矿井口,我就一把抓住了牧师,把他举过头顶,让他冲着黑洞洞的深渊。'喂,小伙子,'我说，'现在不是你，就是我，只有一个人能跟丽莎·朗特里相好。怎么，你难道不害怕？'因为他安安稳稳地待在我手里，像一只麻袋一样。'不，我只是为你害怕，可怜的孩子，因为你什么都不知道。'他说。我把他放在岩石边上，小溪的流水声仿佛更静悄悄的了，我的脑袋里也没有那种像蜜蜂钻进杰西屋子的嗡嗡声了。'你这话是什么意思？'我说。

"'我常常想，这事应该让你也知道，'他说，'可是很难向你开口。咱们俩谁也得不到丽莎·朗特里。世上没有谁能得到她了。波瓦顿医生是了解她的，也了解她故世的母亲。波瓦顿医生说，她的病已经治不好了，她顶多还能活六个月。这事他早就知道。站稳了，约翰！站稳了！'他说。于是那个瘦弱的小个子把我拉了回来，让我靠着他坐下，安安静静地把一切都对我说了。我的手里握着一把蜡烛，一面听着，一面一遍又一遍地数着蜡烛。他的话有许多是牧师的那一套老生常谈，但是也有不少话使我开始认识到他是个男子汉，我过去太小看他了。直到后来，我不但为自己伤心，也同样为他伤心。

"我们一共有六支蜡烛。这一整天我们就在地底下爬着,一直到蜡烛全都点完。我对自己说:'丽莎·朗特里活不了六个月了。'等我们爬到地面上来以后,两人都跟死人一样难看,'爆炸'跟在我们后面,连尾巴也不摇一摇了。我再见到丽莎的时候,她看了我一会儿,就说:'是谁告诉你了?我看出你已经知道了。'她吻我的时候勉强装出笑容,我差点儿放声大哭。

"你要知道,我那时是个年轻小伙子,人间的事知道得很少,更不用说死亡了,虽说死亡总是在等着我们的。她告诉我,波瓦顿医生认为格林诺的空气太凛冽刺骨了,他们打算到布雷特福去找杰西的哥哥戴维,他在那儿一家面粉厂工作。她让我像个男子汉和基督徒,拿出勇气来挺住,她会为我祈祷的。他们就这样走了。那年年底,牧师也调到另一个他们称做'巡回教区'的地方去了。只有我一个人留在格林诺山。

"我费尽力气想继续待在教会里,但是从此以后,什么都和以前不同了。唱歌的时候,再也没有丽莎的歌声来领着我唱,也看不见丽莎的眼睛在人们的头顶上闪着光。在读经班上,他们说我一定有好多体验可以向大家讲,可是我连一句话也讲不出。

"我和'爆炸'愁眉苦脸地到处闲逛,可能我们表现得很不怎么样,因为他们后来就不理会我们了,而且还奇怪,以前怎么会跟我们来往的。这一段日子我是怎么熬过去的,现在我实在没法说了。冬天来到的时候,我就辞掉活儿,去了布雷特福。杰西就住在一条很长的街道上,沿街尽是一幢幢小房子。老杰西正站在家门口,他刚刚赶走一群穿着木屐在人行道上咔哒咔哒跑的小孩子,免得他们把她吵醒。

"'你来啦,'他说道,'不过你不能见她。我才不会为你这样的家伙去把她叫醒呢。她越来越不行了。还是让她安安静静地死吧。你是绝不会有什么出息的,你这辈子再也不会拉大提琴了。走吧,小伙子,走吧!'他就这样当着我的面轻轻地关上了门。

"从来没有人让我听杰西的话,可是这时我觉得他是对的,我就去到了镇上,正好遇见一个来招兵的中士。教会里的人过去讲的那些故事又在我脑袋里嗡嗡地响了起来。我正想远走他乡,而当兵正是我这类人常走的路。我当时就报了名，领了寡妇女王发的饷钱，帽子上别上了几条绶带。

"可是第二天我又到戴维·朗特里家门前去了，杰西出来开的门。他说：'你又来了，还佩戴上了魔鬼的绶带——我早就对你说过，这才是你本来的面目。'

"可是我再三恳求他让我见见她，哪怕只说声再见。最后，有个女人在楼梯顶上向下面喊道：'她说请约翰·李洛埃上楼来。'老头子马上就让开了道，很温和地用手按住我的胳臂。'你一定得安静，约翰，'他说，'因为她太虚弱了。你一向是个听话的孩子。'

"她的眼睛炯炯有神，分外明亮，她那一头浓密的头发披散在枕头上，但是她的脸颊却瘦削得厉害——瘦得使一个强壮的人害怕。'不，父亲，你不该说这是魔鬼的绶带。这些绶带多漂亮啊。'她伸出手来，把我的帽子要了过去，把绶带理得整整齐齐的，就像女人抚弄绶带那样。'是啊，这些绶带很漂亮，'她说，'唉，不过我更想看到你穿上红色军装的样子，约翰，因为你一直是我心上的小伙子——只有你是我心上的小伙子，别

人都不是的。'

"她抬起胳膊,搂住了我的脖子,可是只轻轻
地搂了一下,就松开了。她好像是晕了过去。
'现在你得离开了,小伙子。'杰西说。于是我拿
起帽子,下了楼。

"招兵的中士在街角的酒店里等我。'你见
过心上人了吧?'他问道。'是的,我见过了。'我
说。'好吧,我们现在干一杯,你就努力把她忘掉
吧。'他说道。他是那种办起事来干脆利索的人。
'好的,中士,'我说,'我要忘掉她。'直到现在,我
还在努力忘掉她。"

他一边说,一边扔掉了手里那束枯萎了的白
色紫罗兰。奥塞里斯突然抬起身子,蹲在地上,步
枪扛上了肩,借着午后明亮的光线,向山谷那边望
去,他的下巴贴住了枪托。在他瞄准的时候,他右
边脸颊上的肌肉抽动了一下;士兵斯坦莱·奥塞
里斯正在执行任务。一个白色的小斑点沿着小溪
爬上来了。

"看见那家伙了吗?……打中了他。"

在七百码外,离山坡下面足有二百码远的地
方,那个奥朗加贝德团的逃兵一下子向前栽倒,从

一块红色的岩石上滚下,脸埋进一丛蓝色的龙胆草里,再也不动了。一只大乌鸦扑着翅膀,飞出了松林,想看看究竟是怎么回事。

"这一枪打得利索,小个子。"穆尔凡尼说。

李洛埃若有所思地注视着逐渐消散的烟尘。"也许他也有个心上人。"他说道。

奥塞里斯没有回答。他正盯着山谷那边,脸上浮起一丝微笑,就像一个艺术家欣赏着自己刚刚完成的作品。

没有教会豁免权的情侣

我未到春天就把秋季的果实贮藏，
不到她的季节，我的田野里谷物便一片
　　白茫茫，
　　　　一年四季为我的哀伤献出她的
秘密。
每一个受尽摧残、花朵凋零的病态季节
都埋葬在生殖和腐烂的神秘中；
人们还没有看见白昼，我已经见到了
　　日落，
　　　　对不该知道的事，我懂得太多。

　　　　　　　　　　　　——《苦水》

一

"可是,要是生下一个女孩呢?"

"我的老爷,那是不可能的。我祈祷了那么多个夜晚,还向锡克·巴德的庙堂献上了那么多礼品,我知道上帝会赐给我们一个儿子——一个男孩的,他会长成一个男子汉。你就这么想想,高兴高兴吧。我母亲会像妈妈一样照顾他,直到我能亲自喂他的时候。我们再去请帕坦清真寺的教长来给他算算命——上帝保佑他生在一个吉祥的时辰!——然后呢,然后你就再也不会厌倦我,不会厌倦你的奴隶了!"

"你从什么时候起变成了奴隶,我的女王?"

"从一开始的时候,直到我得了上天的这份恩惠为止。既然我是你用银子买的,我怎么能拿得稳你是爱我的呢?"

"不,那是聘礼,我把它给了你的母亲。"

"她把那些银子埋了起来,整天像只母鸡一样坐在它上面。你还说什么聘礼!我不是像个孩子,而是像个勒克瑙舞女那样被你买下来的。"

"这笔买卖你后悔吗?"

"我悲伤过;但是今天我是快乐的。从今以后你永远不会不爱我了吧?——回答我,我的君王。"

"永远不会——永远不会。"

"尽管有好些'梅姆-洛格'①——好些和你同一个血统的白种女人爱你?你知道吗,我在傍晚时候常常看见她们坐着马车兜风经过这里;她们长得很白净。"

"我见过上百个火气球。后来我看见了月亮,从此以后,我再也看不见火气球了。"

阿米娜拍着手笑了。"说得真好听,"她说道,然后装出庄严高贵的姿态;"够了。现在我准许你离开了——假如你想离开的话。"

那个男人并没有动。他坐在一张红漆矮躺椅上。这间屋子里铺着一块蓝白格地毯和几块毡毯,还摆设着一整套当地出产的坐垫。他的脚边坐着一个十六岁的少女。在他的眼里,她就是整个世界。如果按世俗习惯来说,她本来不应该占

---

① 印度人对白人社会里的夫人小姐的称呼。

有这种地位,因为他是个英国人,而她是个穆斯林教徒的女儿。两年前,他从她母亲手里把她买了下来。她的母亲陷入了贫困,因此,她甚至于会把拼命哭叫的阿米娜卖给魔王,只要魔王出的价钱高。

　　他在订立这笔契约的时候是轻率的,但是还没有等这个少女像一朵鲜花那样婀娜多姿地盛开,她就已经在约翰·荷尔顿的生命里占据了举足轻重的位置。他替她和她的母亲,一个干瘪丑陋的老婆子,租下了一幢小小的房子。它居高临下,俯瞰着那座被红砖城墙围起来的巨大城市。等到院子里水井旁边的金盏花盛开了,并且阿米娜已经按照她自己认为舒适的方式安顿下来,她的母亲也不再抱怨厨房不够宽敞、菜市场离得太远、家务琐事又太多的时候,——他发现这幢房子就成了他的家。随便什么人,不论白天或是夜晚,都可以自由出入他那间单身汉平房宿舍,他在那里过着毫无乐趣的生活。但是到了城里那幢房子,他一迈腿就可以从院子里跨进女人们住的房间;一闩上他背后那扇木头大门,他就是这片领土上的君主,阿米娜就是王后。现在这个王国里快要增添一个第三者了,他的到来引起了荷尔顿轻微的反感。因为这个第三者打扰了他毫无缺陷的幸福,打乱了这幢只属于他自己的房子里有条不紊的安宁。但是阿米娜一想到这个第三者就高兴得发狂,她的母亲也同样高兴。一个男人的爱情,尤其是一个白种男人的爱情,充其量不过是一次逢场作戏的事件。但是,两个女人都认为,它可能会被一只婴儿的小手攥得牢牢的。"到了那时,"阿米娜总是这样说,"到了那时,他就再也不会喜欢那些白皮肤的'梅姆–洛格'了。我恨她们所有的人——我恨她们所有的人。"

"到时候他就会回到自己人那里去,"母亲说,"不过,上帝赐福,那个时候还早着呢。"

荷尔顿沉默地坐在矮躺椅上冥想着未来。他的念头是不愉快的。双重生活的缺陷是很明显的。政府当局偏偏挑上了他去执行一件临时任务,命令他离开驻地出差两星期,去接替一个请假去照顾生病的妻子的人。别人在口头通知他这次调动的时候,还加上了一句轻松的安慰话,说荷尔顿应该庆幸自己是个自由的单身汉。他是来向阿米娜报告这个消息的。

"这件事不怎么好，"她不慌不忙地说，"可也还不能说太糟。我有母亲在这里，不会发生什么意外——除非我因为太高兴而高兴死了。去干你的工作吧，不要胡思乱想。到了日子的时候，我相信……不，我敢肯定，那时候我把他放进你的怀抱，你就会永远爱我了。火车今晚半夜开，是吗？现在就去吧，不要为我担忧。可是你到了那儿不会多耽搁吧，你会快快地回来吧？你可别在路上停下来，跟白皮肤的'梅姆-洛格'聊天啊。快快地回到我身边来，我的亲人。"

荷尔顿走出院子去牵他那匹拴在大门柱子上的马。他吩咐看管房子的那个白发苍苍的老看门人，在急需时就把荷尔顿交给他的那封已填写好的电报单发出去。他能做的也只有这些了。闷闷不乐的荷尔顿好像是去参加自己的葬礼似的，乘坐了当晚的火车，到流放他的地方去了。白天，他无时无刻不在担心会收到电报。晚上，他总是幻想着阿米娜已经死了。因此，他的工作效率也就实在不怎么高，对同事的态度也很不和蔼。两星期过完了，家里没有一点信息。荷尔顿的心里急得七上八下，受尽了煎熬。但是他回来以后，首先还得参加俱乐部里的一次晚餐会,白白浪费掉他宝贵的两小时。他简直像个昏迷过去了的人,只听见别人的声音对他说,他把别人移交给他的任务完成得多糟糕,他又是怎么样招得所有的同事都喜欢上了他。然后,他提心吊胆地翻身上了马,在黑夜里疾驰而去。他猛力敲打大门,起初没有人回答,他刚想驱马后退几步去踢门的时候,皮尔汗提着灯笼出来,拉住了马缰。

"发生了什么事?"荷尔顿问道。

"好消息不该由我这样的人来讲,穷人的庇护者啊,不过……"他伸出了一只颤巍巍的手,按照习惯,报告好消息的人是应该得到奖赏的。

荷尔顿匆匆穿过院子。楼上有间屋子的灯亮着。他的马在大门口嘶叫起来。他听见了一声低低的啼哭,使他全身的血液一下子全涌到了喉头。这是一个新的声音。但这并不能证明阿米娜还活着。

"谁在上面?"他站在狭窄的砖砌楼梯下面,朝上面喊叫道。

阿米娜发出一声欢乐的喊叫,接着,她母亲用骄傲得有些颤抖的苍老声音说道,"这儿有我们两个女人和……一个……男人，……你的……儿子。"

荷尔顿走到房门口，踩上了一把出鞘的匕首，这把匕首放在门口，为的是避邪，他性急地用脚跟一踩，把刀把踩断了。

"伟大的上帝!"阿米娜在昏暗的灯光里柔声说，"你把他的灾祸都承担在你自己身上了。"

"哎，不过你怎么样了，我最亲爱的宝贝？老太婆，她身体怎么样?"

"她只顾高兴生下了孩子，把受的罪都忘了。总算平安无事;不过请你说话小声点。"她母亲说道。

"只要有你在这儿，我一切就平安无事了。"阿米娜说，"我的君王，你走了好久。你给我带回什么礼物了吗？哈哈，这回是我给你带来了礼物。瞧瞧，我的亲人，瞧瞧。见过这样的囡囡吗？不，我一点力气都没有，连把手臂从他身边拿开的力气都没有了。"

"那就好好休息吧，不要说话了。有我在这里呢，巴恰里(小娘子)。"

"说得好，现在我们俩之间有了一条纽带，有了一条绊脚索,什么也割不断它了。瞧吧——就着这盏灯,你看得见吗?他没有一点疵瑕,多么完美啊。从来没有这么漂亮的男孩!哎!他会成为一个大学者的——不,他会当上女王的骑兵。我的亲人,尽管我现在又虚弱又疲倦,你还是那样爱我吗?老老实实地回答我。"

"是的。我还像往日一样爱你,全心全意地爱你。安安静静地躺着吧,宝贝,好好休息吧。"

"那你就不要走开。坐在床边——这儿。妈妈,这座房子的主人需要一只坐垫。拿过来。"那个躺在阿米娜臂弯里的新生命几乎觉察不出地微微动了一下。"嗬,"她的声音洋溢着母爱,"小宝宝生下来就是个冠军。他正使劲踢着我的腰呢。你见过这样的小宝宝吗!他是属于我们的——属于你,也属于我。把你的手放在他的头上,不过要小心一点,他还小呢,男人们干这种事总是笨手笨脚的。"

荷尔顿小心翼翼地用手指尖碰了碰那带茸毛的柔软脑袋。

"他已经是个虔诚的教徒了,"阿米娜说,"晚上我躺在这里,担心得睡不着,就在他耳边小声对他念祈祷召唤和信仰宣誓。最叫人难以相信的是他也生在星期五,和我一样。小心点,我的亲人;不过他差不多已经会用手抓住东西了。"

荷尔顿觉得有只无力的小手软弱地握住了他的手指头。这一握散布到他的全身,停在他的心上。以前,他心上只有阿米娜。现在他开始认识到,在世界上还有另外一个人,但是他还没法认为他是个真正的、有灵魂的儿子。他坐下来思索着。阿米娜不安稳地打着盹。

"走吧,先生,"她的母亲悄悄说道,"最好不要让她在醒来时看见你还在这里。她需要安静。"

"我这就走,"荷尔顿听话地说道,"这儿有一些卢比。让我的小宝贝长得胖胖的,什么都不缺。"

银币的叮当声惊醒了阿米娜。"我是他的母亲,不是雇来的用人,"她软弱无力地说,"难道我会看在金钱分上待他好些或者坏些吗?母亲,把钱还给他。我给我的君王生了个儿子。"

虚弱带来了深沉的睡眠,她几乎还没有说完话就熟睡过去了。荷尔顿轻手轻脚地下了楼,来到院子里,他心中一片安宁。老看门人皮尔汗正在高兴地笑。"这个家里现在什么都不缺了。"他说。然后,他没有做解释就把一把带柄的旧军刀塞进荷尔顿手里。这把军刀是许多年前皮尔汗为女王服务当警察的时候佩带过的。从井栏那边传来一头被拴住的山羊的咩咩声。

"那边有两只,"皮尔汗说,"两只上等的山羊。是我买的,花了大价钱买来的!既然这里没有盛大的生日宴会,山羊的肉就都归我吧。用刀扎下去的时候手要巧,先生!这把军刀还在新的时候重心就有点偏。等它们啃过金盏草抬起头来的时候,你就扎下去。"

"为什么?"荷尔顿被弄糊涂了,问道。

"生日祭品呀,还能有什么别的?要不然,孩子的命运得不到保护,就可能死掉。穷人的庇护者啊,你一定知道该念哪些祭词。"

荷尔顿曾经学过这些祭词,当时他一点也没有想到,有一天他竟会认真地念它们。冰凉的军刀柄在他手心里突然变成了楼上那个婴儿小手软弱的一握——那个婴儿是他的亲生儿子——于是他心里充满了恐慌。

"扎下去呀!"皮尔汗说,"无论什么时候,一条命生到世上来,总要用另一条命作代价的。瞧,山羊抬起头来了。快!扎进去,往外一抽!"

荷尔顿几乎不知道自己在干什么了。他一面扎,一面喃喃念着伊斯兰教的祷词:"全能的神!我以我儿子之名,奉献生命换取生命,鲜血换取鲜血,头颅换取头颅,骨骼换取骨骼,毛发换取毛发,皮肤换取皮肤。"等待在那里的马嗅出了喷射到荷尔顿马靴上的鲜血气味,就打着响鼻,在栅栏里纵跳不止。

"扎得真准,"皮尔汗擦干净了马刀,"可惜你没有去当击剑手。放心去吧,神圣的老爷。我是您的仆人,也是您少爷的仆人。愿少爷活到一千岁……那么这只山羊的肉全都归我!"皮尔汗退下去时得到了一笔相当于他一个月工资的赏赐。荷尔顿翻身上了马,穿过傍晚时低悬在树林上空的雾气奔驰而去。他心中时而充满狂喜,时而又漫无对象地满怀柔情。他俯身在不安静的马背上,几乎透不过气来了。"我这辈子还没有这样激动过,"他想道,"我得到俱乐部去镇定一下自己。"

一局弹子戏刚刚开始,屋里挤满了男人。荷尔顿进去了,他热切地想去到有亮光的地方,想和同伴们在一起。他高声唱了起来:

> 我在巴尔的摩散步,
>
> 遇见一位夫人!

"是吗?"俱乐部秘书坐在他常坐的角落里说道,"她有没有告诉你,你的靴子湿透了?天哪,伙计,那是血!"

"瞎说!"荷尔顿从架子上取下他的弹子棒说,"我可以参加进来吗?那是露水。我是从一大片庄稼地里骑马过来的。哎呀,我的靴子真一团糟了!"

> 要是个女孩,她会戴上一只结婚戒指,
>
> 要是个男孩,他会为他的国王作战,
>
> 带着他的短剑,他的军帽,他的蓝色短
>
> 上衣,
>
> 他将走在军官用的后甲板上……

"黄对蓝……下一个是绿的。"记分员单调地说。

"他将走在军官用的后甲板上——绿的是我

吧,记分员? 他将走在军官用的后甲板上——呃!
这一记没打好——就像爹爹过去那样!"

"我看不出你有什么值得那么高兴的,"一个
活泼的文职人员酸溜溜地说,"当局对于你接替
桑德斯干的工作,可不见得那么满意啊。"

"你是说上头要剋我一顿吗?"荷尔顿心不在
焉地微笑着说,"我想我能受得了。"

话题扯到了每人的工作这个永远新鲜的主题
上,它使荷尔顿镇静下来,直到他应该回到他那间
又黑暗又空洞的宿舍的时候,他的男仆在宿舍里
等着他,好像对他的事情了如指掌。荷尔顿翻来
覆去,直到夜色将尽时才沉入梦乡。他的梦是愉
快的。

二

"他有多大了?"

"哎呀! 只有男人才会问这个问题! 他已经
整整六个星期了;今天晚上我要和你,我的生命,
到屋顶平台上去数星星。那是件吉利的事。他是
在太阳的吉兆日子星期五生下来的。人家对我

说,他会活得比我们俩的寿命都长,而且将来会大富大贵。我们还有什么不满足的呢,亲爱的?"

"确实没什么不满足的。我们到屋顶上去吧,你可以数星星——不过今晚天上布满了云,只有几颗星星。"

"冬天的雨来得晚了,也许它们不会按季节来到。来吧,趁着星星还没有全都藏起来。我已经戴上了我最宝贵的珠宝首饰。"

"你忘记了最最宝贵的一件珍宝。"

"哎!我们的孩子。他也要上去的。他还从来没有看见过天空。"

阿米娜爬上了通到屋顶平台的狭窄楼梯。孩子眼睛一眨也不眨,平静地躺在她的右臂上,他穿的是华丽的镶银边的细布衣服,头上戴着小小的便帽。阿米娜佩戴上了她最宝贵的首饰。有一副钻石鼻扣,它代替了西方人常用的假痣,使人注意到鼻孔的曲线;有挂在前额中间的金首饰,上面镶着晶莹的绿宝石和带细纹的红宝石;还有沉甸甸的金箔项圈,那柔软的纯金紧紧地贴着她的脖颈;在她娇嫩的脚踝骨上低低地垂挂着叮当响的链形银脚环。她穿的是一件符合教徒身份的黄绿色薄纱衣服,从肩部到肘部,又从肘部到手腕,用绣花的丝线系着一排银镯,手腕上垂挂着一串串玲珑剔透的玻璃手镯,为的是衬托出她美妙的纤纤玉手。她的胳臂上还套着几只沉重的金手镯,这不是她的民族装饰品,但是,既然它们是荷尔顿的礼物,而且还是用一个巧妙的欧洲式揿扣把它们扣上的,因而也是她心爱的饰物。

他们在屋顶边上低矮的白色护墙上坐了下来,那里可以眺望城市和它的灯火。

"住在那下面的人一定很幸福,"阿米娜说,"不过我想他们肯定没有我们幸福。我想那些白皮肤的'梅姆－洛格'也没有我们幸福。你说是吗?"

"我知道她们并不幸福。"

"你怎么知道的?"

"她们把自己的孩子交给奶妈。"

"我从来没有见过这种事,"阿米娜叹了口气说,"而且我也不想见到。哎!"她把头靠在荷尔顿的肩膀上,"我已经数了四十颗星星,我累了。瞧瞧孩子,我最亲爱的,他也在数星星呢。"

婴儿睁大了圆圆的眼睛,正望着黑暗的天空。

阿米娜把他放进荷尔顿的怀抱,他躺在那里,一声也不哭。

"我们俩该给孩子起个什么名字呢?"她说,"瞧你! 难道你永远也看不够他吗? 他的眼睛完全像你。可是嘴……"

"像你,最亲爱的。谁还能比我更清楚呢?"

"他的嘴唇是那么软弱。唉,多小啊! 可是他却把我的心牢牢地拴在他的两片嘴唇中间了。该把他还给我了,他已经离开我太久了。"

"不,让他再躺一会儿吧,他还没有哭呢。"

"他哭的时候,你就把他还给我——好吗? 你可真是男人里头的大男子汉! 他要是哭了,我会觉得他和我更亲。不过,我的生命,我们给他起个什么小名呢?"

那个小小的身体紧贴着荷尔顿的心房。他是那么娇嫩,那么柔软。荷尔顿几乎不敢使劲呼吸,害怕会压坏了他。笼子里关着一只绿鹦鹉,当地许多人家都把它看作是家里的守护神。这只鹦鹉在架上挪动着,昏昏欲睡地扇着翅膀。

"答案就在那里,"荷尔顿说,"米安·米托说话了。我们就叫他鹦鹉吧。他大起来就会不停地说话,就会到处奔跑。米安·米托,用你们……用穆斯林的语言说,就是鹦鹉,是吗?"

"干吗要扯得这么远?"阿米娜急躁地说,"起个带点英国味道的名字吧,不过不要太浓,因为他是我的儿子。"

"那就叫他托塔吧,听起来最像英国名字了。"

"好的,托塔,那仍然是鹦鹉的意思。请原谅我刚才有点不高兴,我的君王,但是他的确太小了,受不了米安·米托这么一个有分量的名字。他就叫托塔吧,他是我们的托塔。你听见了吗,小乖乖?小宝贝,你就是托塔。"她摸摸婴儿的面颊,婴儿醒了,哭了起来,于是只好把他送回到妈妈那里。她唱起了一首美妙的乌鸦摇篮曲,它是这样的:

啊,乌鸦!走开吧,乌鸦,宝贝在睡觉,

森林里长着野李子,只要一便士一磅。

只要一便士一磅,乖乖,只要一便士一磅。

听见妈妈一再向他证实了李子的价钱以后,

托塔蜷起身子睡着了。院子里那两头油光水滑的白色小公牛,正在不停地咀嚼,反刍着他们的晚餐。老皮尔汗蹲在荷尔顿的那匹马面前,警官的马刀放在膝上,正在昏昏欲睡地抽着一只大水烟袋。水烟袋发出呱啦呱啦的响声,像池塘里的牛蛙在叫。阿米娜的母亲在楼下游廊上纺纱,木头大门已经关好了,上了闩。一支婚礼行列吹吹打打的奏乐声,压过了城里低沉的嗡嗡声,传到了屋顶上。一行蝙蝠飞过了挂得低低的月亮。

"我祈祷过了。"沉默了很久以后,阿米娜说道,"我祈求两件事。一件是,如果命中注定你要死的话,我愿意替你去死。另一件是,我愿意代替孩子去死。我是对先知①和比比·米利亚姆(圣母马利亚)祈祷的。你说他们都会听见吗?"

"只要是从你的嘴唇里说出来的,哪怕是最轻声的话语,谁能听不见呢?"

"我在讲正经事,你总是用些好听的话来打岔,你说我的祈祷会有效吗?"

"我怎么能说呢?上帝是最仁慈的。"

---

① 先知,指伊斯兰教祖穆罕默德。

"我还不能肯定。听我说,我要是死了,或是孩子死了,你的命运会怎样呢? 只要你还活着,你一定会回到那些无耻的白皮肤的'梅姆-洛格'那里去的,同类总归是互相吸引的。"

"那倒不一定。"

"女人不一定,男人就不同了。你如果还活着,今后还会回到你自己人那儿去的。我大概也只好忍受,因为那时我已经死了。可是,如果你死了,就会被带到一个陌生地方,带到我不知道的天堂去。"

"我会上天堂吗?"

"肯定的,谁会伤害你? 但是我们两个——我们母子两人——一定在别的地方,我们不能到你那儿去,你也不能到我们这儿来。早先当孩子还没出世的时候,我没有想过这些事;但是现在我老想着它们,越想心里越不好受。"

"事情该怎么样,就让它怎么样吧。明天会怎么样,我们不知道。但是我们有今天,我们有爱情。至少我们现在是够幸福的。"

"太幸福了,所以我想让我们的幸福得到保证。你的圣母马利亚应该听我的祈祷,因为她也是女人。不过她一定会羡慕我的！男人们居然会崇拜一个女人，这有点不合适。"

荷尔顿听见阿米娜妒忌心的这一场小小的发作，不禁笑出了声。

"不合适吗？那么我崇拜你，你为什么不反对呢？"

"你是个崇拜者！而且崇拜的是我？我的君主，不论你怎么样甜言蜜语哄我，我心里完全明白，我是你的仆人，是你的奴隶，是你脚下的尘土。而且我完全心甘情愿。瞧！"

荷尔顿来不及阻止，她已经俯身下去，碰了碰他的双脚；她轻声笑了笑，恢复了常态，把托塔紧紧搂在胸前，简直有点恶狠狠地说道：

"听说那些无耻的白皮肤的'梅姆-洛格'比我要多活上两倍的年龄，这是真的吗？听说她们要等到成了老太婆的时候才结婚，这是真的吗？"

"她们跟别人一样——成年的时候就结婚。"

"我知道，可是她们二十五岁才结婚，是真的吗？"

"是真的。"

"哎哟！二十五岁！可是满了十八岁的女人

就没有人愿意娶了！到了十八岁，她就是成年女人了，而且每小时都变得更老。二十五岁！我到了那个岁数就成了老太婆了，可是……那些白皮肤的'梅姆－洛格'却总是那么年轻。我真恨她们！"

"她们跟我们有什么关系？"

"我也不知道。我只知道现在在世界上可能就有一个比我大十岁的女人。十年以后，等我变成了一个白发苍苍的老太婆，变成了托塔的儿子的奶妈，她就会来到你身边，夺去你的爱情。这太不公平了，太糟了。她们也应该死掉。"

"唉，你这么大了，还像个孩子，我得把你抱下楼去。"

"托塔！小心托塔，我的老爷！我看你也像小娃娃一样傻！"阿米娜急忙把托塔放在她的脖颈窝里，免得把他碰着了。她欢笑着，被荷尔顿一把抱了起来，送下楼去。这时，托塔睁开了眼睛，像个小天使那样微笑了。

他是个不爱闹的孩子，几乎在荷尔顿还没有意识到以前，他已经进入了这个世界，长成了一个小小的金黄色皮肤的神。在高踞于城市之上的那幢房屋里,他成了一个绝对的暴君。在这段时期荷尔顿和阿米娜是无限幸福的,这是一种与世隔绝的幸福,是待在有皮尔汗把守的木头大门后面的幸福。白天,荷尔顿一面工作,一面打心里可怜那些不像他这么幸运的人,同时,他对儿童突然产生了强烈的兴趣。在这个小小的驻地的一些集会上,许多做母亲的见他这样,都感到惊异和好笑。天黑了,他就回到阿米娜那里,而阿米娜就会告诉他托塔的许多了不起的表现,说他已经会把两只手合在一起,还会有意识有目的地活动他的小手指头——这简直是个奇迹——还有,他后来完全靠自己,从他那低矮的小床里爬到地板上,两只脚摇摇晃晃地站了大约有吸三口气那么长的时间。

"那是很长的三口气,因为我的心都高兴得停止跳动了。"阿米娜说。

后来托塔又让动物们都当上了他的议会里的议员——小水牛,娇小的灰松鼠,井边洞里住的一只猫鼬,特别是那只鹦鹉米安·米托,他老是狠狠揪它的尾巴,于是米安·米托就高声尖叫,直到阿米娜和荷尔顿都跑来为止。

"噢,坏蛋! 多有劲的孩子! 你就这样对待你屋顶上的兄弟吗！小淘气，小淘气！呸！呸！不过，我倒知道一种法术，能把他变成和苏列曼跟阿弗拉东（所罗门和柏拉图）一样聪明的贤人。你看，"阿米娜说。她从一只绣花袋里掏出一把杏仁。"瞧，我们数出七颗。以上帝的名义！"

她把羽毛零乱、怒气冲冲的米安·米托放到它的笼顶上，自己坐在婴儿和这只鸟中间，剥出一颗显然无法和她的洁白牙齿媲美的杏仁来。"这是一种很有效的法术，亲爱的，不要笑。瞧，我给鹦鹉半粒，给托塔另外半粒。"米安·米托小心翼翼地从阿米娜唇边啄去了它的那份杏仁，她用一吻把另一半送进了娃娃嘴里，娃娃瞪着惊异的眼睛慢吞吞地把它吃了下去。"我要这样连着做七天，于是我们的孩子就一定会成为一个果敢英明的众议院议长。喂，托塔，你长大了，等我的头发白了，你想做什么人？"托塔蜷起他两条胖墩墩的小腿，露出腿上的许多可爱的小肉褶来。他会爬了，他可不想把他美妙的青春花费在无聊的言谈中。他一心要干的是去揪米安·米托的尾巴。

他长大了，到了可以佩上一根银带的庄严时刻。银带上面雕着一个有魔力的方块，挂在他的脖子上。除此以外,他身上差不多没有穿别的东西——他就蹒跚地走着,跌跌撞撞地跑到皮尔汗的花园里,拿出自己所有的宝贝作为交换,要求让他在荷尔顿的马背上骑一小会儿。这办法是他看见他外婆在游廊上和小贩们讨价还价以后学来的。皮尔汗掉下了眼泪,他把娃娃的两只稚嫩的小脚搁在自己白发苍苍的脑袋上,表示效忠于他,然后把这个大胆的冒险家送回了他母亲的怀抱。他发誓说,托塔在长出胡子以前,一定会成为领导众人的大人物。

一个炎热的傍晚,托塔坐在屋顶上,夹在父母亲中间,观看城里的小孩竞相放起他们的风筝,用风筝进行着打不完的仗。他也要求给他一个风筝,让皮尔汗替他放,因为他不敢摆弄这件个头儿比他还大的东西。于是荷尔顿把他叫做"花花公子"。他站了起来,为了保护他刚刚获得的人格,慢吞吞地,一字一顿说道:"我不是花花公子,我是个男子汉。"

他的抗议使荷尔顿一下子呆住了。他开始非常认真地考虑起托塔的前途来。他其实用不着费心。这个小生命带来的欢乐太完美了,它不可能持久。因此,这条小生命果然毫无预先的警告,就突然被夺走了,就像在印度,许许多多别的东西被夺走一样。这个家庭里的小少爷——这是皮尔汗对他的称呼——开始变得萎靡不振,并且抱怨说身上疼痛。本来他是从不生病的。阿米娜恐惧得要发疯了,她整夜守护着他,到了第二天黎明,他已经被热病折磨得奄奄一息——这是一种季节性的秋季热病。他仿佛不可能死,因而阿米娜和荷尔顿都不肯相信躺在床上的那个小小的身体确实咽了气。阿米娜用头撞着墙壁,还要跳进花园的井里,荷尔顿费了很大力气才把她拉住。

荷尔顿只得到惟一的一点慈悲。到了白天,他骑马到办公室去,那里有特别多的邮件需要他集中精力处理。但是,他一点也没有体会到神明对他的这种慈悲。

三

一颗子弹最初的冲撞往往只是轻轻的一下。那被毁灭了的身体一直要到十秒钟或者十五秒钟以后才会向灵魂发出它的抗议。荷尔顿慢慢地意

识到了他的痛苦,正像当初他也是同样缓慢地意
识到他的幸福,并且意识到他必须在人前隐瞒他
的幸福的一切痕迹一样。刚开始的时候他只是觉
得仿佛失去了什么。阿米娜听见米安·米托在屋
顶上叫着"托塔!托塔!托塔!"的时候,就把头
埋进膝盖中间,全身颤抖地坐在那里。这时,他只
觉得阿米娜需要安慰。又过了些时候,在他的整
个天地和日常生活里,事事处处都开始使他触景
伤情。每天傍晚,在街头音乐台那儿玩耍的孩子
们是那么活跃,那么喧闹,而他自己的孩子却已经
死了,这实在叫他受不了。有时候,有个孩子走过
来摸摸他,或者哪一个宠爱孩子的父亲向他夸耀
一下自己孩子最近的表现,都会使他感到痛苦。
这已经不是小小的痛苦了。他没法公开流露出他
的痛苦。他得不到帮助、安慰和同情;当他结束了
一天的疲乏不堪的工作后,阿米娜又会拉着他走
进丧子的人们自怨自艾的活地狱,他们总是认为,
只要再稍稍……稍稍加那么一点小心……孩子本
来是可以得救的。

　　"也许,"阿米娜会说,"我还不够小心。我到
底小心了,还是不够小心呢?那天他一个人在屋

顶上玩了那么久,屋顶上的太阳那么毒——而我却在……哎,我却在编我的辫子,很可能是太阳晒得他得了热病,我要是警告他小心太阳,他也许会活下来。可是,噢,我的生命,请告诉我,我是无罪的!你知道,我爱他就像我爱你那么深。请对我说,这不怪我,不然我会死掉的,我会死掉的!"

"这谁也不能怪——上帝在上,这谁也不能怪。这是注定了的,我们怎么救得了他呢?事已如此,无可挽回。别去想它了,亲爱的。"

"他是我的全部生命。每天晚上,我都觉得他不在我怀抱里了,怎能叫我不想他呢?唉,唉!哦,托塔,回到我身边来吧——回来吧,让我们团聚在一起,跟过去一样!"

"安静些,安静些!为了你,也为了我,假如你爱我的话——休息一下吧。"

"我一听你的话,就知道你并不关心;你怎么会关心呢?白人的心是石头做的,他们的灵魂是铁打的。噢,我该嫁给一个跟我同族的男人——虽说他会打我——我不该吃一个异族人的面包的!"

"我是异族人吗——我儿子的母亲?"

"那么你是什么呢——先生？……哦,宽恕我吧,宽恕我!孩子的死把我逼得发了疯。你是我心爱的人,是我眼里的光明,是我最宝贵的一切,我却要把你推开,虽说只有那么一刻的工夫。如果你去了,我向谁乞求帮助呢?请不要生我的气。的确,刚才并不是你的奴隶说了那些话,而是我的痛苦。"

"我懂,我懂。我们原先是三个人,现在只剩下两人了。所以我们更需要变成一个人。"

他们还像习惯的那样坐在屋顶上。这是一个温暖的初春夜晚,远处响起了闷雷,伴着这断断续续的雷鸣,大片闪电在天边跳起了舞。阿米娜依偎在荷尔顿的怀抱里。

"干旱的土地正像头母牛哞哞叫着乞求雨水,而我……我感到害怕。我在数星星的时候并没有怕过。虽说我们之间的一条纽带已经割断了,你还会像过去那样爱我吗?回答我呀!"

"我爱得更深了,因为从我们两人共同经受过的悲伤里,产生了一条新的纽带,这你是知道的。"

"是的,我知道,"阿米娜悄声说道,"但是听你说了以后我就得到了安慰,我亲爱的。你是刚强的,只有你能帮助我。我今后不再是个孩子了,我要做一个女人,做你的贤内助。听吧!把我的锡塔琴拿来,我要勇敢地歌唱。"

她拿起小巧的镶银锡塔琴,开始唱起一首歌颂伟大英雄拉撒卢王的歌曲。但是,弹弦的手渐渐松弛下来,歌唱的调子慢了下来,中断了,降低了音调,变成了那首关于坏乌鸦的可怜的小摇篮曲:

> 森林里长着野李子,只要一便士一磅。
>
> 只要一便士一磅,乖乖,只要……

接着,眼泪涌了出来,又是对命运的无可奈何的抗议,直到她渐渐进入睡梦中。她在梦中还轻声呜咽着,左手伸了开去,仿佛在保护某个不在那儿的人。从这个晚上开始,荷尔顿的生活变得比较能够忍受了。无休止的丧子之痛驱使他埋头工作,他得到的报酬是:每天有九个或者十个小时,他脑子里什么别的都不想。阿米娜独自待在屋里郁闷地沉思冥想,但是当她了解到荷尔顿心里轻松了一点以后,便像女人习惯的那样,变得高兴一些了。他们再一次尝到了幸福,不过这次他们是小心翼翼地品尝着幸福。

"我们太爱托塔,所以他死了。上帝因为妒忌,才降祸在我们身上。"阿米娜说道,"我在窗口挂了一只黑色的大水罐,好避开注视着我们的毒眼。我们不能公开表示快乐,我们只能悄悄地到星光底下去。不然上帝就会发现的。我说的话不错吧,贱人!"

其实,这种称呼和"亲爱的"一样。她特意改变了这个词的重音,好表示她的诚意。但是随着她对他的新的称呼,她给他的一吻却是无论哪位神仙都要羡慕的。从此以后,他们到处都说"没关系,没关系",希望叫所有的神仙都听见。

神仙们正忙于别的事情。他们给了三千万人民四个丰收的年景,人人都吃得饱饱的,庄稼全都得到了丰收,人口出生率一年比一年增加;地区的报告里说,在这块负担过重的大地上纯农业人口大约是每平方英里九百到两千人;某位在印度各地巡视的、身穿大礼服、头戴大礼帽的众议院议员,口沫飞溅地谈论着不列颠帝国的恩泽。他认为印度惟一最需要的东西,是建立一套合法的选举制度,并且赋予每个公民以普选权。不断受到此类骚扰的当地主人们用微笑接待了这位议员,对他的光临表示欢迎。当这位议员用精心选择的美妙词藻赞美当地的达克树没到季节就开放出血红色的花朵时——它预示了即将降临的灾难——当地主人们更加殷勤地微笑了。

科特-库姆哈逊的副专员驾临俱乐部,在那里逗留了一天。他随便谈起了一件事,却使偶尔听见这个故事的结尾的荷尔顿血都凉了。

"他再也不会打扰任何人了。我从来没见过这么大吃一惊的人。老天,关于这件事,我想他回去以后甚至打算在议院里提出质问呢。在船上的时候,和他同船的一位乘客——吃饭时就坐在他身边——一下子得了霍乱,十八个小时以后就死了。不要笑,你们这些家伙。这位众议员气得暴跳如雷,可是同时也吓得要命。我想他恨不得马上让自己这位文明之邦的代表尽快地离开印度。"

"他要是给霍乱搞倒了,我才痛快呢。以后那些像他那样的人,就会待在自己的教区里了。不过,你提到的关于霍乱的消息是怎么回事?还不到发生这类病的季节呀。"经营着一块无利可图的盐碱地的管理员说道。

"我也不知道,"副专员若有所思地说,"我们这里闹过蝗虫。整个北部都出现了零星的霍乱病,——至少,我们为了体面,把它称做是零星的。五个地区的春庄稼都歉收,看来谁也不知道雨季什么时候会来到。现在已经是三月了。我并不想吓唬谁,不过,我看今年夏天,自然之神是打算用一支大大的红铅笔来审查她的账簿了。"

"而且,正好是在我要去休假的时候!"屋子另一头有个人说道。

"今年不会有多少人休假,倒会有好多人得到提升。我是来说服政府,把我心爱的运河计划列入赈灾工作的。这里吹的是一股预示凶兆的邪风。我的那条运河看样子总算能完工了。"

"那么,又是那老一套程序了,"荷尔顿说,"饥荒、热病和霍乱?"

"噢,不。只不过是地区性的歉收和季节病的异常流行而已。你要是能活到明年,你就会发现报告里全是这么写的。你是个走运的家伙。你没有一个需要打发出去避难的妻子。今年那些远山区的驻地一定会住满了女人。"

"我觉得你有点夸大了集市上的小道消息，"秘书处的一位年轻的文职人员说，"我注意到……"

"我敢说你是注意到了，"副专员说，"但是，还有许多别的事情需要你注意呢，我的小伙子。眼下，我想让你注意一下……"于是他把这人拉到一边，去讨论他心爱的运河施工问题。荷尔顿回到了他的平房，他开始认识到他在世界上并不是孤身一人，他也在为另一个人担忧——这种恐惧是最能使一个男人的灵魂充实起来的。

正如副专员预测的那样，两个月后，大自然开始用红铅笔算账了。春季收割刚结束，便传来了乞求面包的呼声。绝不让任何一个人饿死的政府，运去了小麦。接着，指南针上的所有四个方向都传来了霍乱的消息。它降临到一座有五十万香客聚集的圣殿。许多人死在他们的神明脚下；其余的人四散逃开，把传染病带到了四面八方。霍乱侵袭了一座筑起高墙的城市，一天之内就杀死了二百人。人们挤上了火车，吊在踏脚板上，蹲在火车顶上，霍乱就跟随着他们。每到一站，人们把死人和垂死的人从车上拖下去。人们死在大路边，英国人骑的马惊跳着躲开草里的尸体，雨季迟迟不来，大地变成了铁铸的硬板，不让人们躲在里面逃开死神。英国人把他们的妻子送进山里，他们继续工作，服从命令，站出来补足战线上的每个空缺。荷尔顿极端害怕会失去他在世界上最宝贵的东西。他极力说服阿米娜和她的母亲一块到喜马拉雅山区去。

"为什么要我走？"一个晚上，她坐在屋顶上问道。

"这里有传染病，死了好多人，所有白皮肤的'梅姆-洛格'都走了。"

"所有的？"

"所有的。——只剩下一个老癞痢头女人，她硬要冒生命的危险，使她的丈夫烦恼得要死。"

"不，留下的都是我的亲姐妹，我不许你骂她，我也要做老癞痢头。我真高兴那些轻浮的'梅姆-洛格'都走了。"

"我究竟是在对女人说话，还是对一个娃娃说话？到山里去吧，我会想办法让你像一位公主一样去的。考虑一下吧，孩子。你会坐上一辆红漆牛车,罩着面纱,拉上窗帘,旗杆上悬挂着黄铜孔雀,拉着红布帷帐。我会派两名勤务兵当护卫,还要……"

"别说了！你这样说才像个娃娃呢。这些玩意对于我有什么用？他本来会去拍拍小水牛的背,玩玩那些鞍垫的。要是为了他——跟你在一块,我也变得带英国味了——我也许会去的。反正现在我是不走的。让那些'梅姆－洛格'逃走吧。"

"是她们的丈夫让她们去的,亲爱的。"

"说得倒好听。你是从什么时候起成了我的丈夫,向我发号施令起来的？我只不过给你生了一个儿子。你只不过是我全部灵魂的渴望。只要你遇到哪怕是像我的最小的小手指甲那么大一点危险——那不是够小的吗？——我马上就会感觉到的,哪怕那时我是在天堂里。所以你说我能离开吗？也许就在这个夏天,就在这里,你会死掉——哎,好人儿——你会死掉！而且在你快死的时候,他们会派一个白种女人去照顾你,于是到了最后时刻,她就会抢走你对我的爱！"

"可是爱情不是片刻之间就能产生的,也不

是在临死时候产生的!"

"关于爱情你懂得什么,铁石心肠的人?她至少能得到你的感谢,我对着上帝和先知,以及你们的先知的母亲圣母马利亚发誓,我决不容许这样的事。我的老爷,我的爱人,不要再说什么打发我走的傻话了。你在哪里,我就在哪里。够了。"她伸开胳臂抱住了他的脖子,手指按在他的嘴唇上面。

从来没有人像他们这样,尽管头上悬挂的宝剑投下了阴影,他们还是享受着短暂的幸福。他们坐在一起,耳鬓厮磨,欢笑着,公然用各式各样足以使天神发怒的亲热的小名呼叫着对方。他们脚下的城市正紧锁在自己的痛苦之中。街上熊熊燃烧着硫磺火堆;印度教寺庙里海螺呜呜地尖叫着,因为在这些日子里,天神对人们是漠不关心的。那座巨大的清真寺里,正在举行祈祷仪式,寺院尖塔上几乎不断地传来召唤人们去祈祷的叫声。他们听见死了人的屋子里传来号哭声,有一次传来了一个母亲的哭叫,她失去了孩子,正呼唤他归来。在灰色的黎明里,他们看见人们把死人运出城门,每副尸架四周都围着一小圈送葬的人。

于是他们全身颤抖,紧紧地亲吻着。

这是用红字写下的一大笔清账,因为大地身染沉疴,需要缓一口气,然后不值钱的生命潮流才能重新奔涌而下。发育不全的父亲和没有成熟的母亲生下的孩子是缺乏抵抗力的。他们吓呆了,静静地坐着等待悬挂着的宝剑收进鞘里去。假如上天注定的话,到了十一月,这一切也该结束了。英国人里也出现了一些空缺,但是空缺被补上了。主持饥荒赈济、建造容纳霍乱病人的小棚、分发药物,以及力所能及的一点环境卫生工作,都仍然继续进行着,因为上边是这样指示的。

荷尔顿得到命令,让他随时准备接替下一个病倒的人。他每天有十二个小时无法见到阿米娜,而她很可能在三个小时内就死去。他常常想,假如他有三个月不能见到她,假如她在他见不到的地方死去,他会如何痛苦。他已经完全明白,她是注定要死的。他心里完全明白这一点,所以有一天,当他从一封电报上抬起头来,看见皮尔汗上气不接下气地站在门口时,他反而笑了出来。"喂!"他说……

"从黑夜里传来了一声呼叫,灵魂就飞到嗓

子眼儿里,这时谁又能用符咒把灵魂召回来呢?快回家吧,高贵的老爷!她染上了黑色霍乱。"

荷尔顿骑上马奔驰回家。天空压满了低低的云层,延迟了许久的雨终于临近了,天气闷热得使人喘不过气来。阿米娜的母亲在院子里迎着他,抽抽噎噎地说道:"她要死了,她正在自己朝着死亡走。她简直跟死了差不多。我该怎么办,先生?"

阿米娜躺在托塔出生的那间屋子里。荷尔顿进去的时候,她没有任何表示,因为人的灵魂是非常孤独的,它准备上路的时候,总是躲在一片云雾笼罩、模糊不清的疆界里,活着的人是无法跟着到那儿去的。黑霍乱毫不喧闹,也没有任何解释,就干完了自己的工作。阿米娜正在脱离人世,就像死神亲自把手放在她身上一样。急促的呼吸声似乎意味着她并不恐惧,也并不感到痛苦,然而她的眼睛和嘴唇却没有对荷尔顿的亲吻做出反应。再没有什么话可说,再没有什么事可做了。荷尔顿只有等待和忍受痛苦。大滴雨点开始打在屋顶上,他听见饱受干旱煎熬的城市迸发出一片欢乐的喊声。

灵魂稍稍回来了一点点,嘴唇嚅动起来。荷尔顿弯下腰倾听着。"不要留下我的任何一件东西,"阿米娜说,"不要留下我的头发。以后她会逼着你把它们烧掉的。我会感觉到火焰的。低些!再弯低些!记住,我曾经属于你,我为你生过一个儿子。虽然明天你会娶一个白种女人,但是把头生子抱在怀里的欢乐,你是永远不会再感受到了。等到你的儿子出生的时候——就是那个将要在众人面前公开继承你的姓氏的儿子——不要忘记我。我愿意承担他的灾难。我可以作证……我可以作证,"她的嘴唇在他耳边无声地说出了下面的话,"除了你,亲爱的,没有别的上帝。"

然后她咽了气。荷尔顿僵直不动地坐在那里,万念俱灰。……直到他听见阿米娜的母亲掀起了帘子。

"她死了吗,先生?"

"她死了。"

"那么我要为她哀哭,然后我要把这幢房子里的家具开一份清单。因为那些东西都是我的了,先生不打算把它们要回去吧?它们不值什么钱,一点也不值,先生,而我是个老太婆了。我希望能睡在一张软床上。"

"看在老天的分上,安静一会儿吧。走开,到我听不见的地方去哭吧。"

"先生,她在四个小时以后就应该下葬。"

"我知道这个规矩。抬走她以前,我会走开的。只是那张床,那张她躺着的床……"

"啊,那张漂亮的红漆大床。我早就想要……"

"不要动那张床,把它留在这里,由我处理。这幢房屋里所有别的东西都是你的。去雇一辆牛车,把东西都搬走。你得在明天太阳升起以前,把这幢房子里的东西全都搬走,只留下我不让你动的那件东西。"

"我是个老太婆,我至少要留在这里等到守完丧为止,而且雨水刚刚开始。你叫我到哪儿去?"

"那和我有什么关系?我的命令是让你搬走一切。这幢房子里的家具用品能值一千卢比,今天晚上我的勤务兵还会给你送来一百卢比。"

"那太少了。还有雇牛车的费用呢。"

"你如果不马上走开,就一分钱也拿不到了。

喂,你走吧,让我跟死去的人待在一块吧。"

母亲拖拖拉拉地下了楼,她急于清点家具用品,以至于忘了哀哭。荷尔顿守在阿米娜旁边,雨点在屋顶上轰响着。雨点的声音震得他没法有条理地思考,虽说他努力想这样做。后来,四个裹着白被单,浑身湿淋淋的幽灵静悄悄地溜进了屋子,透过面纱瞧着他。那是来给死人净身装殓的人。荷尔顿离开了屋子,到院子里去看他的马。他来的时候,是踩着漫过脚背的尘土,在一片死寂的闷热中到这儿的。现在院子里却成了一片雨水扫击着的水塘,到处是雨声蛙鸣;大门下边冲出了一条黄浊的滚滚流水的小河,呼啸的狂风,扫得雨水像鸟枪子弹一样撞击着泥墙。皮尔汗待在他那间大门边的小屋里发着抖,马儿在水里不安地甩着蹄子,踩着地。

"我已经接到了先生的命令,"皮尔汗说,"这样很好。这所房子现在太凄凉了。我也要走,要不然我这张猴子脸会勾起过去的事情来的。我明天早晨会把那张床送到你那边的屋子去;不过请先生记住,它会像一把尖刀搅动着新鲜的伤口。我打算去进香,你不用给我钱。我在先生的庇护

下已经养肥了,你的悲痛也就是我的悲痛。让我
最后一次为你扶住马镫吧。"

他伸出双手摸了摸荷尔顿的脚。马儿一跃便
上了大路,大路两边的竹林劈啪地响着,仿佛在鞭
打着天空,青蛙全都在咯咯地笑。雨水打在荷尔
顿脸上,使他什么也看不清了。他伸手捂住眼睛,
喃喃自语道:

"噢,你这畜生! 你这该死的畜生!"

他遭到不幸的消息已经传到了平房那边。当
他的男仆阿赫梅德端上饭来的时候,从他的眼里
可以看出,他已经知道了这个消息。他平生第一
次,也是最后一次,用手抚着他主人的肩头说:
"吃吧,先生,吃吧。吃点肉就能抗得住悲伤。我
也曾经悲伤过。再说,黑暗总会过去的,黑暗总会
过去的。请尝点咖喱烧鸡蛋吧。"

荷尔顿吃不下饭,也睡不着觉。那天晚上,老
天降下了八英寸深的雨水,把大地冲洗得干干净
净。大水冲垮了墙壁,冲坏了道路,把穆斯林教徒
墓地上的那些埋得浅浅的坟墓都冲开了。第二天
又下了一整天雨,荷尔顿静静地坐在屋子里,沉浸
在悲痛中。第三天早晨他收到了一封电报,上面

只写着:"里凯兹·梅多尼病危由荷尔顿接替。速来。"于是他想到,在他离开以前,他得去看看那幢他曾经当过一家之主的房子。天气暂时晴了,潮湿的土地冒着热腾腾的水汽。

他发现大雨冲塌了那扇大门的泥柱,曾经守护过他最宝贵的人的那扇沉重的木门,现在懒洋洋地挂在门框上的一根铰链上。院子里的草足有三英寸高;皮尔汗的看门人小屋已经空空如也,浸饱了雨水的茅草屋顶塌陷了,露出了房梁。一只灰色的松鼠占据了游廊,仿佛这座房屋没有人居住不是刚刚三天,而是整整三十年了。阿米娜的母亲搬走了全部东西,只留下一床长了霉的草垫子。整座房屋寂静无声,只有一些小小的蝎子匆忙爬过地板,发出窸窣的响声。阿米娜的房间和托塔住过的房间都发了霉,通往屋顶的狭窄扶梯上面斑斑点点,净是大雨带进来的污泥。荷尔顿上上下下看过这座房屋以后,便走了出来。他在大路上遇见了房东杜尔加·达斯。他身躯肥胖,为人和蔼,身穿白布衣服,赶着一辆 C 字形弹簧的两轮马车。他是来视察房子的,他要看看屋顶是不是经受住了第一场雨的压力。

"我听说了,"他说,"这所房子你不打算再租下去了吧,先生?"

"你打算怎么处理它呢?"

"我也许再租给别人。"

"那么在我离开的这段时间里,我还是继续租下它吧。"

杜尔加·达斯沉默了很久。"你不用继续租它了,先生,"他说道,"我年轻的时候,也曾经……可是今天我当了市政府的议员。嗬!嗬!不。鸟儿已经飞了,留着窝有什么用呢?我打算把这座房子拆掉——木料总可以卖些钱的。这座房子一定要拆掉,市政府会在这里修一条路,他们早就打算这么做了,从河边的火葬场,一直修到城墙底下。以后,谁都不会知道这儿原来有座房子了。"

通道尽头

铅灰色的天空，我们的脸孔通红，

　　地狱的大门劈开了，敞得大大的，

　　地狱的狂风劲吹；

灰尘扬起，直达天堂

　　厚厚的云朵凶猛地压将下来

抬不起也掀不动，压得人难以忍受。

　　人的灵魂不再关心区区温饱，

他病魔缠身，心情沉重，

　　看破了人间追逐蝇头小利的虚妄；

　　他的灵魂像街头的尘土向上飞起，

　　挣脱了他的肉体，从此离去，

就像那宣告霍乱的号角，声声昂扬，

一去不复返。

——《喜马拉雅人》

四个理应享受"生存、自由和追求幸福"权利的男人，正坐在桌子旁边打惠斯特牌。温度表指着——对于他们来说——一百零一度的高温。窗子被遮得严严实实的，屋里暗得只能分辨出纸牌上的点数和玩牌人极其苍白的面孔。一柄粉刷成白色的破烂布制吊扇在扇动着灼热的空气，每摇晃一下就发出悲哀的呻吟。屋子外边一片朦胧，就像伦敦十一月的天气。看不见天空、太阳和地平线，——只有一团棕红的炎热雾气。大地似乎患了中风症，马上就要断气了。

有时，在静止的空气中，一团黄褐色的灰尘突然从地面升起，像一块桌布那样撒开，蒙到烤焦了的树梢上，然后又落到地面。而后，一阵魔鬼似的灰尘旋风就刮到方圆两英里的平原上，然后，风势减弱了，尘土四处散开。其实在平原上并没有什么东西挡住风的去向，只有一长排低低的火车车厢堆放在那里，还有一些泥砌的小屋，废弃的铁轨、帐篷，以及一幢有四个房间的带游廊的低矮平房,这幢平房里住的是负责这条正在施工的哥达里国家铁路支线的副工程师。

四个人都脱去了衣服,只穿着薄薄的睡衣,满肚子不高兴地玩着惠斯特牌,他们常常为了该谁先出牌和该谁出同样的牌而发生小小的争执。这场惠斯特牌打得并不愉快,但是他们为了到这里来打这场牌,却费了不少力气。印度测量局的莫特拉姆是昨天晚上从他沙漠里孤零零的工作岗位上骑马赶了三十英里路,又坐火车赶了一百英里路来到这里的;民政部政治处特派员朗兹也是赶了同样远的路来的,这样他就可以暂时躲开他那儿的那个穷困的土邦里勾心斗角的卑鄙政治活动。那个土邦王公不停地变换着手法,一会儿奉承讨好,一会儿又威迫恐吓,为的是想从受尽压榨的农民和走投无路的养骆驼人缴纳的那点可怜的捐税里榨出更多的钱来。斯珀斯托是这条铁路线上的医生,他扔下营地里一队染上霍乱的苦力,让他们自己照顾自己,好让他有机会回到白种人中间来度过四十八小时。副工程师休米尔是东道主。他坚守着岗位,每星期日,只要他的朋友们能来,他就这样招待他们。如果哪一个没有来,他就发个电报到他上一次住的地方,好了解缺席者是死了还是活着。在东方的许多地方,如果你的熟人短短一个星期不出现,你也不能不过问,不过问是不行的,也是不仁慈的。

玩牌的人彼此间并没有什么深厚的感情。他们碰到一起就要吵嘴;但是他们仍然迫切地渴望见面,就像缺水的人想喝水一样。他们都是孤独的人,很懂得孤独的可怕含义。他们都还不到三十岁——在这种岁数上就懂得了这种滋味,未免太早了。

"来点儿皮尔塞纳啤酒?"打完两局以后,斯珀斯托抹了抹额头说。

"我很抱歉,啤酒喝完了,苏打水也不够今天晚上喝的了。"休米尔说道。

"糟透了的行政管理!"斯珀斯托咆哮起来。

"没办法。我又是写信,又是打电报;可是火车没法按时到达。上星期是冰块用完了——朗兹知道。"

"幸亏我没来。不过,我要是早知道,倒可以给你们送点冰块来。呸! 这么热的天气,玩牌不按规矩可不行。"这句话是恶狠狠地皱起眉头冲着朗兹说的。朗兹笑了笑,他是个犯规的老手。

莫特拉姆站了起来,从百叶窗的缝隙里朝外望去。

"多可爱的天气呀!"他说道。

在座的人全都打了个呵欠,漫无目的地研究起休米尔的全部家当来——枪支、翻破了的小说、马具、马刺和诸如此类的东西。他们以前已经把这些东西摆弄过不下二十次了,但是他们实在没有别的事可做。

"有什么新鲜玩意吗?"朗兹问道。

"有上星期的《印度报》,还有一篇美国报纸上剪下的文章,是我父亲寄来的,挺有趣。"

"又是一位自称为'下院议员'的教区委员,是吗?"斯珀斯托问道。只要能弄到报纸,他总是要读读的。

"是的。听听这篇东西吧。它是冲着你讲的,朗兹。那家伙是在对他的选民演讲,讲得真够夸张的。你听听这段话吧:'我毫不犹豫地断言,印度民政部已经成了英国贵族的领地——独占领地。虽说我们用欺骗手段逐步兼并了那个国家,可是民主制度——群众——从那个国家得到了什么呢？我的回答是，什么也没得到。这个国家被一些贵族家族从他们自己的利益出发加以经营。他们竭力保持自己的巨额收入，禁止和扼杀任何人调查他们行政机构的性质和管理方法的企图，可是他们自己为了维持奢侈生活，却逼着可怜的农民为他们累死累活地劳动。'"休米尔把剪报高高举过头顶挥舞着。"好哇！好哇!"他的听众喊道。

朗兹接着沉思地说道："我愿意——我愿意拿出三个月工资，只要那位先生能来跟我一块生活一个月，看看那些自由的、独立的王公们是怎样干的。老'木头腰杆'——这是我给一位得过勋章、受人尊敬的封建王公起的有失敬意的绰号——这星期为了钱的事把我缠得快送命了。天哪，他最新的一手是把他的一名妃子送给我作为贿赂。"

"你倒真美呀！你收下了没有?"莫特拉姆说道。

"没有。这会儿我倒希望当时我把她收下了。她是个可爱的小家伙。她对我闲扯了好多关于王公的妃子们穷得要命的情况。那些小宝贝们有将近一个月没有添置新衣服了,老头儿想从加尔各答买一辆四匹马拉的大马车——就是有纯银扶手、银灯和诸如此类的小玩意的那种马车。我费尽唇舌想告诉他,过去二十年里他已经把国库收入搞得一团糟,今后得收敛一点才行。可他就是不明白。"

"不过,他还可以依靠他祖先窖藏的财宝。在他的王宫下面,少说也埋着价值三百万的珠宝和钱币。"休米尔说。

"有哪个王公会去碰他家族的财宝!祭司们禁止他们动用,除非是在他们实在走投无路的时候。老'木头腰杆'在他统治期间已经给这笔财富添上了大约二十五万。"

"他是从哪里搞到这么多钱的呢?"莫特拉姆说。

"从国内。老百姓的情况真让人觉得恶心。据我所知,有的税务员干脆等在一头临产的骆驼旁边,小骆驼一生下来,他们就把母骆驼拉去抵偿拖欠的税款。我又能帮什么忙?我没法叫法庭的办事员把账簿交给我;部队的军饷已经拖欠了三个月,可是我从司令官那里除了一张笑脸,什么也要不到;老'木头腰杆'一见我找他谈话就哭哭啼啼。他现在又喝上了香槟白兰地——用利久白兰地代替了威士忌,用海德西克酒代替苏打水。"

"朱贝拉的拉乌也喝上了这玩意儿。就连当地人这么喝下去也是活不长的,"斯珀斯托说,"他会翘辫子的。"

"那倒是件好事。那样我们就可以成立一个摄政委员会,并且给小王子找个教师,十年以后再把他的王国和十年的积累交还给他。"

"而那位年轻的王子,由于学会了英国人所有的坏毛病。就会拿钱打水漂,用不了十八个月就会使十年的成果付诸东流。这种事我见得多了。"斯珀斯托说,"我要是你的话,朗兹,我就会对那位王公讲究点手腕。不过,他们无论如何,反正都会痛恨你的。"

"你说的这一切都不错。作为旁观者,说什么讲究点手腕总是容易的;可是你没法用一支沾了玫瑰香水的笔去打扫猪圈。我知道我冒着什么样的危险;不过到目前为止还没有出什么事。我的仆人是个帕坦族老头,他给我做饭。他们不大可能收买他,而那些自称是我的真正朋友的人送来的食物,我是从来不接受的。唉,这种工作真叫人厌倦!我宁愿跟你一块干,斯珀斯托。在你的营地附近还可以打打猎。"

"你愿意吗?我倒并不认为如此。一天差不多要死掉十五个人,这叫人什么东西都不想射击了,除非是射击他自己。最惨的是,那些可怜虫们就那样眼巴巴地望着你,仿佛你本该救他们的命。天晓得,我什么办法都试过。最后我连庸医的办法都用上了,居然救活了一个老头子。他被抬来的时候显然是治不好的了,于是我给他喝杜松子酒和掺了辣椒面的辣酱油。这办法治好了他;不过我是不主张用这种办法治病的。"

"病人的进展情况一般怎么样?"

"非常简单。氯丁①、鸦片、氯丁、虚脱、硝石、砖头垫脚,然后是——火葬场。看来只有火葬场才能结束一切烦恼。你要知道,那是黑色霍乱呀。可怜的家伙们!不过我得说,我的药剂师小邦西·拉尔干起活来真卖命。要是这次他能活下来,我一定推荐他晋升一级。"

---

① 含有鸦片、氯仿、印度大麻等成分的止痛麻醉药。

"你自己能活下来吗,伙计?"莫特拉姆说。

"不知道,也不大在乎,不过我已经把推荐信交上去了,你自己天天在干些什么呢?"

"待在帐篷里,坐在桌子底下,朝六分仪吐唾沫,好叫它凉一点,"那位测量局的职员说道。"为了不害结膜炎,我不停地洗眼睛,不过,我还是会害结膜炎的。我还有一件事可做,就是让一位副测量员明白,计算的时候把角度弄偏了五度并不是什么小错误。现在我完全是在孤军作战,你知道,一直要到酷暑结束的时候。"

"休米尔是个走运的家伙,"朗兹坐到一把长椅上说道,"他的头顶上好歹总算有个屋顶——虽说天花板的顶棚布撕破了一些,总还是屋顶呀。他每天可以看见一列火车到达。要是老天发慈悲,他还能搞到啤酒和苏打水,还有冰块去冰镇它们。还有书看,有画儿看。"——画儿是从《画刊》上头撕下来的——"不但每周可以款待我们,还荣幸地和杰出的副承包人杰文斯做伴儿。"

休米尔苦笑了一下。"是的,我是个走运的家伙。杰文斯比我更走运。"

"怎么? 不会是……"

"正是。死了。就在这个星期……"

"自杀的?"斯珀斯托急忙问道,他的话道出了在场所有人心里的疑问。在休米尔这块地区附近并没有霍乱。就连热病,至少也给人一星期的时间。突然死亡一般都意味着自尽。

"在这样的天气里,我不怪罪任何人。"休米尔说,"我看他是中了点暑;因为上星期你们走了以后,他来到走廊上对我说,就在当天傍晚,他要回家去看他住在利物浦市场街上的妻子。

"我叫来药剂师给他看了病,我们想法让他躺下。过了一两个小时,他揉揉眼睛,说他一定是犯了病,他希望他没说什么失礼的话。杰文斯的雄心壮志是进入上流社会。他说起话来很像查克斯。"

"后来呢?"

"后来他回到自己住的平房,动手擦一支步枪。他对仆人说,第二天早上他要去打公鹿。当然,他在摆弄枪栓的时候走了火,射中了自己的头部——是无意的。药剂师给我的上司写了一份报告,杰文斯就埋在外面。斯珀斯托,假如你当时能帮什么忙的话,我一定会打电报给你的。"

"你真是个古怪的家伙，"莫特拉姆说，"瞧你那保密的劲儿，哪怕是你亲手杀了他，对这件事你也不可能这样守口如瓶。"

"老天！那又有什么关系？"休米尔平静地说，"我除了自己的工作以外，还得把他的大部分管理工作接下来。我是惟一的受害者。杰文斯是解脱了——当然，完全出于偶然，可是，他是解脱了。药剂师打算写一篇论自杀的大文章。你瞧，巴布①一有机会就想露一手。"

"你为什么不把它作为自杀事件向上面打报告？"朗兹说道。

"没有确凿证据。在这个国家里，人是没有多少特权的。但是他至少有权瞎摆弄他自己的步枪。再说，有那么一天，我也许需要别人来掩盖我自己的意外事件呢。自己活，也让别人活。自己死，也让别人死。"

"你吃片药吧，"斯珀斯托说。他一直在注意地观察休米尔苍白的脸孔，"吃片药，不要当蠢驴。这类话毫无意义。无论如何，自杀就是规避

---

① 对英国化的印度"绅士"的蔑称，此处指那位药剂师。

你的工作。假如我是个地道的约伯①,对于下一步要发生的事我会很感兴趣,而且会留下来等着瞧的。"

"咳,我已经没有那种好奇心了。"休米尔说。

"肝脏有点儿毛病,是吗?"朗兹同情地问道。

"不是,是睡不着。所以更糟。"

"天哪,那确实更糟!"莫特拉姆说,"我有时也睡不着,总得熬到这种毛病过去为止。你吃过什么药吗?"

"什么也没吃过。吃了有什么用? 从星期五上午到现在,我总共只睡着了不到十分钟的时间。"

"可怜的家伙! 斯珀斯托,你得想想办法。"莫特拉姆说,"听你说了以后,我倒真注意到,你的眼睛有点肿。"

斯珀斯托仍然注意地观察着休米尔。他淡淡地笑了。"我待会儿会把他治好的。你看出去骑骑马是不是太热?"

---

① 约伯,《圣经》中的人物。希伯来人的族长,刻苦耐劳的典型。

"到哪儿去?"朗兹疲乏地说,"我们八点钟就得离开,到那时我们还很得骑一会子马呢。每逢骑马成为一种不得已的必需办法时,我真恨马。噢,天哪! 我们干什么好呢?"

"我们再打一盘惠斯特吧,一只小鸡算一点("一只小鸡"相当于八先令),每局赌一个金莫赫①。"斯珀斯托立刻说。

"还是玩扑克吧。每人拿出一个月的工资作赌注——赌多少钱都不限——每加一注是五十卢比。我看不等打完一局,就会有人破产的。"朗兹说道。

"我可不敢说咱们这儿谁破了产会使我得到多大快乐。"莫特拉姆说,"这种赌法并没有多少刺激性,而且相当愚蠢。"他走到那架破烂不堪的折叠式小钢琴旁边——这是曾经在这幢平房住过的一对夫妇留下的家庭残迹——打开了琴盖。

"这玩意早被弄坏了,"休米尔说,"用人们把它搞得散了架。"

这架钢琴确实坏得厉害。但是莫特拉姆把那

---

① 莫赫,印度旧金币名,值十五卢比。

野兽的烙印

些不听话的音调调得稍稍和谐了一些,于是从破烂的琴键上奏出了一首曾经流行于音乐厅的歌曲。

"很不错!"朗兹说道,"天哪!我最后一次听见这首歌是在一八七九年左右,那是在我快要离开英国到这儿来的时候。"

"吓!"斯珀斯托得意地说,"我在一八八〇年回过国。"他还提起了一首当时流行的街道歌曲。

莫特拉姆随手弹出了这支曲子。朗兹对之提出了批评,指出一些该纠正的地方。莫特拉姆顺手弹起了另一支曲子,这支曲子不属于音乐厅歌曲之列。然后他仿佛想住手不弹,打算站起来。

"坐下,"休米尔说,"我不知道你居然有音乐才能。弹下去,弹到你想不起调子可弹的时候。下次你来以前,我要叫人修修这架钢琴。弹点欢乐的曲子吧。"

由于莫特拉姆的技巧并不高明,加上这架钢琴的局限性,弹出的调子都极其简单,但是几个人都愉快地听着,在音乐停顿片刻的时候,他们不约而同地谈起了自己上次回国时的所见所闻。屋子外边卷起了一场浓密的尘土风暴,它呼啸着刮过这幢房屋,使房屋笼罩在一片令人窒息的午夜般的黑暗中,但是莫特拉姆不闻不问地弹着琴,那疯狂的叮咚声压过了破烂的天花板顶棚被风刮得啪啪响的喧闹声。

风暴停息了,一切寂静下来。刚才他一边弹着一些直接抒发个人感情的苏格兰歌曲,一边嘴里哼唱着。这时,他弹起了晚祷歌。

"星期日。"他点点头说。

"弹下去,不必道歉。"斯珀斯托说道。

休米尔狂笑起来,笑了好一会儿。"弹吧。你今天不断地叫人惊奇。我还不知道你有这样微妙的讽刺天才呢。那支曲子是怎么弹的?"

莫特拉姆弹起了那支曲子。

"太慢了。你没有把感恩的调子弹出来。"休米尔说,"应该照《蚱蜢波尔卡》弹——是这样的。"他用乐谱上标出的"极快"的速度吟唱起来:

今天晚上,光荣归于你,我的上帝,

为了你赐给的一切光明。

这就表明,我们真正体会到了赐给我们的恩惠。底下是怎么唱的?

156

如果我晚上辗转不能入眠，

请向我的灵魂灌输神圣的思想。

别让噩梦打扰我的安息。

再快一点，莫特拉姆！——

也别让魔鬼把我欺凌！

"呸！你真是个虚伪的老家伙！"

"别当蠢驴了，"朗兹说道，"你完全有自由取笑任何别的东西，但是别去取笑那首赞美诗。在我的头脑里，它是和最圣洁的回忆联系在一起的……"

"村庄里的夏日傍晚——彩色玻璃窗——光线昏暗下来，你和她两个人，头挨着头挤在一起，合看一本赞美诗集。"莫特拉姆说道。

"是啊，还有，当你走回家去的时候，一只肥大的金龟子撞到你的眼睛上。稻草的芳香，月亮像个大帽盒子，蹲在干草堆顶上；蝙蝠——玫瑰——牛奶和蚊蚋。"朗兹说道。

"还有母亲。我还记得，我是个小娃娃的时候，我妈妈就是唱着那支歌哄我睡觉的。"斯珀斯托说道。

房间已经沉没在黑暗中。他们听得见休米尔在椅子里扭动身子的声音。

"所以,"他烦躁地说,"你们落进十八层地狱的时候就唱它!装出一副根本不是受苦受难的叛逆者的样子,这是对上帝的智力的侮辱。"

"你还是吃两片药吧,"斯珀斯托说,"你的肝痛犯了。"

"休米尔平常很温和,今天的脾气却这么坏,明天我很替他的苦力们担心。"朗兹说。这时仆人们端进了灯盏,摆好了餐桌。

他们围着难吃的山羊腿和煮烱的木薯粉布丁,在餐桌旁边坐了下来。斯珀斯托趁机对莫特拉姆低声说道:"干得好,大卫①!"

回答是:"那么你就好好照顾扫罗吧。"

"你们两人在嘀咕些什么?"休米尔多疑地问道。

"我们只是在说,你是个糟透了的主人。这

---

① 大卫,《圣经·旧约》中的人物,以色列国王。幼年曾为以色列王扫罗弹琴,他弹竖琴声音优美,使扫罗感到无比舒畅。后来扫罗因嫉妒而多次想加害于他,但都未成功。扫罗死后,大卫统一犹太各部落,成了犹太以色列王。

只鸡用刀都切不动,"斯珀斯托和蔼地微笑着说道,"这能算作晚餐吗?"

"我也没办法。你总不能要求我摆一桌酒席吧?"

在这顿晚餐的整个过程中,休米尔竭尽全力露骨地直接辱骂他的每一个客人。他每骂一句,斯珀斯托就在桌子底下用脚踢踢那个受气包;但是他不敢对他们使眼色。休米尔脸色苍白,容颜消瘦,眼睛显得异常的大。在座的人谁都不敢对他的粗暴态度表示愤慨,但是他们一吃完了饭便赶紧准备离开。

"别走。你们这些家伙这会儿刚刚变得有趣起来。我想我没说什么惹恼你们的话吧?你们真是些惹不起的鬼东西。"接下去,休米尔的语调变得低声下气,对他们哀求起来:"喂,你们难道真打算走?"

"我呀,照神圣的乔罗克斯的话说,我在哪儿吃,就在哪儿睡,"斯珀斯托说,"我明天打算给你的苦力们检查一下身体,如果你不反对的话。你能赐给我一块地方让我躺下吗?"

其他人都说第二天他们有要紧的工作,于是

他们备好鞍子,一块儿离开了。休米尔乞求他们下星期日再来。在骑着马缓步离开的时候,朗兹对莫特拉姆坦白说:

"……我这辈子从来没有这么想踢一个做东道主的人。他说我打惠斯特牌的时候做了手脚,还揭我的短,说我欠着别人的债!他简直是当着你的面,骂你是个撒谎的家伙!我看你倒不怎么生气。"

"我并不生气。"莫特拉姆说道,"可怜的家伙!过去你可曾见到老休米尔有一丁点儿像今天这样子吗?"

"那不是理由。斯珀斯托一直在踢我的脚脖子,我才克制住了。要不我一定会……"

"不,你不会的。你也会像休米尔对待杰文斯那样;在这种天气里不要怪任何人。天哪,我的马勒上的扣环摸起来都发烫了!我们小跑一会吧,小心田鼠洞。"

小跑十分钟以后,朗兹拉住了马缰,全身每个毛孔都冒出了汗珠,这时从他嘴里说出了一句很有洞察力的话:

"今晚亏得有斯珀斯托陪着他。"

"是啊,斯珀斯托是个好人。我们该在这里分手了。下星期日再见,如果我没被太阳晒死的话。"

"再见,如果老'木头腰杆'的财政大臣没有想法给我的饭里撒点佐料的话。晚安……上帝保佑你!"

"怎么,又有什么事情不对头了吗?"

"噢,没什么。"朗兹收拢了他的鞭子。他在莫特拉姆骑的母马胯上轻轻抽了一鞭,加了一句,"你倒不是个坏小伙子——就这样。"那匹母马不等他说完这句话,就在沙土地上一下子蹿出去半英里远。

在副工程师的平房里,斯珀斯托和休米尔两人沉默地抽着烟斗,互相仔细地观察着对方。单身汉家里的容量是很有弹性的,安排起来也很简单:一个仆人进来收拾干净了餐室的桌子,搬进两张当地人用的床,那是用布条绷在一个轻便的木框上做成的,床上铺着凉爽的加尔各答床垫。仆人把两张床并排放好,在吊扇上面别上两块毛巾,毛巾边缘垂下来离睡觉的人的鼻子和嘴巴只差一点点,然后禀报说床已铺好了。

两人躺了下来,命令拉吊扇的苦力使劲儿拉。屋里的所有门窗都关得严严的,因为外面的空气就像火炉一样烤人。从温度计上看,屋里的温度只有一百零四度,屋里充满了没有修剪灯芯的煤油灯又闷又难闻的气味;这种臭气,加上当地烟草的气味、烤热了的砖头气味、干燥泥土的气味,简直会使许多强壮的男子汉的心陷进绝望之中,这就是大印度帝国的气味。每年有半年时间,她变成了一座苦役营。斯珀斯托灵巧地垫高了枕头,于是他不是躺着,而是稳稳当当地靠着,他的头放得比脚高。在炎热的天气里,如果你是个粗脖梗的大个子,那么,睡在低矮的枕头上是不行的,你很可能一面打着呼噜,一面就从自然的睡眠进入了受暑中风的深沉的长眠中。

"垫高你的枕头。"医生看见休米尔正打算直挺挺地躺下去,就严厉地对他说。

灯芯已经修剪过了。吊扇的影子在室内来回摆动。吊扇上的毛巾发出了簌簌的响声,穿在墙洞里的吊绳的吱吱声在和它相互应答。吊扇的摆动渐渐缓慢下来,几乎静止不动了。汗珠滚下了斯珀斯托的额头。他是不是该出去训斥那苦力一

顿？吊扇突然被人狠命一拽，又摆动起来，毛巾上
的一只别针掉了下来。等到别针又别上去以后，
苦力营地里有面大鼓咚咚地敲响起来，就像有个
得了脑膜炎的人，脑子里有根肿胀的动脉在不停
地跳动。斯珀斯托侧过身躯，轻声诅咒着。休米
尔那边一点没有动静。这人僵直得像死尸一样，
放在身体两边的手紧紧握着拳头。他的呼吸太急
促了，不可能是睡着了的样子。斯珀斯托看了看
那张凝固不动的脸孔。牙关咬得紧紧的，颤动的
眼皮四周显出一道皱纹。

"他在拼命地控制着自己，"斯珀斯托想道，
"他到底是怎么回事？——休米尔！"

"嗯。"声音是沙哑的，紧张的。

"你睡不着吗？"

"睡不着。"

"脑袋发热？嗓子发堵？还是别的毛病？"

"都不是，谢谢。你知道，我睡得很少。"

"觉得非常难受吧？"

"非常难受，谢谢。外面是在敲大鼓吧？我
起先还以为是我脑袋……噢，斯珀斯托，给我吃点
药，让我睡一觉吧——好好睡一觉——哪怕只睡

六个小时!"他跳了起来,全身颤抖,"我已经有好多天没法自然地入睡了,我实在受不了了——我实在受不了了!"

"可怜的老伙计!"

"说话不管用。还是给我点药让我睡觉。告诉你,我快要发疯了。我常常不知道自己说了些什么。三个星期以来,我得先把我要说的话想好,又一个字母一个字母地拼出,才敢说出来。这还不够叫人发疯的吗?我看东西也看不准了。还有,我的触觉也失灵了。我的皮肤疼极了——我的皮肤疼极了!让我睡觉吧。噢,斯珀斯托,为了上帝的爱,让我好好睡一觉。只让我做梦还是不够的。让我睡一觉吧!"

"好的,老伙计,好的,慢慢来;你的情况并不像你想的那样糟。"

自我克制的闸门一旦打破,休米尔就像一个吓坏了的孩子那样紧紧拉住他不放。"你把我的胳臂都要掰断了。"

"你要是不帮我的忙,我就要拧断你的脖子。噢,我不是那个意思。不要生气,老伙计,"他抹去自己身上的汗,努力恢复镇静,"我有点烦躁,情绪不太好,也许你能告诉我该吃点什么安眠药——比如溴化钾之类。"

"胡扯!你为什么不早告诉我?放开我的胳臂,让我看看我的烟盒里有什么能治你的毛病。"斯珀斯托在他白天穿过的衣服里翻找着,把灯火旋亮了一些,打开了一个小小的银烟盒,拿出一支极其精巧的小注射器,向满怀期待的休米尔走去。

"文明制度的最新产品,"他说道,"也是我不愿使用的东西。伸出你的胳臂。好的,失眠症还没有损害你的肌肉;多厚的皮呀!还不如给一头水牛作皮下注射。过几分钟吗啡就会起作用了。躺下等着吧。"

一丝白痴似的,毫不掺假的欢乐微笑开始布满休米尔的脸庞。"我觉得,"他悄声说道,"我觉得,这会儿我马上就要睡了。天哪!真太美了!斯珀斯托,你一定得把那烟盒交给我保管;你……"脑袋耷拉下去,声音停止了。

"说什么也不能交给你,"斯珀斯托对那个已经沉入睡乡的人说道,"现在,我的朋友,既然像你这种失眠症常常会在生与死这类小事上使你放松了道德原则,那么我就要擅自行动,以防万一了。"

他光着脚摇摇晃晃地走进休米尔放鞍具的屋子,从枪匣里拿出一支十二毫米口径的步枪、一支快枪和一把手枪。他卸下了步枪的火门,把它藏到一只鞍具箱的最下面;他又把快枪上的瞄准仪取下,一脚把它踢到一个大衣橱后面。至于手枪,他仅仅只打开了枪机,用一只马靴敲掉了枪柄上的小头枪栓。

"一切妥当了,"他甩掉手上的汗说道,"这些小小的预防措施至少能给你一个考虑的机会。你对于枪支走火之类的意外事件太感兴趣了。"

他正要站起身,门口传来了休米尔模糊不清的声音:"你这个傻瓜!"

人们只有在临死前从昏迷中清醒过来片刻的时候,才会用这种口气对他们的朋友说话。

斯珀斯托吃了一惊,手枪跌落到地上。休米尔站在门口,笑得直摇晃。

"你真太好了,"他慢吞吞地寻找着恰当的字眼说道,"目前我还不想用自己的手结束生命。我说,斯珀斯托,这种办法是不解决问题的。我该怎么办? 我该怎么办?"他的眼里充满了惊恐。

"躺下试试看。马上躺下。"

"我不敢。这只能使我半睡半醒,而这次我就逃不掉了。你知道吗?刚才我险些逃不出来了。平常我总是快得像闪电;可是你害得我腿脚不灵便了。我差点儿被抓住。"

"噢,是的,我理解。去吧,躺下。"

"不,这不是说胡话;可是刚才你真的差点儿害了我。你知道我可能死掉吗?"

正像一块海绵把石板擦拭得干干净净一样,某种斯珀斯托所不知道的力量,把休米尔脸上一切足以证明他是个男子汉的东西都擦拭得干干净净,他这时站在门口,脸上是一片迷惘的天真表情。他在睡梦中又回到了惊恐万状的童稚时期。

"难道他这会儿就会死掉?"斯珀斯托心里想道。然后他大声说,"好吧,我的孩子,回到床上去,把一切都告诉我。你睡不着;可是其他那些傻话都是怎么回事呢?"

"有个地方……在那边有个地方。"休米尔丝毫没有做作地说道。麻醉剂在他身上一阵一阵地起着作用,随着他的感官的时而清醒时而糊涂,他的恐惧,有时像个壮汉子的恐惧,有时又像个吓坏了的孩子。

"天哪!几个月来我一直害怕发生这种情况,斯珀斯托。它害得我每天晚上都像下地狱一样;可是我并不觉得自己做了什么坏事。"

"不要动,我再给你打一针。我们一定能止住你的噩梦,你这个大笨蛋!"

"好的,不过你得给我多打一些,好叫我索性跑不掉。你得让我非常瞌睡——不能只是有点儿瞌睡。那样子我跑起来真困难。"

"我明白,我明白。我自己也有过这种感觉。症状正像你说的那样。"

"噢,别取笑我了,去你的吧!在我还没有感觉到这种可怕的失眠状态之前,我总是用胳臂支着,斜靠在床上,旁边放一只马刺,我一往后倒,它就扎我一下。瞧!"

"啊!这家伙身上被扎得像一匹马那样了!这噩梦缠得他够苦的!我们大伙还以为他很理智呢。老天让我们更懂事一些吧!你想谈谈,是吗?"

"是的,有时想谈。不过当我害怕的时候就不想。那时我只想逃开。你呢?"

"我也总是那样。在我给你打第二针以前，你对我具体讲讲，你的毛病到底是什么？"

休米尔断断续续地低声讲了将近十分钟，斯珀斯托一面听，一面瞧着他的瞳孔，又用手在他的瞳孔前面来回晃了一两次。

等到休米尔讲完以后，银烟盒又被取了出来。休米尔第二次往床上倒下的时候说的最后几句话是："让我睡熟些吧；因为，我要是被抓住，我就没命了，——我就没命了！"

"是的，是的；我们大家迟早都会走这条路的——感谢老天，让我们的痛苦有个结束的时候，"斯珀斯托把枕垫塞到他脑袋下面，说道，"我看我要是不喝点什么，我倒真会提前离开人世。我身上不出汗了，而且……我的领圈是十七英寸的。"他为自己煮好了滚烫的茶。一个人如果能及时地喝这么三四杯茶，就可以非常有效地防止暑热中风。然后他观察着那个熟睡的人。

"一张瞎了眼的面孔，它哭泣着，可是没法擦它的眼睛，一张瞎了眼的面孔，沿着走廊追他！哼！休米尔确实应该尽早去休假了；不论他的神经是否正常，他把自己扎得可真够狠的。唉，但愿老天让我们懂得这一切吧!"

休米尔睡到中午才醒来,他下了床,嘴里有一股苦味,但是眼光清澈,心情欢畅。

"昨晚我病得相当厉害,是吗?"他说道。

"我还没有见过比你更健康的人。你一定是有点中暑了。喂,假如我给你开一张非常有力的医生证明,你愿不愿意马上就申请休假?"

"不行。"

"为什么不行? 你需要休假。"

"是的,不过我可以坚持到天气凉快一点的时候。"

"干吗要等以后,你可以马上找个人来接替你呀。"

"他们只能派伯克特来接替我;可是那家伙是个天生的笨蛋。"

"唉,你管它铁路线的事干什么,你也不是什么重要角色。有必要的话,就打个电报请求休假。"

休米尔看起来很不自在。

"我可以坚持到雨季。"他含糊地说。

"你没法坚持。打电报到部里去调伯克

特来。"

"我才不打呢。假如你一定要知道为什么，那是因为伯克特已经结了婚。他的妻子刚刚生了孩子，她现在在西姆拉，在凉快的地方，而伯克特有个很不错的工作，正好每星期从星期六到星期一可以待在西姆拉。他那年轻的妻子身体很弱。伯克特如果调工作，她一定会跟他一块来。她要是不带上婴儿，就会伤心得要命。而她如果来了——伯克特是那种自私透顶的畜生，口口声声说什么妻子应该跟随丈夫——她也会送命的。在这种时候，让一个女人到这里来，那简直是蓄谋杀人。伯克特的身体还没有一只耗子强壮。他如果到这里来，一定会死的；我知道她没有钱，所以我敢肯定她也会死的。我自己久经考验，又没有成家。还是等到雨季吧，那时可以让伯克特到这里来减减肥，那对他会大有好处的。"

"你是说，你打算面对……你现在面对着的东西，直到雨季来临？"

"噢，事情不会那样糟，你已经教给我了一条好的解决办法。我完全可以打电报给你。再说，我一旦能够睡觉了，一切就迎刃而解了。无论如何,我不打算提出休假。不用再说了。"

"老天爷!我还以为这类壮举现在没人干了。"

"瞎说。你自己也会这么干的。谢谢那只烟盒,我现在完全像换了一个人。你这会儿要到营地去看看吗?"

"是的,不过,只要有可能,我隔一天就来看看你。"

"我还没有糟到那种地步,我不想麻烦你。去给那些苦力们喝点加了番茄酱的杜松子酒吧。"

"那么你觉得一切都好吗?"

"好得可以为我的生命去战斗,不过并没有好到能够站在太阳地里跟你闲扯。去吧,老伙计,祝福你!"

休米尔转身回去对付自己平房里那寂静得发出回声的冷清。他看见的第一件东西,就是他自己的身形站在游廊上。以前他也曾经遇到过类似的幻象,那是因为有一次他工作过于劳累,再加上暑热的折磨而引起的。

"这可有点不妙……来得真快呀,"他揉了揉眼睛说道,"如果那个东西像鬼魂一样,顷刻就消失了,那就只是我的眼睛和肠胃出了毛病。假如它会走路……那就说明我的头脑不正常了。"

他朝那个身形走过去,而那个身形当然也和他保持着不变的距离,所有由于工作过于劳累而引起的幻象都是这样的。它溜过屋子,碰上了花园里灼热的阳光,就化为叫人眼花缭乱的斑点,消失在他的眼球里面,休米尔照常工作起来,一直到傍晚。他进房去吃晚饭的时候,看见他自己正坐在桌子旁边。接着,这个幻象急忙站起身来走了出去。这个幻象,除了背后没有影子以外,一切都跟真人一个样。

没有人能想象出休米尔是如何度过这个星期的。由于传染病人增加了,斯珀斯托不得不待在营地上的苦力们那里。他能够做的事仅仅是打个电报给莫特拉姆,叫他到平房去,并且在那里过夜。可是离莫特拉姆最近的一台电报机是在四十英里外,因此莫特拉姆除了测量局的工作以外,什么也不知道,直到星期日早晨,他遇见了到休米尔那儿参加每周聚会的朗兹和斯珀斯托。

"但愿这家伙脾气好了一点,"莫特拉姆来到门口,跳下马来说,"我想他大概还没有起床吧。"

"我去瞧瞧,"医生说,"如果他还在睡着,我们就不必喊醒他。"

片刻之后,斯珀斯托叫他们快进来,从他的声调,这两人知道出了事。已经没有必要叫醒他了。

吊扇仍然在床的顶上扇动,然而,休米尔至少在三个小时前就离开了人间。

尸体仰面躺着,双手紧紧握着拳头,放在两侧,就像斯珀斯托七天前看见他躺着的那个样子,在他那呆瞪着的眼睛里,充满了任何笔墨都无法表达出来的恐惧。

莫特拉姆跟在朗兹后面走了进去。他弯下腰朝着死者,用嘴唇在他前额上轻轻吻了一下。"噢,你这个幸运的、幸运的家伙!"他喃喃低语道。

但是朗兹看见了死者的眼睛,他发着抖,退缩到屋子的另一头。

"可怜的家伙!可怜的老家伙!上次我们见面的时候我生气了。斯珀斯托,我们本来应该好好照顾他的。他是不是……?"

斯珀斯托继续熟练地进行着调查,最后又在

屋子四周搜寻了一番。

"不,他不是。"他怒冲冲地说道,"什么也没有发现。去把仆人叫来。"

仆人们来了,一共有八九个。他们交头接耳,窃窃私语,从别人背后探头窥望。

"你们的先生是什么时候上床的?"斯珀斯托问道。

"大概是十点或者十一点。"休米尔的贴身仆人说。

"他那时还是好好的吧? 不过你们能够知道吗?"

"他没有生病,至少,据我们看,他没有生病。但是他已经有三个晚上没有好好睡觉了。我知道他没睡着觉,因为我看见他不停地来回走动,特别是在深夜。"

正在斯珀斯托整理床单的时候,一只笔直的大号猎靴靴刺滚到了地上。医生发出了一声呻吟。贴身仆人瞧了瞧尸体一眼。

"你认为是怎么回事,楚玛?"斯珀斯托注意到了那张浅黑面孔上的表情,问道。

"老爷,据小人看,我家主人是坠入地狱了。

因为他跑得不快,所以他在那里被抓住了。这只靴刺就是证明:他一直在克制自己的恐惧。我们当地人用的是刺蒺藜,我见过。他们中了邪以后,一睡觉就会被摄走,所以他们不敢睡觉。"

"楚玛,你是个糊涂虫。到外面去准备封条,把先生的财产都封上。"

"老爷是上帝造的,我也是上帝造的,我们怎敢怀疑天意呢?您去检查先生的财产吧,我会让仆人们都避开。他们全是些贼骨头,会偷东西的。"

"就我所知,他的死亡很可能由于任何一种原因:比如心脏停止跳动啦,暑热中风啦,或是其他的灾祸,"斯珀斯托对他的同伴们说,"我们得把他的财产列一份清单,还得料理其他一些后事。"

"他是吓死的,"朗兹坚持说,"瞧他的眼睛!千万别让他睁着眼睛下葬!"

"不论是什么原因,他现在什么烦恼也没有了。"莫特拉姆轻声说道。

斯珀斯托窥查着死者睁开的眼睛。

"到这边来,"他说,"你们看看这里面有些什么?"

"我没法看!"朗兹呻吟道,"快盖上他的脸!人世间有什么东西竟能使人恐怖成那种样子? 太可怕了。唉,斯珀斯托,盖上他的脸!"

"这种恐怖——不存在于人世间。"斯珀斯托说道。莫特拉姆从他肩后探过头去,仔细地观察着。

"我什么也看不见,只是在瞳孔里有些灰色的斑点。你要知道,那里是不可能有什么东西的。"

"说得对。好吧,让我想想。拼凑起一副棺木来,至少要用半天工夫;他一定是半夜死去的。朗兹,老伙计,出去告诉苦力们,在杰文斯的墓旁再掘一个墓穴。莫特拉姆,你和楚玛在屋里转一圈,把东西都贴上封条。打发两个仆人来找我,我会安排的。"

那两个膂力过人的仆人回到同伴们那里,讲起了他们看到的奇怪事情:医生老爷想用魔法召唤他们的主人,让他复活过来,但是没有成功,——他握住一只小小的绿匣子,对着死者的每只眼睛咔哒了一声,后来,医生又疑惑不解地喃喃自语着,把小绿匣子带走了。

乒乒乓乓钉棺材盖的响声并不是什么愉快的声音,但是有经验的人认为,床单轻柔的窸窣声,绷床布条缠裹死尸的沙沙声更为可怕。倒毙路旁的人就是裹上被单,用布条缠紧,然后送进坟墓的。布条愈缠愈紧,尸体逐渐下沉,直到最后,尸体接触到了地面。对于这样不体面的、匆匆忙忙的埋葬方式,它一点也不表示反抗。

在最后一刻,朗兹突然受到了良心的责备。"是不是应该由你念一遍葬礼祷文——从头到尾!"他对斯珀斯托说。

"我准备这么做。你是个文职人员,地位比我高,要是你愿意的话,可以由你来念。"

"我一点也没有那个意思。我只是在想,我们是不是可以从什么地方找一位牧师来——我愿意骑马去请——让可怜的休米尔有个更好的机会。我就是那个意思。"

"傻话!"斯珀斯托说。他已经做好了准备要在葬礼上念出祷文中开头那些至关重要的字句。

吃完早餐后,他们在一起沉默地吸着烟斗,思念着死者。后来斯珀斯托心不在焉地说道：

"这在医学里是没有的。"

"什么？"

"死人眼睛里的东西。"

"天哪，再不要提那可怕的东西了！"朗兹说道，"我见过一个被老虎追逐的当地人，他是活生生地被吓死的。我知道是什么害死了休米尔。"

"你知道个鬼！我倒要试着看一看。"医生拿着一台柯达牌相机走进了浴室。过了几分钟，有什么东西在浴室里被砸成了碎片。医生面色苍白地走出了浴室。

"你洗出相片来了吗？"莫特拉姆说道，"那东西是什么样的？"

"什么也看不出来。这也在意料中。你不必看了，莫特拉姆。我把胶卷撕碎了。上面什么也没有，什么也看不出来。"

"你在撒谎。"朗兹一字一顿地说道，他注视着医生用颤抖的手想去点燃熄灭了的烟斗。

莫特拉姆不自然地笑了笑。"斯珀斯托说得对，"他说，"我们的神经现在都太紧张了，对什么都会信以为真。不管怎么说，我们应该尽量理智些。"

许久没有人说话,炎热的风在屋外呼啸,枯干的树哀泣着。不久,每天一趟的火车,闪着亮晃晃的铜和擦得明光锃亮的钢,喷着蒸汽,喘吁吁地在炽热的阳光下停住了。"我们最好搭这趟车走,"斯珀斯托说道,"回去工作吧。我已经写好了死亡证明,我们待在这里没有什么用处了。只有工作才能使我们头脑清醒。来吧。"

没有人动。在六月的正午坐火车并不是一件愉快的事。斯珀斯托拿起自己的帽子和马鞭,在门口转过身来说:

"也许有天堂……肯定有地狱。

总之,我们的生活就是这样。是吗?"

不论是莫特拉姆,还是朗兹,对这个问题都无法回答。

野兽的烙印

你有你的神,我有我的神——你和我,

又有谁能知道哪个神更加威力无穷?

——土著谚语

有人说,苏伊士以东的地方,不再归上帝直接管辖;那儿的人全都转到亚洲的神和亚洲的魔鬼掌握之下,英国国教的上帝只是有时候才偶尔对英国人略加照顾而已。

这条理论就解释了印度生活里有些并不那么必要的恐怖现象。我们可以把它引申一下,用来解释我要讲的故事。

我的朋友,对印度当地老百姓有足够了解的

警官斯垂克兰,可以为这件事的事实作证。我们的医生杜莫瓦亲眼看见了我和斯垂克兰看见的事实。他从目睹的证据中得到的结论是完全错误的。现在,他已经去世了;他去世的情况相当奇特古怪,我在另一个故事里写到过这件事。

弗利特最初来到印度的时候,有一笔不多的钱财和一块地产,这块地在喜马拉雅山的达姆萨拉附近。这笔钱和这块地都是他的伯父遗留给他的。他来到印度就是为了经营这份产业。他是个身材高大、举止笨拙、性情和蔼、与世无争的人。他对当地老百姓的了解自然是极其有限的。他抱怨说他们的语言难懂。

为了度过新年,他从山里的住所骑马来到驻屯地,就在斯垂克兰那里寄宿。除夕晚上,俱乐部举办了隆重的晚宴,大家都情有可原地喝得酩酊大醉。的确,当人们从帝国最偏僻的边远地区来到这里,聚会在一堂时,他们确实有权利放肆地欢饮喧闹一场。边防部队派来的是一支剿匪分队,这些人一年到头连二十张白人的面孔都见不到,他们经常要冒着危险骑马奔驰十五英里路,到邻近的要塞去吃一顿晚饭,随时都有可能飞来一颗凯比里人的子弹,打在他们准备盛放美酒的地方。现在他们充分享受着目前的安全感。他们正试着用一只在花园里找到的卷成一团的刺猬来打台球,他们中间的一个人,嘴里衔着记分牌,在屋里来回奔跑。六个来自南部的农场主正在跟亚洲第一谎话大王比赛吹牛。这位谎话大王正在想法压倒所有别人的故事。所有的人都来了,这简直像是在集合点名,清点我们过去一年中的伤亡人数。这晚人人都放量畅饮,我记得大家喝到酒酣耳热之际,唱起了《昔日的美好时光》,人人的脚全伸进了马球冠军奖杯,而我们的脑袋都升上了天空,和星星做伴,我们相互发誓说,我们永远是知己好友。后来,我们这些人,有的离开了印度,去吞并缅甸;有的想攻开苏丹,结果在萨瓦金城下那场残酷的激战中被苏丹民兵打开了膛;有的人得到了星章和奖章;有的人结了婚,那并不是件好事。还有的人干了些别的事,比结婚还要糟。剩下的人,还是套在枷锁里,努力靠不多的经验来挣点钱。

那天晚上,弗利特一上来喝的是掺了黑啤酒的白葡萄酒,接着他不停地喝着香槟,一直喝到吃饭后点心的时候。然后是纯粹的、嗞嗞响的、带着十足的威士忌劲头的卡普里酒。喝咖啡时加的是班尼迪克丁甜酒，再加上四五杯掺苏打水的威士忌，用来加强他打台球的手劲。清晨两点半钟的时候，喝的是啤酒，最后压轴的酒是陈年白兰地。因此，当他在清晨三点半钟走出大门，进入华氏十四度的霜冻里的时候，他便不禁对自己那匹马儿的咳声勃然大怒，并且想用儿童做跳背游戏的办法跳上马背去。马儿挣脱了，跑回了自己的马厩。于是斯垂克兰和我便组成了一支仪仗队，把弗利特护送回家。

途中我们要穿过市场，紧挨着市场，是一座小小的猴王哈努曼庙宇。这是一位受人尊敬的重要的天神。一切神明，就像一切祭司一样，都有他的美德。拿我来说吧，我是非常尊重哈努曼的，并且对他的子民——山区里巨大的灰猿，也表示友善。谁也不敢说他在什么时候会需要朋友的帮助哩。

从庙里射出了一线灯光。我们走过的时候听见庙里有男人们诵经的声音。在当地的庙宇里，祭司们总是还在夜里就早早地起床去供奉他们的神明。突然间，我们还来不及阻拦，弗利特就噌的一下迈上了台阶。他拍了拍两个祭司的脊背，一本正经地把他的雪茄烟蒂捺在红石雕塑的哈努曼神像的前额上,蹭掉了烟蒂上的烟灰。斯垂克兰想把他拽出来,但是他却坐了下来,摆出庄严的样子说道:

"瞧见了吗?野——野兽的烙印!是我打的。挺漂亮的吧?"

只有半分钟工夫,庙里就人声嘈杂,活跃起来。斯垂克兰完全明白亵渎神明会引起什么样的后果,他说,这下可要出事了。他是个担任公职的人,又在印度居住了多年,喜欢和当地老百姓来往,祭司们都认识他。因此他觉得非常不安。弗利特坐在地上拒绝挪动。他说"好心肠的老哈努曼"是只非常轻柔的枕头。

突然间,没有预先的警告,从神像背后的暗室里走出一个"银人儿"来。在那样凛冽寒冷的天气里,他赤身裸体,一丝不挂。他的身体像结了白霜的银子一样闪闪发光。原来他就是一个在《圣经》上被称作"雪一般白的麻风病人"。他也没有脸孔,因为他患麻风病已有不少年头,已经受到麻风病的严重毁蚀。我们两人弯下腰去拉弗利特起来,庙宇里一下子挤满了人,他们仿佛都是从地底下冒出来的。这时，"银人儿"从我们的胳臂下面钻了过去，嘴里发出哼哼的声音，完全像一头水獭在呼叫。我们还来不及拉开他，他就拦腰一把抱住了弗利特，低下了头，把它搁在弗利特胸前。然后，他退到一个角落里坐下，嘴里仍然发出哼哼的叫声。这时所有的庙门都被人群堵死了。

在"银人儿"触摸弗利特之前，祭司们是非常愤怒的。但是他那么用鼻子碰了碰弗利特，似乎倒叫他们冷静下来了。

经过几分钟的沉默以后，有个祭司走到斯垂克兰跟前，用纯熟的英语说："把你的朋友带走吧。他和哈努曼算是完事了，可是哈努曼和他还没有完事呢。"人群让开了路，我们把弗利特抬到大路上。

斯垂克兰简直火冒三丈。他说我们三个都差点被人宰掉，弗利特应该感谢他的好运气，没有受一点伤就逃出来了。

弗利特却根本不感谢任何人。他说他想上床睡觉。他实在醉得够厉害的。

我们就这样往前走着。斯垂克兰满腹怒气，沉默不语。弗利特突然发作了一阵阵剧烈的颤抖,浑身大汗淋漓。他说市场上的气味太难闻了,他真奇怪为什么允许屠宰场开在离英国人居住区这么近的地方。"难道你们没有闻见血腥味?"弗利特问道。

天快亮的时候,我们终于送他上了床。斯垂克兰邀请我再来一杯威士忌加苏打水。我们喝酒的时候,他谈起了庙里发生的麻烦事情,他承认这件事使他完全迷惑不解了。斯垂克兰最讨厌被当地老百姓弄得莫名其妙,因为他的任务就在于利用他们的武器来压倒他们。在这一点上,他还没有获得成功,不过,也许再过十五年或者二十年,他会得到一点小小的进展的。

"他们应该揍我们一顿,"他说,"而不应该朝我们哼哼叫呀。他们到底是什么打算?这事真叫我不放心。"

我说,寺庙管理委员会很可能会向我们提出刑事诉讼,控告我们侮辱他们的宗教。在印度刑法里,有一条规定正好适用于弗利特犯的罪过。斯垂克兰说他只能祈祷上苍,希望他们会这样做。我在回家以前,到弗利特的房间去看了看。他侧身朝右边躺着,正在抓挠他的左胸。然后,在早晨七点钟的时候,我浑身冰冷、垂头丧气、闷闷不乐地上了床。

下午一点钟,我骑马来到斯垂克兰的住宅,想打听一下弗利特的脑袋怎样。我猜想他的脑袋一定痛得厉害。弗利特正在吃早餐,看起来似乎有病。他的好脾气不知哪儿去了,因为他正在大骂厨子,问他为什么不给他端一盘嫩些的排骨来。昨天晚上喝了那么多酒,今天还吃得下生肉,这样的人实在少见。我对弗利特发表了这样的见解,他大笑起来。

"你们这儿的蚊子真奇怪,"他说,"我被叮得惨透了,不过,叮的全是一个地方。"

"让我们瞧瞧叮的地方,"斯垂克兰说,"也许过了一上午,它已经消了肿。"

趁着厨子在煎排骨的工夫,弗利特掀起衬衫让我们看,在他的左胸上有一个斑块,和豹子身上玫瑰花瓣形状的黑色斑块——由五六个不规则的疙瘩组成的圆形——简直一模一样。斯垂克兰瞧了瞧,说道:"今天早上它还是浅红色的,这会儿变成黑色的了。"

弗利特奔到一面镜子前。

"哎呀!"他说,"这可不妙。这是什么?"

我们都没法回答。这时排骨端上来了,鲜红的,还带着血水。弗利特以一种令人厌恶的贪婪姿态一口气吞吃了三块排骨。他咬嚼时只用右边牙床,一面大口吞咽着肉,一面掉过头去朝着左肩后面。他吃完以后似乎觉出自己的举止有点古怪,于是便道歉似的说:"我这辈子从来没有觉得这么饿。我刚才那么狼吞虎咽,简直像只鸵鸟。"

吃罢早饭,斯垂克兰对我说:"你别走。留下吧,今晚就睡在这儿。"

其实我的住所离斯垂克兰的住宅还不到三英里,所以他的要求是荒唐的。但是斯垂克兰再三坚持。他正要对我说点什么,弗利特打断了我们的话。他面带愧色地宣称,他的肚子又饿了。斯垂克兰派一个仆人到我的住所去取我的被褥和马匹。我们三个人便到斯垂克兰的马厩去消磨几个小时,以便到时三人一同骑马出去。喜欢马匹的人是永远也看不厌它们的。当两个人用这种方法消磨时间的时候,他们彼此获得了知识,也听到了谎话。

马厩里有五匹马。正当我们打算视察它们的

时候,出现了我永远不会忘记的景象。马儿们仿佛发了疯。它们直立起来,高声嘶鸣,狂暴得差点儿扯断了系马桩;它们汗流浃背、浑身颤抖、嘴吐白沫,恐惧得发了狂。斯垂克兰的马匹过去对于他和他的狗群都很熟悉,因此这事就更令人奇怪了。我们害怕这些畜生在惊慌失措的当儿会摔伤自己,便离开了马厩。随后,斯垂克兰又返回马厩,并且叫我也去。马儿们仍然惊惶不安,但是它们容许我们"驯服"它们,爱抚它们,并且把头埋进我们的怀抱里。

"它们不是怕我们,"斯垂克兰说,"你知道吗,如果奥特瑞治这匹马能说话,我真愿意拿出三个月薪金来。"

但是奥特瑞治是匹哑巴牲口,只会朝主人偎依过去,打着响鼻。每当马儿们想解释一些事情而又无法解释的时候,它们都是这样的。我们在马厩里的时候,弗利特走了过来。马儿们一看见他,立刻又陷入惊恐之中。我们差点被马匹踢倒,只得赶快逃出马厩。斯垂克兰说:"它们看来很不喜欢你啊,弗利特。"

"瞎说,"弗利特说,"我的母马总是像只狗一样乖乖地跟在我后面。"他朝着他的母马走去;它是在一个单独的马厩里。他刚刚抽开门闩,它就倒立起来,把他撞倒在地,然后它就挣脱缰绳,逃进了花园。我大笑起来,斯垂克兰却一点也不想笑。他使劲揪住自己的胡子,差点把胡子连根拔了下来。弗利特并不去追他的马,反倒打了个呵欠,说他困了。于是他走进屋子去睡觉。用这种方式度过新年实在是太蠢了。

斯垂克兰和我走进马厩坐了下来。他问我是否注意到弗利特的举止有什么特别的地方。我说他吃起东西来像一头野兽;不过,那也可能因为他与世隔绝,住在深山里,没有机会接触,比如说,像我们这样的文明高雅的人士。斯垂克兰听了并不觉得可笑。看来他并没有在听我的话,因为他接着便提到了弗利特胸前的那块斑痕。我说,它可能是脓疱蝇叮过后留下的,也可能是一块新出现的胎记,直到现在才显露出来。我们两人都觉得它看起来很讨厌,斯垂克兰还说我是个傻瓜。

"我现在还不能把我的想法告诉你,"他说,"不然你会说我是疯子;但是,只要你抽得出时间,你一定得在我这里住几天。我希望你看守住弗利特,不过,在我还没有打定主意之前,别把你的想法告诉我。"

"可是今天晚上我打算出去吃饭呢。"我说。

"我也一样,"斯垂克兰说,"弗利特也一样。至少,假如他还没有改变主意的话。"

我们吸着烟,在花园里溜达着,两人都沉默无语——因为我们是朋友,谈话就糟蹋了上等烟草——直到我们的烟斗熄灭为止。然后我们去叫醒弗利特。他已经完全清醒了,正在屋里坐卧不安地晃来晃去。

"喂,我还想吃些排骨,"他说,"行吗?"

我们笑了起来,对他说:"去换衣服吧,马匹马上就要牵来了。"

"好吧,"弗利特说,"我吃了排骨就换衣服,——可一定要煎得嫩一些呀。"

他一点不像在开玩笑。当时是四点钟,而我们一点钟刚刚吃完早饭;然而他不停地闹着要吃半生的排骨,磨蹭了好久。后来他终于换上了骑装,来到门外走廊上。他的小马——那匹母马没有抓回来——不肯让他靠近。三匹马全都无法驾驭——畏惧得发了狂一般——最后,弗利特说,他宁愿留在家里,搞点东西吃。斯垂克兰和我满腹狐疑地骑上马动了身。我们经过哈努曼神庙的时候,"银人儿"走了出来,向我们发出哼哼的叫声。

"他不是庙里的正式祭司,"斯垂克兰说,"我真想抓住他。"

那个傍晚,我们在赛马场上的奔驰是无精打采的。两匹马都毫无精神,似乎已经跑了许多路因而疲惫不堪了。

"早饭后它们受了惊,给吓坏了。"斯垂克兰说。

剩下的那段路程中他只说了这一句话。有一两次我仿佛听见他在低声咒骂什么;不过那不算说话。

我们到家时是七点钟,天已经黑了,那幢平房里一片漆黑。"我的那些仆人全都是粗心大意的懒骨头!"斯垂克兰说。

马车道上躺着什么东西,吓得我的马竖立起来。这时,紧挨着马鼻子下面,弗利特站起身来。

"你在花园里爬来爬去干什么?"斯垂克兰问道。

可是两匹马突然蹿了开去,差点把我们甩下

了马。我们在马厩旁下了马,回到弗利特身边。他正趴在橘子树丛里。

"真见鬼,你怎么啦?"斯垂克兰说。

"没事,什么事情也没有,"弗利特说,他说得很快,含混不清,"我在种花——在研究植物。泥土的气味真叫人愉快。我打算散步去——散很久的步——散步一晚上。"

这时我看出情况相当不对头,就对斯垂克兰说:"我不出去吃饭了。"

"上帝赐福给你!"斯垂克兰说,"来吧,弗利特,站起来。不然你会得热病的。进屋来吃晚饭,我们把灯点起来。我们都在家里吃晚饭。"

弗利特不太情愿地站起来,说道:"别点灯——别点灯。这里舒服得多。我们就在外边吃晚饭吧,再吃些排骨——好多好多的排骨,煎得半生——鲜红的,带脆骨的排骨。"

"进去,"斯垂克兰严厉地说道,"马上给我进去。"

弗利特进了门。灯火送上来后,我们发现他从头至脚,全身裹满了污泥。他肯定在花园里打了滚。他避开灯光,走进他的房间。他的眼睛看上去十分可怕。眼睛后面发出一道绿光,你要知道,不是眼睛里面,而是眼睛后面。而且这人的下嘴唇也耷拉下来了。

斯垂克兰说:"今天晚上要出事情了,非常严重的事情。不要脱掉你的骑装。"

我们一等再等,等待弗利特出来,同时吩咐仆人准备晚餐。我们听见他在屋子里面走动,可是屋里没有灯光。不久,屋里传来一声长长的狼嗥声。

人们常常随便写到和谈到血液凝结啦、毛骨悚然啦以及诸如此类的感觉。这两种感觉都太可怕了,不应该轻易乱说。我的心脏停止了跳动,好像被人插进了一把刀。斯垂克兰的脸色变得像桌布一样煞白。

又是一声狼嗥。从遥远的田野那边,传来应答的嗥叫声。

霎时间,恐怖升华到了顶点。斯垂克兰冲进弗利特的房间,我也跟了进去。我们看见弗利特正要爬出窗口。他的喉咙里发出低沉的野兽吼叫声。我们朝他吆喝,他已经不会回答我们了。他只发出了一声怒吼。

我已经记不清后来发生的事情了。看来斯垂克兰用一根长长的鞋拔子把他打昏了，否则我是绝对不可能骑在他的胸膛上面的。弗利特说不出话，只会咆哮，那不是人，而是一只狼在咆哮。他的人性，在那一整天里，一定是一点点地泯灭下去，直到傍晚来临，他的人性终于完全消失了。

人的经验和理智实在无法理解这件事。我想说这是"狂犬症"，但是说不出口，因为我知道这不是真话。

我们用吊风扇的皮条把这只野兽捆缚起来，把它的大拇指和脚趾捆在一起，用一只鞋撑当马嚼，只要你知道捆绑的方式，这倒是一只很有效的马嚼子。然后我们把它抬进餐厅，打发仆人去给杜莫瓦医生送信，请他马上到这里来。我们派走信差以后，喘了一口气，斯垂克兰说："毫无用处。医生治不了这种病。"我明白，他说的是实话。

我们没有捆住这只野兽的头，于是它就不停地把头向左右两侧摆来摆去。这会儿要是有谁走进屋子里来，准会以为我们在鞣制一张狼皮。这是整个事件里最叫人恶心的一点。

斯垂克兰用拳头顶住下巴颏，坐在那里，凝视着在地上扭动着身躯的野兽,但却什么话也不说。它身上的衬衣在扭打中撕破了,露出左胸上黑色玫瑰花瓣形的斑块。这块斑痕已经肿胀起来,像烫伤的水疱。

我们正沉默地看守着,忽然听见外面传来像只雌水獭发出的哞哞叫声。我们两人都立即跳了起来。我觉得恶心,我不知道斯垂克兰觉得怎样,反正我自己是感到真正的生理上的恶心。我们就像在剧本《皮纳福号》①里的水手一样,互相安慰,说那只不过是只猫。

杜莫瓦来了。我从来没见过如此小个子的人会这样违反职业习惯地大吃一惊。他说这是一个极其可悲的狂犬病病例,他表示束手无策。即使采取任何可能的缓解疗法,也只会延长患者的痛苦。这只野兽嘴边冒出了白沫。我们告诉杜莫瓦,弗利特曾被狗咬过一两次。家里养着六条狗的人,有时难免被狗咬一下的。杜莫瓦无法提供援助。他只能出具证明书,说明弗利特因患狂犬

---

① 英国剧作家吉勃特的喜歌剧《皇家皮纳福号》(1878)里,有一段情节,写水手们听见船长的脚步声,便安慰自己说,那只不过是只猫。

病而濒临死亡。这时,那只野兽号叫起来,它已经想法把鞋拔子吐了出来。杜莫瓦说,他可以开一张死因证明,并且说,死亡即将到来。他是个善良的矮个子,他表示愿意留下来陪伴我们;但是斯垂克兰拒绝了他的好意。他不想破坏杜莫瓦的新年。他只要求杜莫瓦不要向公众宣布弗利特的真正死因。

于是杜莫瓦非常激动地离开了。他的车轮声刚刚消失,斯垂克兰就低声对我道出了他的怀疑。他的怀疑太不近情理了,所以他不敢高声把它讲出;而我和他想得完全相同,可是我也羞于承认,于是就装作不相信的样子。

"就算是'银人儿'因为弗利特亵渎了猴王哈努曼的神像而对他施了法术,惩罚也不会降临得如此迅速的。"

正当我悄声说这句话的时候,屋外又一次传来了呼叫声,那只野兽也重新挣扎起来,使我们害怕它会把捆住它的皮条挣断。

"注意!"斯垂克兰说,"这种情况如果再重复六次,我就要自己来采取措施了。我命令你协助我。"

他走进自己的房间。过了几分钟,他就回来了。他带来了一根旧猎枪的枪筒,一根钓丝,几条粗大的绳索,还有他的沉重的木制床架。我报告说,屋里每一次痉挛都是发生在屋外响起呼叫声两秒钟之后,这只野兽看起来显然更加虚弱无力了。

斯垂克兰喃喃地说:"可是他不该夺走生命哪! 他不该夺走生命!"

我虽然知道自己说出的话连我自己也不信,但还是说:"那一定是一只猫。那一定是一只猫。假如是'银人儿'干的,他怎么敢跑到这里来呢?"

斯垂克兰把木柴码放在炉边,把枪筒搁在熊熊火焰上,把麻绳在桌上铺开,又把一根手杖折成两截。那根有一码长的钓丝,是金属线包着挂丝,用来钓马西亚鱼的。他把钓丝两头弯过来挽了个活扣。

然后他说:"我们怎样才能抓住他呢? 一定要抓活的,不能伤了他。"

我说,我们应该相信上帝的安排,拿着马球棒轻悄悄地走出屋子,钻进房子前面的灌木丛。那个发出呼叫声的人或者动物,显然是在绕着屋子转圈,像个守夜人那样分秒不差。我们只要在矮树丛里等着他,然后把他打倒在地就行了。

斯垂克兰同意了我的建议,我们便从浴室窗口爬到屋外的走廊上,然后穿过屋子周围的环形马车道钻进矮树丛里。

在月光下,我们看见那个麻风病患者从屋角拐了过来。他浑身赤裸,一丝不挂。每隔一会,他就发出哞哞的叫声,并且停下来和自己的影子跳舞。这幅景象实在可憎。当我想到这么一个丑恶家伙,竟害得可怜的弗利特堕落成那般模样,便打消了心里的一切犹疑,决心协助斯垂克兰,从烧红的枪筒到打着活扣的钓丝——从腰部到头部,再从头部到腰部——有必要的话,不论上什么刑都成。

麻风病患者在门廊上停了一下,我们抢起棍棒向他扑了过去。他的力气大得惊人,我们真怕抓不住他,被他挣脱逃走,或是使他受了致命伤。我们一向以为麻风病人脆弱无力,事实证明并非如此。斯垂克兰飞起一脚,把他绊倒在地,我立刻用脚踩住他的颈项。他狠命地哞哞叫起来,甚至透过马靴,我还能感觉到,他的肉体和洁净的人的肉体不一样。

他用残缺了手指和脚趾的手脚残肢敲打着我们。我们用一根狗鞭的绳结套住他的夹肢窝,把他倒拽进了门厅,拖进那只野兽躺着的餐厅。我们用衣箱上的皮带把他捆了起来。他只是哼哼地叫着,并不打算逃走。

当我们让他和野兽面面相对时,那场面真令人无法描述。那只野兽脊背像一张弓似的朝后翻了过去,就像中了番木鳖碱的毒似的发出凄楚的呻吟。此外还发生了其他一些现象,但是我无法用笔墨写出来。

"看来我想对了,"斯垂克兰说,"现在我们就请他来治病。"

可是麻风病人光是哼哼地叫着。斯垂克兰拿了块毛巾缠住手,从火里取出了枪筒。我用半根截断的手杖穿进钓丝的活扣里,把麻风病患者结结实实地扣在斯垂克兰的床架上面。这时,我才理解那些男人、妇女和幼小的儿童为什么能够狠心地眼看一个女巫被活活烧死;因为那只野兽正在地板上呻吟。虽说"银人儿"没有脸孔,但是,当滚烫的铁块——例如枪筒之类——上面冒出阵阵热气的时候,你可以看见在他那块原来是脸孔的平面上晃过令人恐怖的表情。

斯垂克兰用双手掩住眼睛,待了一会儿。然后我们就干了起来。这一部分经过无法诉诸笔墨。

当麻风病患者开口说话的时候,天边已露出一线曙光。在此以前,他的哞哞声并没有使我们感到满意。那头野兽已经筋疲力尽,晕过去了。屋子里一片静默。我们松开麻风病人的绑缚,命令他把恶魔带走。他爬到野兽身边,把手放在它的左胸上。仅此而已。然后他倒吸了一口气,脸朝下扑倒在地上,呜咽起来。

我们察看着那只野兽的脸,看见弗利特的灵魂回到他的眼睛里来了。然后,前额上渗出汗珠,眼睛——它们这时是人的眼睛了——闭上了。我们守候了一个小时,弗利特还在酣睡。我们把他抬进他自己的房间里,让麻风病患者离开,我们把床架给了他,又把床架上的被单给他遮住赤裸的身躯,还把我们接触他时用过的手套、毛巾,以及用来套他的鞭绳都给了他。他用被单包住身体,没有说话，也没有哼叫，就这样向着清晨走了出去。

斯垂克兰擦拭着面孔，坐了下来。从城里远远地传来了巡更的锣声，已经是七点钟了。

"整整二十四小时！"斯垂克兰说，"我干的事完全足够使警察局把我撤职，并且送到疯人院长期禁闭起来。你相信不相信我们是清醒的？"

那根通红的枪筒跌落到地上，烧焦了地毯。这股煳焦的气味完全是真实的。

那天上午十一点的时候，我们两人一块去叫醒弗利特。我们察看他胸前，那块黑色的豹皮花斑已经消失了。他非常困倦，非常疲乏，但是他一看见我们，就说道："嗨，伙计们，新年愉快！奉劝诸位再别喝混合酒，害得我差点送了命。"

"谢谢你的好意，不过你可说晚了，"斯垂克兰说，"现在已经是一月二号的早晨了。你足足睡了一整天。"

门开了。矮小的杜莫瓦伸进头来。他是徒步走来的，他还以为我们正打算装殓弗利特呢。

"我带来了一个护士，"杜莫瓦说，"我想她可以进来装……干那件需要干的事。"

"叫她来吧,"弗利特在床上坐了起来,乐呵呵地说,"把你的护士都请进来吧。"

杜莫瓦瞠目结舌,说不出话来。斯垂克兰把他拉了出去,对他解释说,他的诊断一定是出了差错。杜莫瓦仍然无言以对,匆忙离开了这座房子。他认为自己的职业名誉受了损害,并且把这次痊愈看做了和他私人有关的事件。斯垂克兰也出去了一趟。他回来后说,他去拜访了猴王神庙,表示愿意为了亵渎神像的罪过进行赔偿。但是他得到的是十分严肃的回答,向他保证说从来没有任何白人碰过这座神像,并且说他这位道德高尚的大人一定是误会了。"你的看法如何?"斯垂克兰问道。

我说:"这里大有文章……"

但是斯垂克兰不喜欢听这句话。他说我这句话已经说得老掉了牙。

另外又发生了一件奇怪的事,和那天晚上的所有事件一样使我惊骇不已。当弗利特穿上衣服后,他来到餐厅,用鼻子嗅了嗅。他嗅东西的时候有一种掀动鼻孔的特别的动作。"这儿有股难闻极了的狗的臭味,"他说,"你应该想办法把你的狗弄得干净些。用硫磺熏熏看,斯垂克兰。"

可是斯垂克兰没有回答。他抓住椅背,突然歇斯底里地狂笑起来。一个那么强壮的男子汉犯歇斯底里症的景象,实在太可怕了。接着我想起了,我们正是在这间屋子里,为了弗利特的灵魂,和那个"银人儿"进行斗争的,我们彻底玷辱了我们作为英国人的名誉。想到这里,我也禁不住像斯垂克兰那样,哽噎着、抽搭着,狂笑起来。而弗利特却认为我们两人都发疯了。我们此后从来没有把我们做的事告诉他。

几年以后,斯垂克兰结了婚,为了妻子的缘故,他成了一个经常上教堂的社会人士。我们不带感情地回顾了这个事件。斯垂克兰建议我把这件事公之于众。

就我自己说,我并不认为这样做能够澄清其中的奥秘。因为,首先,谁也不会相信一个相当不愉快的故事;其次,任何一个有正常理智的人都知道,土著的神只不过是石雕铜铸的。任何别种对待它们的办法,都要理所当然地受到谴责。

伊姆雷的归来

一扇扇大门敞开着,故事里这样说,

从黑夜里走来了那个锲而不舍的幽灵,

他无声无息,吹拂不动

老男爵白毛皮礼服上的一根毛——

他默默无言、浑身无力,一个瘦削的

影子,

在城堡里游荡,寻找他的同类。

噢,看哪,真可怜,

那沉默的鬼魂尾随着他的仇人!

——《男爵》

伊姆雷干了一件不可能办到的事。正当他青

春年华,处在事业开端的时刻,他没有打招呼,也没有明显的动机,就突然在世界上失踪了——也就是说,在他居住的那个小小的印度驻屯地上失踪了。

头一天他还生活得好好的,既幸福又满足,活跃在他的俱乐部的台球桌旁。到了早上,他就消失了,不论怎么找,也找不到他的下落。他离开了他的住处;到了上班时间,他没有在办公室出现,他的马车也没有出现在大路上。由于以上原因,同时也由于他小小地妨碍了印度帝国的行政工作,帝国便停顿了极其短暂的一瞬间,来调查伊姆雷的下落。池塘被挖干了,水井被掏空了,一封封电报打到铁路沿线各站,直到一千二百英里外——那是离这里最近的一座港口城市;但是伊姆雷并不在井绳的顶端,也不在电报线的另一端。他消失了,不再回到他的住处。于是大印度帝国的工作又继续进行下去,因为工作是耽误不得的。伊姆雷本来是一个人,现在变成了一件悬案——像这类悬案,人们在俱乐部的桌上能议论上一个月,然后就会把它完全忘记。他的枪支、马匹和马车都被卖给了出价最高的人。他的上级写了一封十分荒唐的信给他的母亲,说伊姆雷不知什么缘故失踪了,他的平房空无一人。

酷热的暑天又过了三四个月,我的朋友,警官斯垂克兰,从本地人房东那里把这幢平房租了下来。这还是在他和约尔小姐订婚以前——这件事我在另一个地方写过①——当时他正在对当地人生活进行考察。他的生活方式是够奇特的,人们对他的作风和习惯都颇有怨言。他的屋子里总是存放着一些食物,但是他从来没有固定的用餐时间。他总是在食橱里找见什么就吃什么,有时站着吃,有时边走边吃。这种吃法对人显然是有害无益的。他家里的财产只有六支步枪、三支猎枪和五副马鞍,还有一套比最大号的鲑鱼钓竿还要粗大结实的,接头加固了的马西亚鱼竿。这些装备占了他的平房的一半面积,另一半面积则容纳了斯垂克兰和他的狗蒂金斯——这是条巨大的兰姆普尔产母狗,它一天要吃掉两个人的口粮。它总是用自己独特的语言和斯垂克兰交谈。每次出门,只要看见什么使这位女王陛下心烦的事,它就

① 见本集收入的《约尔小姐的马夫》。

会回到主人那里去报告。斯垂克兰便会立刻采取行动。只要惊动了他的大驾,结果总是给别人带来灾难、罚款和监禁。当地人认为蒂金斯是个妖精,又恨它,又怕它,对它敬而远之。平房里有间屋子是专门拨给它居住的。它有一张床,一条毛毯,一个水槽。如果夜里有人进入斯垂克兰的房间,它的习惯是先把闯入者打翻在地,然后大声吠叫,直到有人端着灯赶来为止。有一次是它救了斯垂克兰的命。斯垂克兰到边境上去搜捕当地的一名杀人犯。那个杀人犯在灰蒙蒙的黎明时分来了,他要把斯垂克兰打发到比安达曼群岛更远的地方去。那人嘴里衔着一把匕首,正要爬进斯垂克兰的帐篷,就被蒂金斯一下子抓住了。司法部门证实了他的罪行,于是他被判了绞刑。从那以后,蒂金斯的脖颈上就戴上了一个粗糙的银项圈,它的毯子上也缀上了它名字的头一个字母——这是床加厚的克什米尔毛毯,因为它是条娇嫩的狗。

它总是形影不离地跟随着斯垂克兰,有一回在斯垂克兰发着高烧的时候,它给医生们造成了极大的麻烦,因为它自己不知道怎样去帮主人的忙,可又不许任何人去帮忙。印度军医处的麦卡纳特只好举起枪托朝它头上砸下去,它这才懂得,自己应该让位给那些能用奎宁治病的人。

斯垂克兰租下伊姆雷的平房后不久,我出差经过他那个驻屯地,由于俱乐部的房间总是住满了人,我理所当然地住进斯垂克兰家里。这是一幢很不错的平房,有八个房间,房顶上铺着厚厚的一层稻草,完全不用害怕屋子漏雨。屋顶下面铺着一块顶棚布,看起来跟粉刷得洁白的天花板一样整洁。斯垂克兰租下平房后,房东把它又重新粉刷了一遍。如果你不了解印度平房的建筑特点,你做梦也不会猜出,顶棚布上面就是黑洞洞的三角形屋顶空间,房梁和稻草屋顶成了各式各样的鼠类、蝙蝠、蚂蚁以及别的毒虫的藏身之处。

在游廊上,蒂金斯用一声像圣保罗教堂的钟声那样响亮的吠叫迎接了我,它的前爪按在我肩膀上,表示它很高兴见到我。斯垂克兰为我拼凑出了一顿他称之为"午餐"的饭食,吃完后他就又出门去忙他的工作了。留在家里的只有我自个儿,还有蒂金斯以及我自己的工作。炎热的夏天过完了,温暖潮湿的雨季已经开始。闷热的空气呆滞不动,巨大的雨点像枪支通条一样降落到大

地上，又溅了回来，扬起一片蓝色的雾气。竹林、
番荔枝、猩猩木和芒果树在花园里静立不动，任凭
温暖的水流洗刷着它们。青蛙开始在芦荟树篱中
间嘈鸣。天快黑了，雨下得正猛，我坐在屋后游廊
上，倾听着屋檐上雨水的喧闹声。一边搔着痒，因
为我身上布满了被称做痱子的玩意儿。蒂金斯走
出屋子来到了我身边，把它的脑袋搁在我的膝盖
上。它看起来非常忧伤，所以，在喝茶的时候我给
了它一些饼干。我是在屋后游廊上用茶的，只有
那里还稍稍凉快一点。在我背后，这幢平房的每
一个房间都是昏暗的。我嗅到了斯垂克兰的鞍具
气味和他的枪支的油腻味。我才不高兴坐在这堆
东西中间呢。我的贴身仆人在暮色中向我走来，
他的布衣服紧紧贴在被汗湿透的身上。仆人告诉
我，有位先生登门拜访。大概因为屋里那么黑吧，
我很不情愿地走进空荡荡的客厅，叫仆人拿盏灯
来。屋里似乎有个客人等在那里，也可能没
有——我仿佛看见有个人站在一扇窗子旁边——
但是当仆人拿来灯以后，屋里什么人也没有，只有
屋外刷刷的雨声，和扑进我鼻子的潮湿泥土气味。
我对我的仆人说，他不应该那样笨，便又回到游廊

上去和蒂金斯聊天。蒂金斯已经跑进大雨里,我拿抹了糖汁的饼干哄它,也没法把它哄回来。晚饭前,斯垂克兰浑身湿淋淋地回到家里,他开口就问:

"有客人来过吗?"

我很抱歉地向他解释说,大概是我的仆人谎报了军情,害得我白跑一趟客厅;要不然就是哪个游手好闲的家伙来拜访斯垂克兰,通报姓名以后,又打消了这个念头,一声不响地溜走了。斯垂克兰没有做声,吩咐开饭。这是一顿铺了洁白桌布的正式晚餐,因此我们都规规矩矩坐下吃饭。

九点钟的时候,斯垂克兰准备上床睡觉去,我也觉得疲倦了。蒂金斯本来一直躺在桌底下,一看见他的主人走向自己的房间,就站了起来,往游廊上一块比较不那么受风吹雨打的地方跑去。主人的房间正在为蒂金斯准备的那间富丽堂皇的卧室隔壁。假如哪位主妇甘愿睡在露天里挨大雨浇淋,那倒也没什么关系;可是蒂金斯是只狗,因而,是只更聪明的动物。我瞧了瞧斯垂克兰,以为他准会用鞭子抽它一顿。他很古怪地微笑了一下,人们只有在讲述了一件不愉快的家庭悲剧以后才会那样微笑。"从我搬进来以后,它一直这样,"他说道,"让它去吧。"

这只狗是斯垂克兰的狗,所以我什么话也没有讲。可是我很能体会斯垂克兰在受了这样的怠慢以后的心情。蒂金斯在我的卧室窗外安下了营寨,暴雨一阵又一阵呼啸着打在屋顶上,又渐渐平静。闪电划破长空,像扔向畜栏的鸡蛋,蛋黄四溅。只不过闪电是淡蓝色,而不是黄色的;我透过竹窗帘向外看出去,只见那只大狗并没有睡觉,而是站在走廊上,背上的毛高高耸起,四条腿就像吊桥上的钢索,绷得紧紧的,牢牢地钉在地上。在雷声停顿的短暂时间中,我努力想闭目入睡,但是仿佛有个人正在焦急地找我,不管这人究竟是谁,他似乎是想呼唤我的名字,可是他的声音沙哑得像是低低的耳语。雷声停了,蒂金斯跑到花园里,对着低垂的月亮咆哮起来。有人想打开我的门,他在屋子里到处走来走去,在游廊上沉重地喘着气,我刚刚进入梦乡,就仿佛听见脑袋上面或者门上发出了一阵疯狂的敲击声和喧闹声。

我跑进斯垂克兰的屋里,问他是不是生病了,是不是在叫我。他宽了衣服躺在床上，嘴里衔着烟斗。"我知道你会来的，"他说，"刚才我是不是在屋子里到处走来走去？"

我对他解释说，他刚才用沉重的脚步在餐厅里、吸烟室里以及两三间其他屋子里走来走去；他笑起来，叫我回到床上去。我回到床上，一觉睡到了早晨，但是我做了许多乱七八糟的梦：我一直觉得我对不起某人，因为我没有关心他的要求。他到底要什么，我也说不清，不过，有个飘忽不定的人一直在喃喃低语，摸索着门把手，探头探脑地踅来踅去，责备我松懈怠慢，我半醒半睡地听见蒂金斯在花园里咆哮，还听见外边唰唰地下着雨。

我在这幢房子里住了两天。斯垂克兰每天白天都到办公室去，留下我独自一人待上八个或者十个小时，只有蒂金斯和我做伴。只要天还亮着，我就觉得舒服自在，蒂金斯也一样；但是一到黄昏，我和它就转移到屋后游廊上，紧紧挤在一起就伴儿。除了我们，屋里没有别人，然而，屋子却仿佛被一个房客占得满满的，我一点也不想去干涉这位房客。我从来没有见过他，但是他走过去的时候，我看见两间房中间挂的帷幕在抖动，我还听见竹椅吱呀的响声,像是有个沉重的身躯刚刚离开这把椅子,我到餐厅去取一本书的时候,觉得有人在屋前游廊的阴影处徘徊,等我走开。到了傍晚,蒂金斯总是瞪视着暗下来的屋子,眼光随着某个看不见的物体移动,全身毛发都耸立起来,这使得傍晚充满了意趣。蒂金斯从来不走进屋里,但是它的眼光总是很专注地移动着,这就很够了。当我的仆人进屋修剪灯芯,拨亮灯火,使屋子变得像有人住的样子,它才跟我一块进屋,蹲在地上,注视着我背后某个看不见的闯入者走动。狗确实是一种使人愉快的动物。

我尽可能委婉地对斯垂克兰解释说,我想搬到俱乐部去住。我很欣赏他的慷慨好客,很喜欢他的枪支和钓竿,我只是不太喜欢他的房子和房子的气氛。他耐心地听我把话说完,才疲倦地微笑着——笑里一点没有轻视,因为他是个很懂事理的人——说道:"留下吧,看看这到底是怎么回事。你说的种种情况,我从租下这幢平房以后全都经历过。留下来,等一等吧。蒂金斯已经抛弃了我,你也要走吗?"

我曾经陪着他处理过一件涉及当地神像的小

小事件。① 那件事差点把我送进了疯人院,我可不愿再奉陪他去处理这类事件了。像他这样的人,碰上不愉快的事可说是家常便饭。

于是我更加明确地对他解释说,我非常喜欢他,我很高兴在白天见到他,可是我一点也不愿意在他的屋顶下面睡觉。这时,我们已经吃完晚餐,蒂金斯已经出去躺在游廊上了。

"我对天发誓,这事说怪也不怪,"斯垂克兰眼光移到头顶上的顶棚布,说道,"快瞧!"

两条褐色的蛇尾巴从顶棚布和墙壁中间的缝隙里垂了下来,在灯下投射出长长的黑影。

"你要是怕蛇的话,当然……"斯垂克兰说。

我恨蛇,也怕蛇,因为你不论朝哪条蛇的眼睛里瞧,都可以看出,它了解人类堕落的全部秘密。当亚当被逐出伊甸园的时候,它就像魔鬼一样对他报以极端的轻蔑。而且,它咬起人来往往足以使人致命,它还爱缠着人的裤腿往上爬。

"你该把屋顶修一修了,"我说,"递给我一根马西亚鱼钓竿,我们一下子就能把它们捅下来。"

---

① 指在《野兽的烙印》里写的事件。这篇小说已收入本集。

"它们会躲到房梁中间去，"斯垂克兰说，"我要是把它们抖了下来，你就拿根通条等着，好打断它们的脊梁。"

我并不太热衷于帮助斯垂克兰干这件事，但是我还是拿了根通条等在餐厅里，斯垂克兰则到游廊上搬来了花匠用的梯子，把它靠在屋里的一面墙上。蛇尾巴缩了回去，消失了。我们听见那长长的身躯滑过松垮垮的顶棚布，发出干巴巴的窸窣声。斯垂克兰带来了一盏灯，而这时我则竭力想让他明白到顶棚布和房顶之间搜寻藏在屋顶里的蛇的危险性，何况撕开顶棚布是一种毁坏房屋的行为。

"胡说八道！"斯垂克兰说道，"它们一定是躲在靠墙的顶棚布旁边。它们嫌砖头太凉，屋里的温度对它们最合适。"他伸手拉住顶棚布的一角，把它从墙沿边撕开。哗啦一声巨响，顶棚布被撕了下来，斯垂克兰从撕开的地方把头伸进屋梁构成的三角形空间里。我咬紧牙关，举起通条，因为我完全不知道会掉出什么东西来。

"哼！"斯垂克兰的声音在屋顶里发出闷雷般的轰响，"上面地方大得很，可以再放进一套房间。天哪,这里真有库房呢!"

"是蛇吗?"我在下面问道。

"不,是一头水牛。把马西亚鱼钓竿的最后两截递上来,我捅捅它。它就躺在大梁上面。"

我递上了钓竿。

"真是个猫头鹰和蛇筑窝的好地方!怪不得蛇住在这里,"斯垂克兰说道,他爬进了屋顶。我看见他拿着钓竿往前探。"出来,不管你是什么东西!喂,下面小心脑袋!它掉下来了。"我看见几乎就在房间正中,那里的顶棚布被一件东西压得垂了下来,它正朝着桌子上的灯压下来。我抓起灯往后退,免得砸坏了灯。接着顶棚布撕开了,离开了墙壁,它晃动着,有件东西砸在桌子上,我不敢正眼看它,直到斯垂克兰滑下梯子,来到我的身边。

他平常就不爱多话,这时也没说什么;但是他拉起桌布,盖住了桌上的遗骸。

"看来,"他放下灯说,"我们的朋友伊姆雷已经回来了。噢!你想回来,是吗?"

桌布动了一下,一条小蛇蜿蜒爬出,一下子就被马西亚鱼钓竿的竿柄打断了脊骨。我觉得恶心,没有说什么值得记下来的话。

斯垂克兰喝着酒,沉思起来。桌布底下的东西再没有显出想动弹的意思。

"是伊姆雷吗?"我问道。

斯垂克兰把桌布掀开,瞧了瞧。

"是伊姆雷,"他说道,"他的喉咙被人一直割开到耳朵根底下。"

我们两人接着异口同声地对自己说:"那就是为什么他在屋子里到处哑声哑气地说话的缘故。"

花园里,蒂金斯开始猛烈地吼叫起来。过了一会儿,它的大鼻子拱开了餐厅的门。

它嗅了嗅,便沉默了。那扯成破片的顶棚布几乎垂到桌子那么低,所以屋里拥挤得谁也躲不开那件被发现的东西。

蒂金斯跑进屋子,坐了下来;它露出了牙齿,前爪撑地,瞧着斯垂克兰。

"事情很糟,老太婆①,"他说道,"人们不会

---

① 因为蒂金斯是条母狗,所以斯垂克兰不叫它"老伙计",而叫它"老太婆"。

自己爬上他们平房的屋顶里面去死,也不会把他们背后的顶棚布再钉好。让我们琢磨琢磨这件事吧。"

"我们还是找个别的地方去琢磨吧。"我说道。

"好主意!把灯熄掉,到我的屋里去。"

我没去熄灯,就领头进了斯垂克兰的屋子,让他自个儿去摸黑。他跟着我来了,我们点着了烟,思索起来。其实是斯垂克兰在思索,我在拼命地抽烟,因为我害怕。

"伊姆雷回来了,"斯垂克兰说,"问题是——谁杀死了伊姆雷?别说话。我有自己的一点想法。我租下这幢平房时,也接受了伊姆雷的大部分仆人。伊姆雷是个没有心眼儿,从不招惹是非的人,是吗?"

我同意了,虽说桌布底下那堆东西看起来既不像是没心眼儿,又不像是从不招惹是非的样子。

"假如我把所有的仆人都叫来,他们会抱成一团,像雅里安人那样撒谎。你说该怎么办?"

"把他们一个一个地叫来。"我说。

"他们会跑去把消息告诉他们所有的同伴,"

斯垂克兰说，"我们必须把他们隔离开。你看你的仆人是不是知道些什么？"

"他可能知道点什么，不过我看不大可能。他才来两三天。"我回答道，"你的想法是什么？"

"我不大好说。真见鬼，这人是怎么搞到顶棚布上面去的呢？"

斯垂克兰的卧室外面响起了沉重的咳嗽声。这说明他的贴身仆人巴哈杜尔·汗已经睡醒了，现在正想服侍斯垂克兰上床睡觉。

"进来，"斯垂克兰说，"今晚很热，是吗？"

巴哈杜尔·汗是个身高六英尺，头缠绿色头巾的大个子伊斯兰教徒。他说，今晚很热，但是还会下雨的，那么，托老爷的福，我们这块地方就会好受些了。

"只要上帝高兴，就一定会这样，"斯垂克兰一面扯下他的皮靴，一面说道，"巴哈杜尔·汗，我觉得我让你干活受累，已经有不少日子了——打从你来给我干活的时候开始。你是什么时候来的？"

"老爷难道忘记了？那是在伊姆雷先生没有通知就秘密动身去欧洲的时候，我就——正是我呀——就到您这位穷人的守护者家里来干活了。"

"那么伊姆雷先生去欧洲了?"

"那些在他手下当差的仆人都是这么说的。"

"他回来以后你还愿意给他干活吗?"

"当然,先生。他是个好主人,对下人很体贴。"

"这话不假。我很累了,不过明天我要去打公鹿。把我打黑鹿的那支小快枪给我,它在那边的枪匣子里。"

仆人朝匣子弯下身,把枪筒、枪托和前把一件件递给斯垂克兰,斯垂克兰愁眉不展地打着呵欠,把枪拼装起来。然后他把手伸进枪匣,取出一颗整粒拉伸成的子弹,把它装进那支36毫米的快枪枪栓里面。

"伊姆雷先生秘密地去了欧洲!真奇怪,巴哈杜尔·汗,是不是?"

"白人的事我能知道些什么呀,老爷?"

"的确,你知道得很少。不过你马上就会知道得多一些了。我听说伊姆雷先生在漫长的旅行以后已经回来了,他此刻正躺在隔壁房间里,等着他的仆人。"

"先生!"

枪筒竖了起来,灯光沿着枪筒闪烁着,枪口对准了巴哈杜尔·汗的宽胸膛。

"去看看!"斯垂克兰说道,"拿盏灯去。你的主人累了,他正在等着你,去吧!"

仆人拿起一盏灯,走进了餐厅,斯垂克兰紧跟在后面,几乎是用枪口把他往前推。他先看了看顶棚布里面那黑洞洞的空间,又看了看还在地上扭动的蛇,最后,他看了桌布下的东西,他的脸上蒙着一层呆滞的灰色。

"你看见了吧?"停了一会儿,斯垂克兰问道。

"我看见了。我听白人老爷的吩咐。老爷打算怎么办?"

"在这个月的月底以前把你绞死,怎么样?"

"为了杀死他? 不,先生,请考虑一下吧。他在我们仆人中间走来走去,看见了我的孩子,我那只有四岁的孩子。他给孩子施了巫术,十天以后,我那孩子,他就害热病死了——我的孩子啊!"

"伊姆雷先生说了些什么?"

"他说他是个漂亮孩子,还拍了拍他的脑袋,于是我的孩子就死了。所以在天快黑的时候,当伊姆雷先生从办公室回来,睡着了的时候,我就把他杀了。然后我把他拖到屋梁上,把顶棚布收拾好。大人是无所不知的。我听从大人的吩咐。"

斯垂克兰端着枪抬头望望我,用当地话说道:"你是这些话的见证人。他杀了人。"

巴哈杜尔·汗脸色灰白地站在屋里惟一的那盏灯底下。他马上就觉得需要为自己辩解一下。

"我上了当。"他说道,"不过,这都是那个人的过错。他用毒眼瞟了我的孩子。我就杀了他,把他藏了起来。只有那些能驱使小鬼干活的人,"他瞪眼瞟着不动声色地蹲在他对面的蒂金斯说道,"只有那样的人,才会知道我干的事。"

"干得很聪明。不过,你本来应该用根绳子把他牢牢地捆在大梁上的。现在你自己得让绳子把你绞死了。卫兵!"

一个昏昏欲睡的警察应声而来。在他背后还有另一个警察,蒂金斯坐着不动,安静得出奇。

"把他带到警察局去,"斯垂克兰说道,"准备审问。"

"那么我会被绞死吗?"巴哈杜尔·汗说道,

他垂下眼睛朝着地上，一点儿也没有想逃跑的样子。

"正像太阳会大放光明，水会潺潺流淌一样——是的!"斯垂克兰说道。

巴哈杜尔·汗往后退了一大步，身子抖了一下，便静止不动了。两个警察等待下一道命令。

"走吧!"斯垂克兰说道。

"不，不过我很快就要走了，"巴哈杜尔·汗说道，"瞧! 我马上要死了。"

他抬起一只脚，那条半死不活的蛇的脑袋紧紧贴在他的小脚趾上，在死亡的痛苦中牢牢贴住，一动不动。

"我出生在有产业的人家，"巴哈杜尔·汗站在那里，晃动着身躯说，"我要是死在绞架上，就辱没了家声，所以我决定走这条路。请不要忘记，先生的衬衫一件也不缺，全在那里。在他的脸盆里还有一块剩余的肥皂。我的孩子中了妖术，所以我杀死了那个巫师。你们为什么要判我绞刑? 我挽救了自己的名声，我……我……要死了。"

一小时后他死了。凡是被褐色的小卡瑞蛇咬过的人，都是这样死的。警察把他和桌布下的那件东西送往指定地点,为了搞清伊姆雷的失踪案件,这一切都是必要的。

斯垂克兰在上床睡觉的时候十分平静地说:"这就叫十九世纪。你听见那人说了些什么吗?"

"我听见了,"我回答说,"伊姆雷犯了个错误。"

"错误仅仅在于,也完全在于他不了解东方人的天性,加上正巧遇见了一场小小的季节性热病。巴哈杜尔·汗已经跟了他四年。"

我不禁毛骨悚然。我自己的仆人跟随我的时间正好也是四年。当我回到自己房间的时候,我的仆人就在那里,脸上就像一便士钱币上的青铜头像一样毫无表情。他正等着给我脱靴子。

"巴哈杜尔·汗怎么样啦?"我说。

回答是:"他被一条蛇咬了。他死了。余下的事先生都知道了。"

"这件事你知道多少?"

"每天黄昏都有个人来要求复仇,从这里就能让人猜出个大概了。别动,先生。让我把靴子脱下来。"

我刚刚沉入疲惫不堪的梦乡,就听见斯垂克

兰在他那间屋子里高喊起来：

"蒂金斯回到它的窝里来了！"

它确实回来了。这条巨大的猎鹿犬正神气十足地躺在它自己的床上，身下垫着它自己的毛毯。在隔壁房间里，那懒洋洋、空荡荡的顶棚布正垂在桌子上，来回摆动着。

越过火焰

　　警官骑马穿过喜马拉雅山的森林,走在布满斑斑苔藓的橡树下面,他的卫兵迈着快步跟在他身后。

　　"这是件骇人听闻的事情,贝尔·辛格,"警官说道,"他们现在在哪里?"

　　"这的确是件骇人听闻的事情,"贝尔·辛格说道,"至于他们嘛,毫无疑问,现在正被比云杉树枝火堆更灼热的火烧烤着①。"

　　"但愿不是这样,"警官说道,"因为这活脱脱

---

①　意指地狱的烈火,也就是说,他们下了地狱。

228

是弗兰齐丝嘉·达·里米尼故事①的再版,只不过发生在不同的民族而已,贝尔·辛格。"

贝尔·辛格从没听说过弗兰齐丝嘉·达·里米尼,因此他没有吭声,直到他们来到烧炭夫的空地上。快要烧完了的火堆在那儿闪动着,发出"哎、哎、哎"的声音,仿佛在对那些白色的灰烬悄声絮语。这堆火在烧得旺旺的时候一定是非常壮观的。住在山谷对面唐·加帕村的居民看见火堆在黑夜里熊熊燃烧,都说科德鲁村的烧炭人一定是喝醉了。实际上,火堆里烧的只不过是旁遮普土著步兵团一〇二团的一名土著士兵苏凯特·辛格,和一名妇女阿西拉。

底下是事情的原委。警官的日志可以为我作证。

阿西拉是烧炭人马杜的老婆。马杜是个凶狠暴躁的独眼龙。结婚刚刚一个星期,他就抢起一根大棒揍了她一顿。一个月以后,士兵苏凯特·

---

① 这是一个著名的爱情故事。弗兰齐丝嘉·达·里米尼奉父母之命嫁给贵族贾乔托为妻。她和贾乔托之弟保罗陷入热恋,不能自拔,后为贾乔托发现,将二人杀死。英国作家弥尔顿在长诗《失乐园》中写了这个故事。

辛格从他的兵团来到凉爽的山里度假。他给科德
鲁村民讲了许多军队里的故事,例如给政府当兵
是如何光荣,上校巴哈杜尔先生又是如何器重他
苏凯特·辛格等等。这些故事使村民们听得目瞪
口呆。村里的苔丝德蒙娜①,也像全世界的苔丝
德蒙娜一样,倾听着奥赛罗的故事,听着听着,她
就坠入了情网。

"我已经有了妻子,"苏凯特·辛格说道,"不
过,仔细想想,那倒也没什么关系。我过一些时候
还得回团队,我可不愿意当逃兵,——况且我还想
当军曹呢。"喜马拉雅山民们不会讲什么"我爱
你,我更爱自己的名誉"之类的话,但是苏凯特·
辛格已经说出了和这差不多的话。

"没关系,"阿西拉说,"留下来和我在一起
吧,要是马杜想揍我,你就揍他。"

"好极了。"苏凯特·辛格说道,于是他狠狠
地揍了马杜一顿。这使得科德鲁村所有的烧炭人
都大为高兴。

---

① 莎士比亚悲剧《奥赛罗》中的女主人公。她听奥赛罗讲
述了自己的遭遇以后就爱上了他。

"这就够了,"苏凯特·辛格一脚把马杜踢下山去以后说道,"今后我们可以高枕无忧了。"可是马杜又爬上了铺满青草的山坡,怒气冲冲地在他的草屋四周徘徊。

"他会杀死我的,"阿西拉对苏凯特·辛格说,"你把我带走吧。"

"那会在我的队伍里造成麻烦的。我的老婆会拔掉我的胡子;不过,没关系,"苏凯特·辛格说,"我带你走。"

这事果然在队伍里引起了很大的麻烦。苏凯特·辛格的胡子被扯掉了,他的老婆带上他们的孩子回娘家去了。"没关系。"阿西拉说,于是苏凯特·辛格也说:"是的,没关系。"

就这样,在唐·加帕村对面山谷的小屋里,只剩了马杜一人独守空房。自古以来,人们对于马杜这样的倒霉丈夫,是从不同情的。

他去找乔孙·达泽,那个拥有"会说话的猴头"的巫师。

"帮我把老婆搞回来。"马杜说。

"我帮不了你,"乔孙·达泽说,"除非你能叫山谷下的苏特列河水向上流进唐·加帕村。"

"别跟我猜谜语。"马杜冲着乔孙·达泽白发
苍苍的脑袋摇晃他的斧头,说道。

"把你所有的钱送给村长,他们就会召开一
次村民代表会议,同时他们会派个人去叫你老婆
回来。"

于是马杜把他的全部财产,共值二十七卢比
三安那三皮斯,还有一条银链,全部交给了科德鲁
村代表会议。事情果然像乔孙·达泽说的一样。

他们派了阿西拉的兄弟到苏凯特·辛格的团
队里去叫阿西拉回家。苏凯特·辛格在部队里揍
了他一通,把他交给军曹,军曹拿皮带又抽了他
一顿。

"回家去。"阿西拉的兄弟喊道。

"回哪儿?"阿西拉问道。

"回马杜那儿去。"他说。

"绝不。"她说。

"那么,乔孙·达泽会诅咒你,你就会像春天
里一棵剥了皮的树那样枯萎下去。"阿西拉的兄
弟说。阿西拉带着这个问题上了床。

第二天早晨,她犯了风湿性关节炎。"我开
始像春天里一棵剥了皮的树那样枯萎下去了,"

她说道,"这是乔孙·达泽在诅咒我。"

她当真干枯下去,因为她心里充满了畏惧。凡是相信诅咒的人,就会死于诅咒。苏凯特·辛格也害怕了,因为他爱阿西拉胜过他自己的生命。两个月过去了。阿西拉的兄弟又来到兵团营房门口,喊道:"哈哈,你已经在枯萎了。回家去。"

"好的,我回去。"阿西拉说。

"你还不如说,我们回去。"苏凯特·辛格说。

"哎,什么时候?"阿西拉的兄弟说。

"有一天的清早。"苏凯特·辛格说,于是他跑去向上校巴哈杜尔先生请一星期事假。

"我开始像春天里一棵剥了皮的树那样枯萎下去了。"阿西拉呻吟道。

"你会很快好起来的。"苏凯特·辛格说道。他把自己的打算告诉了她,两人轻声笑了,因为他们彼此相爱。从那时起,阿西拉逐渐恢复过来。

他们一同出发了,按照规章,他们坐的是三等车,然后坐大车到近山区,接着徒步进入远山区。阿西拉嗅着自己的家乡——潮湿的喜马拉雅山区——山里的松树香味。"活着真美好。"阿西拉说。

"嘿!"苏凯特·辛格说,"往科德鲁村去的大路在哪儿? 森林看守人的房子在哪里?"

"十二年前,这支枪要卖四十卢比呢。"森林看守人递过那支枪说道。

"这是二十卢比,"苏凯特·辛格说,"你一定得给我最好的子弹。"

"活着真美好,"阿西拉嗅着布满松林的小山头吹过来的香气,黯然伤神地说道。他们一直等到黑夜降临到了科德鲁和唐·加帕村的时候。马杜已经在屋后山坡上堆好了第二天烧炭用的干柴。"马杜倒挺照顾我们,给我们省了好些麻烦。"苏凯特·辛格一面爬上那堆足有十二英尺见方、四英尺高的木柴,一面说道,"我们得等到月亮升起的时候。"

月亮升起了。阿西拉在柴堆上跪下了。

"这要是政府发的施奈德枪就好了。"苏凯特不无惋惜地说。他端起看林人的枪,眯起眼朝那用铁丝缠住的枪筒里瞧去。

"快点。"阿西拉说。苏凯特·辛格的确很快,不过阿西拉从此再也不会快了。接着他把柴堆四角点燃,爬了上去,重新给枪上了子弹。

柴堆上的大木头中间开始冒出了小小的火焰。"当初政府应该教会我们用脚趾头扣动扳机。"苏凯特·辛格板起脸对月亮说。这是士兵苏凯特·辛格的最后一句公开宣言。

那天清晨，马杜来到火葬堆旁，他满腹怨恨地尖叫起来，急忙跑去找正在这个地区巡逻的警官。

"这贱种糟蹋了我值四卢比的木炭柴火，"马杜气喘吁吁地说道，"他还杀死了我的老婆，留下一封系在松枝上的信。可是我不识字。"

士兵苏凯特·辛格用他在兵团里学会的方方正正、一笔不苟的字体写道：

"如果我们剩下遗骨，请把我俩一块儿火化，因为我们已经按规矩做了祈祷。我们诅咒马杜和阿西拉的兄弟马拉克——这两个都是邪恶的家伙。请代向上校巴哈杜尔先生致敬。"

警官充满好奇心地久久注视着这张铺着红红的和白白的灰烬的婚床，上面躺着看林人乌黑的枪管。他的带着马刺的靴跟心不在焉地踩在一根半焦的木柴上，火星迸起，发出咔哒咔哒的响声，飞上天空。"真是些奇怪的人。"警官说。

"唉,唉,噢。"小小的火焰说。

警官只是记录下了案件干巴巴的要点,因为旁遮普政府不赞成他在日志里讲浪漫的故事。

"可是谁赔我四个卢比呀!"马杜说道。

死心眼儿的水手头目帕姆别

　　如果你考虑了这件事的前因后果,一定也会认为,他只能这么干。可是,水手头目帕姆别却被判了绞刑,而努尔基德也送了命。

　　三年前,从埃尔萨斯-格思林根来的轮船"萨尔布鲁克"号正在亚丁①装煤。天气热极了。在三十英尺深的舱底的右边第二号锅炉,管烧火的司炉是个桑给巴尔人,长得又高又胖,名叫努尔基德。他告假上岸。去的时候,他还只是个被人称为"穷酸小子"的司炉,回来的时候他手握酒瓶,成了地道的桑给巴尔苏丹王赛义德·布尔加西陛

_____

　　①　在亚洲西南部,也门港口城市。

下。他在前舱口坐了下来,磨着牙根,嚼起了咸鱼和洋葱,高唱着遥远国度的歌。这些食物是帕姆别的,他是船上印度水手们的"塞朗",意思就是"水手头目"。他刚刚为自己煮好一顿饭,转身去借一撮盐。可是他回来一看,努尔基德又脏又黑的手指头已经伸进了他的米饭。

"塞朗"是有身份的人物,地位比司炉高得多,虽说工资没有司炉高。每当船长的轻便快艇被扯上吊艇架的时候,总是由他带头唱起"嗨!喔啦!嗨呀!咳!"的调子。船上的测深锤也由他拽上来。有时,当船上的人都在懒洋洋地休息时,他就穿上他最洁白的白布衣服,头上缠一块大红头巾,去和后甲板上乘客的小孩们玩。于是,乘客们便会给他一点钱。他把钱都积攒起来,等到了孟买、加尔各答或者槟城①,他就上岸去狂欢滥饮一番。

"吓!你这乌黑的胖家伙,你把我的饭吃掉了!"帕姆别说的是一种混杂的法兰克语。在东方语种不通行的地区,从塞得港以东一直往西去,

---

① 马来亚港口城市。

用的都是这种语言,就连千岛群岛捕海豹船的水手,也能用这种语言和偶然迷路到那里的函馆①帆船上的人聊聊天。

"埃布利斯的小崽子,猴子脸,干鲨鱼肝,猪崽,我乃是赛义德·布尔加西苏丹王,是全船的统领。把你的猪食拿去。"努尔基德说罢便把装米饭的空锡蜡盘子塞进帕姆别手里。

帕姆别拿起盘子朝努尔基德长着鬈毛的头上砸去,盘子砸成了脸盆。努尔基德从刀鞘里拔出了刀,砍在帕姆别腿上。帕姆别也拔出了他的刀;可是努尔基德跳进了黑洞洞的船舱里,隔着格子门向帕姆别吐了一口唾沫。帕姆别的血染红了清洁的前甲板。

只有洁白的月亮看见了这一切,船上的高等船员正在主持装煤事宜,乘客们正在闷热的船舱里的床上辗转反侧。"好吧,"帕姆别到前边去包扎伤腿,说道,"我们以后再算账。"

他是个马来人,出生在印度。他在缅甸结过一次婚,妻子在施韦–达冈街上开了一家卖雪茄

---

① 日本沿海城市。

烟的店铺;他在新加坡也结过一次婚,娶的是个中国姑娘;他还在马德拉斯结过一次婚,娶的是一个卖鸡的伊斯兰教女人。由于邮政和电讯的便利条件,英国水手没法像他那样一次又一次地结婚;但是土著水手是可以不受西方野蛮人那些野蛮的发明限制的。只要帕姆别偶尔记起他的某个妻子时,他还是一个好丈夫;可是,他同样是一个非常好的马来人;谁都最好别去招惹马来人,因为他从来不会忘记任何侮辱。何况这次帕姆别既流了血,他的饭也被糟蹋了。

第二天清早,努尔基德醒来,什么也记不起了。他不再是桑给巴尔的苏丹王,而只是个热得要命的司炉。于是他跑到甲板上面,迎着晨风掀开他的外套。正在这时,一把出鞘的尖刀像条飞鱼,嗖的扎进厨房的木板墙上,离他右夹肢窝只有半英寸。他没到值班时间就跑进舱底,竭力回忆他对那把刀的主人说过些什么话。到了中午,当船上所有的印度水手都在吃饭的时候,努尔基德走到他们中间。他终究只是个性格温和、胆小怕死的人,于是他开始进行磋商,他说道:“船上的人们,昨晚我喝醉了,我知道我侮辱了你们当中的某一位。那一位是谁,可不可以站出来,让我告诉他我是喝醉了呢?"

帕姆别量了一下努尔基德赤裸的胸膛离他有多远。如果他向努尔基德扑过去,可能会被人绊倒,而对准胸膛盲目来一下,有时只会在胸骨上划开一条口子,如果对方不是睡着了的话,常常很难扎进肋骨中间。所以他什么也没有说;别的印度水手也什么都没有说。他们的脸一下子变得毫无表情,这是东方人的习惯,凡是要发生命案或者什么麻烦的时候,他们都是这样的。努尔基德仔细地看着那些白眼球。他只是个非洲人,他无法了解人的性格。他不由自主地发出一声叹息——几乎是呻吟——然后回到炉前。印度水手们接着谈被他打断了的话题。他们在谈论煮米饭的最好方法。

在轮船开往孟买的路途中,努尔基德充分感到了新鲜空气的匮缺。他只是当人们全都在甲板上的时候,才敢到甲板上去呼吸空气;就连那样,有一次一块沉重的大木头从船上的起重吊杆上砸了下来,离他的脑袋只有一英尺远。还有一次,他刚刚踏上一块似乎牢牢系住了的格子栅门,它却在他脚下翻开,几乎使他跌进下面十五英尺深的货箱上。除此以外,在一个难以忍受的夜晚,一把出鞘的刀从前甲板扔进船舱,这次他受了伤,流了血。于是努尔基德提出了控诉;当"萨尔布鲁克"号抵达孟买后,他立刻逃上岸去,混迹于八十万居民之中,直到这条船离开港口一个月,才另外签约去了另一条船上工作。帕姆别也在等待,但是他的孟买老婆不让他得到安宁,于是他就签了约到一条驶往香港的轮船"斯派切雷"号上去干活,因为他明白:"只玩不干活,日子不好过。"在雾茫茫的中国海上,他经常想到努尔基德。每当"斯派切雷"号在港口遇见埃尔萨斯-格思林根来的船只,他就打听努尔基德的下落。他听说努尔基德已经坐上"格雷弗洛特"号,绕过好望角到英国去了。帕姆别便坐上"沃思"号来到英国。这条船在诺尔·莱特和"斯派切雷"号迎面相遇。努尔基德已经上了"斯派切雷"号,这条船正开往加里喀特海岸。

"你是在寻找一个朋友,是吗,守口如瓶的煤篓子?"一位在商务机构任职的先生说道,"容易极了。等在奈恩查码头那儿,一直等到他来到为止。不论谁都会到奈恩查码头来。等着吧,可怜的异教徒。"这位先生说的是真话。世界上有三扇人人必经的大门,你只要耐心等待,就可以在这里看到你要找的人。一扇大门是苏伊士运河的河口,不过死神也会光顾那里的;第二扇大门是查林·克罗斯车站①——那是所有走陆路的人必经之地;第三扇大门就是奈恩查码头了。在这三处地方,每处都有男男女女在等待着一定会到那里去的人。于是帕姆别开始在码头那里等待。时间对于他来说不成问题;他的妻子也会像他那样,一星期又一星期地,一个月又一个月地等下去。他有时等在"蓝钻石"号的烟囱旁边,或者等在"红朵特"号的烟囱旁,"黄斑纹"号旁,以及那些老是在雾气弥漫的海边装货卸货,挤撞着、呼啸着、咆哮着的无名的、破烂的海上流浪汉轮船旁边,他的钱花完了。这时,有个好心的先生叫帕姆别皈依基督教,帕姆别马上就成了基督教徒,他抓紧等船的工夫学宗教教义,并且向船员们分发宗教小册子,每星期可以拿到六七个先令。帕姆别一点也

① 英国伦敦的著名车站。

不在乎他信的是什么教,但是他明白,只要他向穿黑色长外衣的先生们说一句"我是个土著基督教徒,先生",他就能得到几个铜板;他还可以把宗教小册子拿到一家小酒店去卖,这家小酒店卖板烟论"撮",也就是说,比"半包"还少,而"半包"呢,又比"半英两"少,因此,这家小酒店的零卖生意十分兴隆。

可是像这样过了八个月,由于老是一动不动地站在泥泞地里,帕姆别患了肺炎;他十分不情愿地躺倒在他那间租金两先令六便士的房间里,怒气冲冲地咒骂命运。

那位好心的先生坐在他的床边,他发现帕姆别叽叽咕咕说着他听不懂的语言,也不肯听这位先生向他朗读向善的书,简直像是又变成了一个愚昧的异教徒,这使好心的先生感到痛心。可是有一天,半昏迷的帕姆别被码头附近街上传来的一个声音唤醒了。"我的朋友——他,"帕姆别低声说道,"快叫他——叫努尔基德来。快呀!是上帝把他送来的!"

"他想见见自己同种族的人。"好心的先生说,他走了出去,放开嗓门高声呼唤,"努尔基德!"一个肤色漆黑的人转过身来,他穿的是一件刺眼的白衬衣,一件崭新的外衣,一顶光耀夺目的帽子,还别着一枚胸针。努尔基德积累了多次航海的经验,很知道如何花钱和如何把自己打扮成一个世界公民。

"嗨! 是的!"他听完了解释以后说道,"我在'萨尔布鲁克'号上指挥过他,可怜的黑家伙! 老帕姆别,善良的老帕姆别。印度水手。请带我去见他,先生。"他跟在那位先生后面走进了房间。这位司炉一眼就看出那位好心的先生没有注意到的事:帕姆别穷得要命。努尔基德便把两只手伸进口袋,拳头攥得紧紧的向病人走去,嘴里喊着:"嗨,帕姆别,嗨! 嘻! 嘿啦! 嗳! 塔基诺! 塔基诺! 拴牢船尾,帕姆别。你认识的,帕姆别。你认识我。德种①,嘻! 瞧瞧! 你这又肥又懒的大个子印度水手!"

帕姆别伸出左手招呼他过来。他的右手放在枕头下面。努尔基德摘下了他华丽的帽子,朝帕姆别弯下腰去,他听见一声悄悄的低语,"多美

---

① 军队俚语:看一眼。

呀!"那位好心的先生说:"东方人彼此就像赤子一般相爱!"

"大声说吧。"努尔基德往帕姆别身边更凑近一些说道。

"是关于那些鱼和洋葱的事……"帕姆别说道,他手中的尖刀沿着肋骨下面深深地扎了进去。

只听见一声沉重的呛咳,那个非洲人的身躯便慢慢地从床边出溜下去,他紧握的拳头松开了,撒下满满两把银币,滚得满屋都是。

"这下我可以死了。"帕姆别说。

但是他没有死。他得到了用金钱能买到的最好的医疗,他被救活过来,因为他还得上法庭受审;最后,他的健康恢复到了足以被绞死的地步,他就经过正式程序,被判了绞刑。

帕姆别倒不怎么在乎,只是那位好心的先生受到了沉重的打击。

莫格里的兄弟们

蝙蝠曼恩释放了黑夜，

　于是鸢鹰契尔把它带了回来——

牛群都被关进了牛棚和茅屋，

　因为我们要恣意放纵直到黎明。

这是耀武扬威的时刻，

　尖牙利爪巨钳一齐进攻。

哦，听那呼唤声——祝大家狩猎成功

　遵守丛林法律的全体生物！

　　　　　　　　——《丛林夜歌》

　　这是西奥尼山里一个非常暖和的夜晚，狼爸爸睡了一天，醒来已经七点钟了。他搔了搔痒，打

247

了个呵欠,把爪子一只接一只舒展开来,好赶掉爪子尖上的睡意。狼妈妈还躺在那儿,她那灰色的大鼻子埋在她的四只滚来滚去叽叽尖叫的狼崽子身上。月亮的光辉倾泻进了他们一家居住的山洞。"噢呜!"狼爸爸说,"又该去打猎了。"他正要纵身跳下山去,一个长着蓬松的大尾巴的小个子身影遮住了洞口,用乞怜的声音说道:"祝您走好运,狼大王,愿您的高贵的孩子们走好运,长一副好白牙齿,好让他们一辈子也不会忘记这世界上还有挨饿的。"

他是那只豺——专门舔吃残羹剩饭的塔巴克。印度的狼都看不起塔巴克,因为他到处耍奸计,搬弄是非,在村里垃圾堆上找破布和烂皮子吃。但是他们也怕他。因为塔巴克比起丛林里任何一个生物来,都更容易犯疯病,他一犯病,就忘了他过去曾经那么害怕别人,他会在森林里横冲直撞,遇见谁就咬谁。就连老虎遇上小个子塔巴克犯疯病的时候,也连忙逃开躲起来。因为野兽们觉得最丢脸的事儿,就是犯疯病。我们管这种病叫"狂犬病",可是动物们管它叫"狄沃尼"——也就是"疯病",遇上了便赶紧逃开。

"好吧,进来瞧吧,"狼爸爸板着脸说,"可是这儿什么吃的也没有。"

"在一头狼看来,的确是没有什么可吃的。"塔巴克说,"但是对于像我这么一个微不足道的家伙,一根干骨头就是一顿盛宴了。我们这伙豺民,还有什么好挑剔的?"他一溜烟钻进洞的深处,在那里找到一块上面带点肉的公鹿骨头,便坐下来美滋滋地啃了起来。

"多谢这顿美餐,"他舔着嘴唇说,"您家的高贵孩子们长得多漂亮呀,他们的眼睛多大呀!而且,这么年轻,就出落得这么英俊!说真的,说真的,我早该知道,大王家的孩子,打小时候起就像男子汉。"

其实,塔巴克完全明白,当面恭维别人的孩子是最犯忌讳的事。他看见狼爸爸和狼妈妈一副不自在的样儿,心里可得意啦。

塔巴克一动不动地坐在那里,为他干的坏事而高兴,接着他又不怀好意地说:

"大头领谢尔汗把狩猎场挪了个地方。从下个月起他就要在这附近的山里打猎了。这是他告诉我的。"

谢尔汗就是住在二十英里外韦根加河畔的那只老虎。

"他没有那个权利!"狼爸爸气呼呼地开了口,"按照丛林的法律,他不预先通知是没有权利改换场地的。他会惊动方圆十英里之内的所有猎物的。可是我……我最近一个人还得猎取双份的吃食呢。"

"他的母亲管他叫'瘸腿',不是没有缘故的。"狼妈妈从容不迫地说道,"他打生下来就瘸了一条腿。所以他一向都只猎杀耕牛。现在韦根加河一带村子里的老百姓都被他惹得冒火了,他又到这儿来惹我们这里的村民冒火。他倒好,等他走得远远的,他们准会到丛林里来搜捕他,还会点火烧着茅草,害得我们和我们的孩子无处藏身,只好离开这儿。哼,我们真得感谢谢尔汗!"

"要我向他转达你们的感激吗?"塔巴克说道。

"滚出去!"狼爸爸怒喝道,"滚去和你的主子一块打猎吧! 这一晚你干的坏事已经够多了。"

"我就走,"塔巴克不慌不忙地说,"你们可以听见,谢尔汗这会儿正在下面林子里走动。其实我用不着给你们捎信来。"

狼爸爸侧耳细听,他听见下面通往一条小河的河谷里有只气冲冲的老虎在发出单调粗鲁的哼哼声。这只老虎什么也没有逮着,而且,哪怕全丛林都知道这一点,他也不在乎。

"傻瓜!"狼爸爸说,"刚开始干活就那么吵吵嚷嚷的! 难道他以为我们这儿的公鹿都像他那些养得肥肥的韦根加小公牛一样蠢吗?"

"嘘! 他今晚捕猎的不是小公牛,也不是公鹿,"狼妈妈说,"他捕猎的是人。"哼哼声变成了低沉震颤的呜呜声,仿佛来自四面八方。这种吼声常常会把露宿的樵夫和吉卜赛人吓得晕头转向,有时候会使他们自己跑进老虎嘴里。

"人!"狼爸爸龇着满口大白牙说,"嘿! 难道池塘里的甲壳虫和青蛙还不够他吃的,他非要吃人不可? ——而且还要在我们这块地盘上?"

丛林法律的每条规定都是有一定原因的,丛林法律禁止任何一头野兽吃人,除非他是在教他的孩子如何捕杀猎物,即使那样,他也必须在自己这个兽群或是部落的捕猎场地以外的地方去捕猎。这条规定的真实原因在于:杀了人就意味着迟早会招来骑着大象,带着枪支的白人,和几百个手持铜锣、火箭和火把的棕褐色皮肤的人。那时住在丛林里的兽类全部得遭殃。而兽类自己对这条规定是这样解释的:因为人是生物中最软弱和最缺乏自卫能力的,所以去碰他是不公正的。他们还说——说得一点也不假——吃人的野兽的毛皮会长癞痢,他们的牙齿会脱落。

呜呜声愈来愈响,后来变成了老虎扑食时一声洪亮的吼叫:"噢呜!"

接着是谢尔汗发出的一声哀号,一声很缺乏虎气的哀号。"他没有抓住,"狼妈妈说道,"怎么搞的?"

狼爸爸跑出去几步远,听见谢尔汗在矮树丛里跌来撞去,嘴里怒气冲冲地嘟囔个不停。

"这傻瓜竟然蠢得跳到一个樵夫的篝火堆上,把脚烫伤了。"狼爸爸哼了一声说,"塔巴克跟他在一起。"

"有什么东西上山来了,"狼妈妈的一只耳朵抽搐了一下,说道,"准备好。"

树丛的枝条簌簌响了起来,狼爸爸蹲下身子,准备往上跳。接着,你要是注意瞧他的话,你就可以看见世界上最了不起的事——狼在向空中一跃时，半路上收住了脚。原来他还没有看清他要扑的目标就跳了起来，接着，他又设法止住自己。其结果是，他跳到四五英尺高的空中，几乎又落在他原来起跳的地方。

"人！"他猛地说道，"是人的小娃娃，瞧呀！"

一个刚学会走路的小娃娃，全身赤裸、棕色皮肤，握住一根低矮的枝条，正站在他面前。从来还没有一个这么娇嫩而露出笑靥的小生命，在这样夜晚的时候来到狼窝。他抬头望着狼爸爸的脸笑了。

"那是人的小娃娃吗？"狼妈妈问道，"我还从来没有见过呢。把他叼过来吧。"

狼是习惯于用嘴叼他自己的小狼崽子的。如果需要的话，他可以嘴里叼一只蛋而不会把它咬碎。因此，狼爸爸尽管咬住小娃娃的背部，当他把娃娃放在狼崽中间的时候，他的牙连一点皮都没有擦破。

"多小呀！多光溜溜呀，啊，多大胆呀！"狼妈妈柔声说道。小娃娃正往狼崽中间挤过去，好靠近暖和的狼皮。"哎！他跟他们一块儿吃起来

了。原来这就是人的娃娃。谁听说过一只狼的小
崽子们中间会有个小娃娃呢?"

"我们有时听说过这样的事,可要说是发生
在我们的狼群里,或是在我这一辈子里,那倒从没
有听说过。"狼爸爸说道,"他身上没有一根毛,我
用脚一碰就能把他踢死,可是你瞧,他抬头望着,
一点也不怕。"

洞口的月光被挡住了,因为谢尔汗的方方的
大脑袋和宽肩膀塞进了洞口。塔巴克跟在他身后
尖声尖气地叫嚷道:"我的老爷,我的老爷,他是
打这儿进去的。"

"多承谢尔汗赏脸光临,"狼爸爸说,可是他
的眼睛里充满了怒气,"谢尔汗想要什么吗?"

"我要我的猎物。有一个人娃娃冲这儿来
了,"谢尔汗说,"他的爹妈都跑掉了。把他给
我吧。"

正像狼爸爸说的那样,刚才谢尔汗跳到了一
个樵夫的篝火堆上,把脚烧伤了,痛得他怒不可
遏。但是狼爸爸知道洞口很窄,老虎进不来。就
在这会儿,谢尔汗的肩膀和前爪也都挤得没法动
弹,一个人要是想在一只木桶里打架,就会尝到这

种滋味。

"狼是自由的动物,"狼爸爸说道,"他们只听狼群头领的命令,不听随便哪个身上带条纹的、专宰杀牲口的家伙的话。这个人娃娃是我们的——要是我们愿意杀他,我们自己会杀的。"

"什么你们愿意不愿意!那是什么话?凭我杀死的公牛起誓,难道真要我把鼻子伸进你们的狗窝来找回应该属于我的东西吗?听着,这是我谢尔汗在说话!"

老虎的咆哮声像雷鸣一般,震动了整个山洞。狼妈妈抛下了崽子们跳上前来,她的眼睛在黑暗里像两个绿莹莹的月亮,直冲着谢尔汗闪闪发亮的眼睛。

"这是我,是拉克夏(魔鬼)在回答。这个人娃娃是我的,瘸鬼——他是我的!谁也不许杀死他。我要让他活下来,跟狼群一起奔跑,跟狼群一起猎食。瞧着吧,你这个猎取赤裸裸的小娃娃的家伙,你这个吃青蛙的家伙,杀鱼的家伙,总有一天,他会来捕猎你的!你现在马上给我滚开,否则凭我杀掉的大公鹿起誓(我可不吃挨饿的牲口),我可要让你比你出世时瘸得更厉害地滚回你妈那儿去,你这丛林里挨火烧的野兽! 滚开!"

狼爸爸惊异地呆呆望着。他几乎已经忘记了过去的时光,那时他和五只狼决斗之后才得到了狼妈妈。她那时在狼群里被称做"魔鬼",那可完全不是随便的恭维话。谢尔汗也许能和狼爸爸对着干,然而他可没法对付狼妈妈。他很明白,在这儿狼妈妈占据了有利的地形,而且一旦打起来,就定要和他拼个你死我活。于是他低声咆哮着,退出了洞口,到了洞外,他大声嚷嚷道:

"每条狗都会在自己院子里汪汪叫,我们等着瞧狼群对于收养人娃娃怎么说吧。这个娃娃是我的,总有一天他会落进我的牙缝里来的,哼,蓬松尾巴的贼!"

狼妈妈气喘吁吁地躺倒在崽子们中间。狼爸爸认真地对她说:

"谢尔汗说的倒是实话。小娃娃一定得带去让狼群看看。你还是打算收留他吗,妈妈?"

"收留他!"她气喘吁吁地说,"他是在黑夜里光着身子、饿着肚子、孤零零一个人来的;可是他一点儿不害怕! 瞧,他已经把我的一个小崽子挤到一边去了。那个瘸腿的屠夫会杀了他,然后逃

到韦根加,而村里的人就会来报仇,把我们的窝都
搜遍的!收留他?我当然收留他!好好躺着,不
要动,小青蛙。噢,你这个莫格里——我要叫你青
蛙莫格里。现在谢尔汗捕猎你,将来有一天会是
你捕猎谢尔汗。"

"可是我们的狼群会怎么说呢?"狼爸爸
问道。

丛林的法律十分明确地规定,任何一只狼结
婚的时候,可以退出他从属的狼群;但是一旦他的
崽子长大到能够站立起来的时候,他就必须把他
们带到狼群大会上去,让别的狼认识他们。这样
的大会一般是在每个月月亮圆的那一天举行。经
过检阅之后,崽子们就可以自由自在地到处奔跑。
在崽子们第一次杀死一头公鹿以前,狼群里的成
年狼绝不能用任何借口杀死一只狼崽。只要抓到
凶手,就立即把他处死。你只要略加思索,就会明
白必须这么做的道理。

狼爸爸等到他的狼崽子们稍稍能跑点路的时
候,就在举行狼群大会的晚上,带上他们,以及莫
格里,还有狼妈妈,一同来到会议岩。那是一个堆
满了大大小小的石块和巨岩的小山头,在那里有

一百只狼也藏得下。独身大灰狼阿克拉,不论是力气还是智谋,都算得上是全狼群的首领。这会儿他正直挺挺地躺在他的岩石上。在他下面蹲着四十多头有大有小、毛皮不同的狼,有能单独杀死一只公鹿的、长着獾色毛皮的老狼,还有自以为也能杀死公鹿的三岁年轻黑狼。孤狼率领他们已有一年了。他在年轻时期曾经两次掉进捕狼的陷阱,还有一次他被人狠揍了一顿,被当作死狼扔在一边,所以他很了解人们的风俗习惯。在会议岩上大家都很少吭声。狼崽们在他们父母围着坐的圈子中间互相打闹,滚来滚去。时常有一只老狼静悄悄地走到一只狼崽跟前,仔细地打量打量他,然后轻手轻脚走回自己的座位。有时有个狼妈妈把她的崽子往前推到月光下面,免得他被漏掉了。阿克拉在他那块岩石上喊道:"大家都知道咱们的法律——大家都知道咱们的法律。好好瞧瞧吧,狼群诸君!"那些焦急的妈妈们也急忙跟着叫嚷:"仔细瞧瞧啊——仔细瞧瞧,狼群诸君!"

最后,时候到了,狼妈妈脖颈上的鬃毛直竖了起来,狼爸爸把"青蛙莫格里"——他和狼妈妈是这样叫他的——推到圈子中间,莫格里坐在那里,一边笑着,一边玩着几颗在月光下闪烁发亮的鹅卵石。

阿克拉一直没有把头从爪子上抬起来,他只是不停地喊着那句单调的话:"好好瞧瞧吧!"岩石后面响起了一声瓮声瓮气的咆哮,那是谢尔汗在叫嚷:"那崽子是我的。把他还给我。自由的兽民要一个人娃娃干什么?"阿克拉连耳朵也没有抖动一下,只是说:"好好瞧瞧吧,狼群诸君!自由的兽民只听自由的兽民的命令,别的什么命令都不听。好好瞧瞧吧!"

响起了一片低沉的嗥叫声,一只四岁的年轻狼用谢尔汗提出过的问题责问阿克拉:"自由的兽民要一个人娃娃干什么?"丛林的法律规定:如果狼群对于某个崽子被接纳的权利发生了争议,那么,除了他的爸爸妈妈,至少得有狼群的其他两个成员为他说话,他才能被接纳入狼群。

"谁来替这个娃娃说话?"阿克拉说,"自由的兽民里有谁出来说话?"没有人回答。狼妈妈做好了战斗的准备,她知道,如果事情发展到非得搏斗一场的话,这将是她这辈子最后一次战斗。

这时,惟一被允许参加狼群大会的异类动物

巴卢用后脚直立起来，咕哝着说话了。他是只老是打瞌睡的褐熊，专门教小狼崽们丛林法律。老巴卢可以随意自由来去，因为他只吃坚果、植物根茎和蜂蜜。

"人娃娃——人娃娃？"他说道，"我来替人娃娃说话。人娃娃不会伤害谁。我笨嘴拙舌，不会说话，但是我说的是实话。让他跟狼群一起奔跑好了，让他跟其他狼崽子一块参加狼群。我自己来教他。"

一条黑影跳进圈子里，这是黑豹巴希拉，他浑身的皮毛是黑的，可是在亮光下面就显出波纹绸一般的豹斑。大伙都认识巴希拉，谁都不愿意招惹他，因为他像塔巴克一样狡猾，像野水牛一样凶猛，像受伤的大象那样不顾死活。可是他的嗓音却像树上滴下的野蜂蜜那么甜润，他的皮毛比绒毛还要柔软。

"噢，阿克拉，还有诸位自由的兽民，"他愉快地柔声说道，"我没有权利参加你们的大会，但是丛林的法律规定，如果对于处理一个新的崽子有了疑问，而又还不到把他杀死的地步，那么这个崽子的性命是可以用一笔价钱买下来的。法律并没有规定谁有权买，谁无权买。我的话对吗？"

"好哇！好哇！"那些经常饿肚子的年轻狼喊道，"让巴希拉说吧。这崽子是可以赎买的。这是法律。"

"我知道我在这儿没有发言权，所以我请求你们准许我说说。"

"说吧。"二十条嗓子一齐喊了起来。

"杀死一个赤裸裸的娃娃是可耻的。何况他长大了也许会给你们捕猎更多的猎物。巴卢已经为他说了话。现在，除了巴卢的话，我准备再加上一头公牛，一头刚刚杀死的肥肥的大公牛，就在离这儿不到半英里的地方，只要你们按法律规定接受这个人娃娃。怎么样，这事难办吗？"

几十条嗓子乱哄哄地嚷嚷道："有什么关系？他会被冬天的雨淋死，他会被太阳烤焦的。一只光身子的青蛙能给我们带来什么损害呢？让他跟狼群一起奔跑吧。公牛在哪里，巴希拉？我们接纳他吧。"接着响起了阿克拉低沉的喊声："好好瞧瞧吧——好好瞧瞧，狼群诸君！"

莫格里还在一心一意地玩鹅卵石，他一点也没留意到一只接着一只的狼跑过来仔细端详他。

后来,他们全都下山去找那头死公牛去了,只剩下阿克拉、巴希拉、巴卢和莫格里自己这家的狼。谢尔汗仍然在黑夜里不停地咆哮。他十分恼怒,因为没有把莫格里交给他。

"哼,就让你吼个痛快吧,"巴希拉在胡子掩盖下低声说道,"总有一天,这个赤裸的家伙会让你换一个调门嗥叫的,否则就算我对人的事情一窍不通。"

"这件事办得不错,"阿克拉说道,"人和他们的崽子是很聪明的。到时候他很可能成为我们的帮手。"

"不错,到急需的时候,他真能成个帮手。因为谁都不能永远当狼群的头领。"巴希拉说。

阿克拉没有回答。他在想,每个兽群的领袖都有年老体衰的时候,他会愈来愈衰弱,直到最后被狼群杀死,于是会出现一个新的头领。然后,又轮到这新的头领被杀死。

"带他回去吧,"他对狼爸爸说,"把他训练成一个合格的自由兽民。"

于是莫格里就这样凭着一头公牛的代价和巴卢的话被接纳进了西奥尼的狼群。

现在我要请你跳过整整十年或者十一年的时间,自己去猜想一下这些年里莫格里在狼群中度过的美好生活。因为要是把这段生活都写出来,那得写好几本书。他是和狼崽们一块成长起来的,当然,在他还是孩子时,他们就已经是成年的狼了。狼爸爸教给他各种本领,让他熟悉丛林里一切事物的含义,直到草儿的每一声响动,夜间的每一股温暖的风,头顶上猫头鹰的每一声啼叫,在树上暂时栖息片刻的蝙蝠脚爪的抓挠声,和一条小鱼在池塘里跳跃发出的溅水声,他都能明明白白地分辨清楚,就像商人对他办公室里的事务一样熟悉。他在不学习本领的时候,就待在阳光下睡觉,吃饭,吃完又睡。当他觉得身上脏了或者热了的时候,他就跳进森林里的池塘去游泳。他想吃蜂蜜的时候(巴卢告诉他,蜂蜜和坚果跟生肉一样美味可口),他就爬上树去取。他是从巴希拉那里学会怎么取蜜的。巴希拉会躺在一根树枝上,叫道:"来吧,小兄弟。"起初,莫格里像只懒熊一样死死搂住树枝不放,但是到后来,他已经能在树枝间攀缘跳跃,像灰人猿一样大胆。狼群开大会的时候,他也参加。他发现如果他死死地盯着某一只狼看,那只狼就会被迫低垂眼睛,所以他常常紧盯着他们,借以取乐。有时候他又帮他的朋友们从他们脚掌心里拔出长长的刺,因为扎在狼的毛皮里的刺和尖石头硌使他们非常痛苦。黑夜里他就下山走进耕地,非常好奇地看着小屋里的村民们。但是他不信任人,因为有次巴希拉指给他看一只在丛林里隐蔽得非常巧妙的装着活门的方匣子,他差点儿走了进去,巴希拉说,那是陷阱。他最喜欢和巴希拉一块进入幽暗温暖的丛林深处,懒洋洋地睡上一整天,晚上看巴希拉怎么捕猎。巴希拉饿了的时候,见猎物便杀,莫格里也和他一样,但只有一种猎物他们是不杀的,莫格里刚刚懂事的时候,巴希拉就告诉他,永远不要去碰牛。因为他是用一条公牛为代价加入狼群的。"整个丛林都是你的,"巴希拉说,"只要你有气力,爱杀什么都可以,不过看在那条赎买过你的公牛分上,你绝对不能杀死或吃掉任何一条牛,不管是小牛还是老牛。这是丛林的法律。"莫格里也就诚心实意地服从了。

于是莫格里像别的男孩一样壮实地长大了,

他不知道他正在学很多东西。他活在世上,除了吃的东西以外,不用为别的事操心。

狼妈妈有一两回曾经对他说,一定要提防谢尔汗这家伙,还对他说,有一天他一定得杀死谢尔汗;但是,尽管一只年轻的狼会时时刻刻记住这个忠告,莫格里却把它忘了,因为他毕竟只是个小男孩。——不过,要是他会说任何一种人的语言的话,他会把自己叫做狼的。

他在丛林里常常遇见谢尔汗。因为随着阿克拉愈来愈年老体衰,瘸腿老虎就和狼群里那些年轻的狼交上了好朋友,他们跟在他后面,吃他剩下的食物。如果阿克拉敢于严格地行使他的职权的话,他是绝不会允许他们这么做的。而且,谢尔汗还吹捧他们,说他感到奇怪,为什么这么出色的年轻猎手会甘心情愿让一头垂死的狼和一个人娃娃来领导他们。谢尔汗还说:"我听说你们在大会上都不敢正眼看他。"年轻的狼听了都气得皮毛竖立、咆哮起来。

巴希拉的消息十分灵通,这件事他也知道一些,有一两回他十分明确地告诉莫格里说,总有一天谢尔汗会杀死他的。莫格里听了总是笑笑,回答说:"我有狼群,有你,还有巴卢,虽说他懒得很,但也会为我助一臂之力的。我有什么可以害怕的呢?"

在一个非常暖和的日子里,巴希拉有了一个新的想法,是从他听到的一件事想起的。也许是豪猪伊基告诉他的。当他和莫格里来到丛林深处,莫格里头枕巴希拉漂亮的黑豹皮躺在那里的时候,他对莫格里说:"小兄弟,我对你说谢尔汗是你的敌人,说过多少次了?"

"你说过的次数跟那棵棕榈树上的硬果一样多,"莫格里回答道,他当然是不会数数目的。"什么事啊? 我困了,巴希拉。谢尔汗不就是尾巴长、爱吹牛、跟孔雀莫奥一个样吗?"

"可现在不是睡大觉的时候。这事儿巴卢知道,我知道,狼群知道,就连那傻得要命的鹿也知道。塔巴克也告诉过你了。"

"哈哈!"莫格里说,"前不久塔巴克来找我,他毫无礼貌地说我是个赤身露体的人娃娃,不配去挖花生;可是我一把拎起塔巴克的尾巴朝棕榈树上甩了两下,好教训他放规矩点。"

"你干了蠢事。塔巴克虽说是个捣鬼的家

伙,但是他能告诉你一些和你有很大关系的事。把眼睛睁大些吧,小兄弟。谢尔汗是不敢在森林里杀死你的。但是要记住,阿克拉已经太老了,他没法杀死公鹿的日子很快就要到来了。那时他就当不成头领了。在你第一次被带到大会上的时候那些仔细端详过你的狼也都老了。而那帮年轻的狼听了谢尔汗的话,都认为狼群里是没有人娃娃的地位的。再过不久,你就该长大成人了。"

"长大成人又怎么啦,难道长大了就不该和他的兄弟们一块奔跑吗?"莫格里说,"我生在丛林。我一向遵守丛林的法律。我们狼群里不管哪只狼,我都帮他拔出过爪子上的刺。他们当然都是我的兄弟啦!"

巴希拉伸直了身体,眯上了眼睛。"小兄弟,"他说,"摸摸我的下巴颏。"

莫格里伸出他强壮的棕色的手,在巴希拉光滑的下巴底下,在遮住几大片肌肉的厚厚毛皮那里,有一小块光秃秃的地方。

"丛林里谁也不知道我巴希拉身上有这个记号——戴过颈圈的记号。小兄弟,我是在人群中间出生的,我的母亲也死在人群中间,死在奥德普

267

尔王宫的笼子里。就是为了这个缘故,当你还是一个赤身裸体的小崽子的时候,我在大会上为你付出了那笔价钱。是的,我也是在人群中间出生的。我那时从来没见过森林。他们把我关在铁栏杆后面,用一只铁盘子喂我。直到有天晚上,我觉得我是黑豹巴希拉,不是什么人的玩物。我用爪子一下子砸开了那把没用的锁,就离开了那儿,正因为我懂得人的那一套,所以我在森林中比谢尔汗更加可怕。你说是不是?"

"是的,"莫格里说,"森林里谁都怕你。只有莫格里不怕。"

"咳,你呀,你是人的小娃娃,"黑豹温柔地说,"就像我终归回到森林来一样,如果你在大会上没有被杀死,你最后也一定会回到人那儿去,回到你的兄弟们那儿去的。"

"可是为什么,为什么他们想杀死我?"莫格里问道。

"望着我。"巴希拉说。莫格里死死地盯住了他的眼睛。只过了半分钟,大黑豹就把头掉开了。

"原因就在这里,"他挪动着踩在树叶上的爪子说,"就连我也没法用眼正面瞧你,我还是在人

们中间出生,而且我还是爱你的呢。小兄弟,别的
动物恨你,因为他们的眼睛不敢正面瞧着你的眼
睛,因为你聪明,因为你替他们挑出脚上的刺,因
为你是人。"

"我以前一点也不懂得这些事情。"莫格里紧
锁起两道浓黑的眉毛,愠怒地说。

"什么是丛林的法律? 先动手再出声儿。他
们就是因为你大大咧咧,才看出你是个人。你可
得聪明点啊。我心里有数,如果下一次阿克拉没
有逮住猎物——现在每一次打猎他都要费更大的
劲才能逮住一头公鹿了——狼群就会起来反对他
和反对你了。他们就会在会议岩那儿召开丛林大
会,那时……那时……有了!"巴希拉跳起来说
道,"你快下山到山谷里人住的小屋里,取一点他
们种在那儿的红花来,那样,到时候你就会有一个
比我、比巴卢、比狼群里爱你的那些伙伴们都更有
力量的朋友了。去取来红花吧!"

巴希拉所说的红花,指的是火。不过丛林里
的动物都不知道它的名字叫火。所有的动物都怕
火怕得要命,他们创造了上百种方式来描绘它。

"红花?"莫格里说,"那不是傍晚时候在他们

的小屋外面开的花吗？我去取一点回来。"

"这才像人娃娃说的话，"巴希拉骄傲地说，"它是种在小盆盆里的。快去拿一盆来，放在你身边，好在需要的时候用它。"

"好！"莫格里说，"我这就去。不过，你有把握吗？啊，我的巴希拉，"他伸出胳膊抱住巴希拉漂亮的脖子深深地盯着他的眼睛，"你敢肯定这一切全都是谢尔汗挑动起来的吗？"

"凭着使我得到自由的那把砸开的锁起誓，我敢肯定是他干的，小兄弟。"

"好吧，凭着赎买我的那头公牛发誓，我一定要为这个跟谢尔汗算总账。或者还要多算一点呢。"莫格里说，于是他蹦蹦跳跳地跑开了。

"这才是人呢，完完全全是个大人了。"巴希拉自言自语地说，又躺了下来，"哼，谢尔汗呀，从来没有哪次打猎，比你在十年前捕猎青蛙那回更不吉利了！"

莫格里已经远远地穿过了森林。他飞快地奔跑着，他的心情是急切的。傍晚的薄雾升起时，他已来到了狼穴。他喘了口气，向山谷下面望去。狼崽们都出去了。可是狼妈妈待在山洞顶里面，一听喘气声就知道她的青蛙在为什么事儿发愁。

"怎么啦，儿子？"

"是谢尔汗胡扯了些蠢话，"他回头喊道，"我今晚要到耕地那儿去打猎。"于是他穿过灌木丛，跳到下面山谷底的一条河边。他在那里停住了脚步，因为他听见狼群狩猎的喊叫声，听见一头被追赶的大公鹿的吼叫，和他陷入困境后的喘息。然后就是一群年轻狼发出的不怀好意的刻薄嗥叫声："阿克拉！阿克拉！让孤狼来显显威风，给狼群的头领让开道！跳吧，阿克拉！"

孤狼准是跳了，但却没有逮住猎物，因为莫格里听见他的牙齿咬了一个空，然后是大公鹿用前蹄把他蹬翻在地时他发出的一声疼痛的叫唤。

他不再听下去了，只顾向前赶路。当他跑到村民居住的耕地那儿时，背后的叫喊声渐渐听不清了。

"巴希拉说对了，"他在一间小屋窗外堆的饲草上舒舒服服地躺下，喘了口气说，"明天，对于阿克拉和我都是个重要的日子。"

然后他把脸紧紧贴近窗子，瞅着炉子里的火。他看见农夫的妻子夜里起来往火里添上一块块黑黑的东西。到了早晨，降着白茫茫的大雾，寒气逼人，他又看见那个男人的孩子拿起一个里面抹了泥的柳条罐儿，往里面添上烧得通红的木炭，把它塞在自己身上披的毯子下面，就出去照顾牛栏里的母牛去了。

"原来是这么简单！"莫格里说，"如果一个小崽子都能捣鼓这东西，那又有什么可怕的呢。"于是他迈开大步转过屋角，冲着男孩子走过去，从他手里夺过罐儿。当男孩儿吓得大哭起来的时候，他已经消失在雾中。

"他们长得倒挺像我，"莫格里一面像刚才他看见女人做的样子吹着火，一面说，"要是我不喂点东西给它吃，这玩意儿就会死的。"于是他扔了些树枝和干树皮在这火红的东西上面。他在半山腰上遇见了巴希拉，清晨的露珠像月牙石似的在他的皮毛上闪闪发光。

"阿克拉没有抓住猎物，"黑豹说，"他们本想昨晚就杀死他的，可是他们想连你一块杀死。刚才他们还在山上找你呢。"

"我到耕地那里去了。我已经准备好了。瞧！"莫格里举起了装火的罐子。

"好！我见过人们把一根干树枝扔进那玩意儿里去，一会儿，干树枝的一头就会开出红花来。你不怕吗？"

"我不怕，干吗要怕？噢，我记起来了——不知道这是不是一场梦——我记得我变成狼以前，就常常躺在红花旁边，那儿又暖和又舒服。"

那天莫格里一整天都坐在狼穴里照料他的火罐儿，放进一根根干树枝，看它们烧起来是什么样儿。他找到了一根使他满意的树枝，于是到了晚上，当塔巴克来到狼穴，相当无礼地通知他去会议岩开大会的时候，他放声大笑，吓得塔巴克赶紧逃开。接着，莫格里仍然不住地大笑着来到大会上。

孤狼阿克拉躺在他那块岩石旁边，表示狼群首领的位置正空着。谢尔汗和那些追随他、吃他的残羹剩饭的狼大摇大摆地走来走去，一副得意的神气。巴希拉紧挨莫格里躺着，那只火罐夹在莫格里的两膝间。狼群到齐以后，谢尔汗开始发言——在阿克拉正当壮年的时候，他是从来不敢这么做的。

"他没有权利，"巴希拉悄声说道，"你来说吧。他是个狗崽子，他会吓坏了的。"

莫格里跳了起来。"自由的兽民们,"他喊道,"难道是谢尔汗在率领狼群吗? 我们选头领和一只老虎有什么关系?"

"由于头领的位置空着,同时我又被请来发言……"谢尔汗开口说道。

"是谁请你来的?"莫格里说,"难道我们都是豺狗,非得讨好你这只宰杀耕牛的屠夫不可吗? 谁当狼群的头领,只有狼群才能决定。"

这时响起了一片叫嚷声。"住嘴,你这人崽儿!""让他发言,他一向是遵守我们的法律的。"最后,几头年长的狼吼道:"让'死狼'说话吧。"当狼群的头领没能杀死他的猎物时,以后尽管他还活着,也被叫做"死狼",而通常这只狼也是活不久的。

阿克拉疲乏地抬起了他衰老的头:

"自由的兽民们,还有你们,谢尔汗的豺狗们,我带领你们去打猎,又带领你们回来,已经有许多季节了,在我当头领的时候,从来没有一只狼落进陷阱或者受伤残废。这回我没有逮住猎物。你们明白这是谁设的圈套。你们明白,是你们故意把我引到一头精力旺盛的公鹿那儿,好让我出丑。干得真聪明哇。这会儿你们有权利在会议岩上杀死我。那么，我要问，由谁来结束我这条孤狼的生命呢？丛林的法律规定我有权利让你们一个一个地上来和我打。"

一片长久的沉默。没有哪一只狼愿意独自去和阿克拉作决死的战斗。于是谢尔汗咆哮起来："呸！我们干吗理这个老掉了牙的傻瓜？他反正是要死的。倒是那个人崽子活得太久了。自由的兽民，他本来就是我嘴里的肉。把他给我吧，我对这种既是人又是狼的荒唐事儿早就烦透了。他在丛林里惹麻烦已经十个季节了。把人崽子给我，要不我就不走了，我要老是在这里打猎，一根骨头都不给你们留下。他是一个人，是个人崽子，我恨他，恨到了骨头缝里！"

接着，狼群里一半以上的狼都嚷了起来："一个人！一个人！人跟我们有什么关系？让他回他自个儿的地方去。"

"好让他招来所有村里的人反对我们吗?"谢尔汗咆哮道，"不，把他给我。他是个人，我们谁都不敢正眼盯着他瞧。"

阿克拉再次抬起头来说道："他跟我们一块

儿吃食，一块儿睡觉。他替我们把猎物赶过来。他并没有违反丛林的法律。"

"还有当初狼群接受他的时候，我为他付出过一头公牛。一头公牛倒值不了什么，但是巴希拉的荣誉可不是件小事，说不定他要为了荣誉斗一场的。"巴希拉用他最温柔的嗓音说道。

"为了十年前付出的一头公牛！"狼群咆哮道，"我们才不管十年前的牛骨头呢！"

"那么十年前的誓言呢？"巴希拉说道，他掀起嘴唇，露出了白牙，"怪不得你们叫'自由的兽民'呢！"

"人崽子是不能和丛林的兽民一起生活的。"谢尔汗嗥叫道，"把他给我！"

"他虽说和我们血统不同，却也是我们的兄弟，"阿克拉又说了起来，"你们却想在这儿杀掉他！说实在的，我的确活得太长了。你们中间，有的成了吃牲口的狼；我听说还有一些狼，在谢尔汗的教唆下，黑夜里到村民家门口去叼走小孩子。所以我知道你们是胆小鬼，我是在对胆小鬼说话。我肯定是要死的。我的命值不了什么，不然的话，我就会代替人崽儿献出生命。可是为了狼群的荣誉——这件小事，你们因为没了首领，好像已经把它忘掉了——我答应你们，如果你们放这个人崽儿回到他自己的地方去，那么，等我的死期到来的时候，我保证连牙都不对你们龇一下。我不和你们斗，让你们把我咬死，那样，狼群里至少有三头狼可以免于一死。我只能做到这一点，别的就无能为力了；可是你们如果照我说的办，我就能使你们不至于为杀害一个没有过错的兄弟而丢脸——这个兄弟是按照丛林法律，有人替他说话，并且付了代价赎买进狼群来的。"

"他是一个人——一个人——一个人！"狼群咆哮道；大多数的狼开始聚集在谢尔汗周围，他开始晃动起尾巴来。

"现在要看你的了，"巴希拉对莫格里说道，"我们除了打以外，没什么别的办法了。"

莫格里直挺挺地站在那里，双手捧着火罐。接着他伸直了胳臂，面对着大会打了个大呵欠；其实他心里充满了愤怒和忧伤。因为那些狼真狡猾，他们从没对他说过他们是多么仇恨他。"你们听着！"他喊道，"你们不用再咋咋呼呼闹个没完没了。今天晚上你们翻来覆去说我是一个人（其实，你们不说的话，我倒真愿意和你们在一起，一辈子做一只狼），我觉得你们说得很对。所以从今以后，我再也不把你们叫做我的兄弟了，我要像人应该做的那样，叫你们狗。你们想干什么，你们不想干什么，可就由不得你们了。这事全由我决定。为了让你们把事情看得更清楚些，我，作为人，带来了你们这些狗害怕的一小罐红花。"

他把火罐扔到地上，几块烧红的炭块把一簇干苔藓点着了，一下子烧了起来。全场的狼在跳动的火焰面前，都惊慌地向后退缩。

莫格里把他那根枯树枝插进火里，直到枝条点燃了，劈劈啪啪地烧了起来。他举起树枝在头顶上摇晃，周围的狼全吓得战战兢兢。

"你现在是征服者了，"巴希拉压低了嗓门说道，"救救阿克拉的命吧。他一向是你的朋友。"

一辈子从来没有向谁求过饶的坚强的老狼阿克拉，也乞怜地向莫格里看了一眼。赤身裸体的莫格里站在那里，一头黑黑的长发披在肩后，映照在熊熊燃烧的树枝的火光下。许多黑黑的影子，随着火光跳动、颤抖。

"好!"莫格里不慌不忙地环视着四周说,"我看出你们的确是狗。我要离开你们,到我的自己人那里去——如果他们是我的自己人的话。丛林再也容不下我了,我必须忘记你们的谈话和友谊,但是我比你们更仁慈。既然我除了血统以外,算得上是你们的兄弟,那么,我答应你们,当我回到人群里,成了一个人以后,我绝不会像你们出卖我那样,把你们出卖给人们。"他用脚踢了一下火,火星迸了出来,"我们人绝不会和狼群交战,可是在我离开以前,还有一笔账要清算。"他大步走到正在糊里糊涂地对着火焰眨巴眼睛的谢尔汗身边,抓起他下巴上的一簇虎须。巴希拉紧跟在莫格里后面,以防不测。"站起来,狗!"莫格里喝道,"当人在说话的时候,你必须站起来,不然我就把你这身皮毛烧掉!"

谢尔汗的两只耳朵平平地贴在脑袋上,眼睛也闭上了,因为熊熊燃烧的树枝离他太近了。

"这个专门吃牛的屠夫说,因为我小时候他没有杀死我,他就要在大会上杀我。那么,瞧吧,吃我一记,再吃我一记,我们人打狗就是这样打的。你敢动一根胡子,瘸鬼,我就把红花塞进你喉咙里去。"他抄起树枝抽打谢尔汗的脑袋,老虎被恐怖折磨得呜呜地哀叫。

"呸,燎掉了毛的丛林野猫——滚开!可是要记住,下一次,当我作为人来到会议岩的时候,我的头上一定披着谢尔汗的皮。至于其他的事嘛,阿克拉可以随便到哪里去自由地生活。不准你们杀他,因为我不允许。我也不愿看见你们再坐在这儿,伸着舌头,好像你们是什么了不起的家伙,而不是我想撵走的一群狗,瞧,就这样撵!滚吧!"树枝顶端的火焰燃烧得十分旺,莫格里拿着树枝绕着圈儿左右挥舞,火星点燃了狼的毛皮,他们嗥叫着逃跑了。最后,只剩下阿克拉、巴希拉,还有站在莫格里一边的十来只狼。接着,莫格里的心里似乎有什么地方痛了起来,他还从没有这么痛苦过,他哽噎了一下,便抽泣起来,泪珠儿滚下了他的面颊。

"这是什么?这是什么?"他问道,"我不愿意离开丛林,我也不知道这是怎么回事。我要死了吗,巴希拉?"

"不会的,小兄弟。这只不过是人常流的眼泪罢了。"巴希拉说,"现在我看出你的确是个大人,不再是个人娃娃了。从今以后,丛林的确再也容不下你了。让眼泪往下淌吧,莫格里,这只不过是泪水。"于是莫格里坐了下来,放声痛哭,好像心都要碎了似的。他打生下来还从来没有哭过呢。

"好吧,"他说,"我要到人那里去了。但是首先我得跟妈妈告别。"于是他来到狼妈妈和狼爸爸住的洞穴,趴在她身上痛哭了一场,四个小狼崽儿也一块悲悲切切地哭嚷起来。

"你们不会忘掉我吧?"莫格里问道。

"只要能嗅到你的足迹,我们是绝不会忘掉你的,"狼崽们说,"你做了人以后,可要常常到山脚底下来啊,我们可以在那里和你谈天,我们还会在夜里到庄稼地里去找你一块玩。"

"快点来吧,"狼爸爸说,"噢,聪明的小青蛙,快点再来,我和你妈都已经上了年纪了。"

"快点来吧,"狼妈妈说,"我的光着身子的小儿子。听我说吧,人娃娃,我疼爱你比疼我的狼崽们更狠些呢。"

"我一定会来的。"莫格里说,"下次我来的时候,一定要把谢尔汗的皮铺在会议岩上。别忘了我！告诉丛林的伙伴们永远别忘了我！"

　　天即将破晓。莫格里独自走下山坡，去会见那些叫做人的神秘动物。

老虎！老虎！

打猎顺利吗，大胆的猎手？

　　兄弟，我守候猎物，既寒冷又长久。

你捕捉的猎物在哪里？

　　兄弟，他仍然潜伏在丛林里。

你引以为傲的威风又在哪儿？

　　兄弟，它已从我的腰胯和肚腹间消逝。

你这么匆忙要到哪儿去？

　　兄弟，我回我的窝去——去死在那里！

　　我们现在要回头接着上一个故事讲下去。莫格里和狼群在会议岩斗了一场之后，离开了狼穴，下山来到村民居住的耕地里。但是他没有在这里

283

停留,因为这儿离丛林太近了,而他很明白,他在大会上至少已经结下了一个死敌。于是他匆匆地赶着路,沿着顺山谷而下的崎岖不平的大路,迈着平稳的步子赶了将近二十英里地,直到来到一块不熟悉的地方。山谷变得开阔了,形成一片广袤的平原,上面零星散布着块块岩石,还有一条条沟涧穿流其中。平原尽头有一座小小的村庄。平原的另一头是茂密的丛林,黑压压一片,一直伸展到牧场旁,边缘十分清晰,好像有人用一把锄头砍掉了森林。平原上,到处都是牛群在放牧吃草。放牛的小孩们看见了莫格里,顿时喊叫起来,拔脚逃走。那些经常徘徊在每个印度村庄周围的黄毛野狗也汪汪地吠叫起来。莫格里向前走去,因为他觉得饿了。当他来到村庄大门时,看见傍晚用来挡住大门的一棵大荆棘丛,这时已挪到一旁。

"哼!"他说,因为他夜间出门寻找食物时,曾经不止一次碰见过这样的障碍物。"看来这儿的人也怕丛林里的兽族。"他在大门边坐下了。等到有个男人走过来的时候,他便站了起来,张大嘴巴,往嘴里指指,表示他想吃东西。那个男人先是盯着他看,然后跑回村里惟一的那条街上,大声叫着祭司。祭司是个高高的胖子，穿着白衣服，额头上涂着红黄色的记号。祭司来到大门前，还有大约一百个人，也跟着他跑来了。他们目不转睛地瞅着，交谈着，喊着，用手指着莫格里。

"这些人类真没有礼貌，"莫格里自言自语地说，"只有灰猿才会像他们这样。"于是他把又黑又长的头发甩到脑后，皱起眉头看着人群。

"你们害怕什么呀？"祭司说，"瞧瞧他的胳臂上和腿上的疤，那是狼咬的。他只不过是个从丛林里逃出来的狼孩子罢了。"

当然，狼崽们一块玩的时候，往往不注意，啃莫格里啃得重了点，所以他的胳臂上和腿上全都是浅色的伤疤。可是他根本不把这叫做咬。他非常清楚真正被咬是什么味道。

"哎哟！哎哟！"两三个妇人同声叫了起来，"被狼咬得那个样儿，可怜的孩子！他是个漂亮的男孩子。他的眼睛像红红的火焰。我敢起誓，米苏阿，他和你那个被老虎叼走的儿子可真有些相像呢。"

"让我瞧瞧，"一个女人说道。她的手腕和脚踝上都戴着许多沉甸甸的铜镯子。她用手掌挡住眼睛,仔细望着莫格里。"确实有些相像。他要瘦一点,可是他的相貌长得和我的孩子一个样。"

祭司是个聪明人。他知道米苏阿是当地最富有的村民的妻子。于是他仰起头朝天空望了片刻,接着一本正经地说:"被丛林夺去的,丛林又归还了。把这个男孩带回家去吧,我的姐妹,别忘了向祭司表示敬意啊,因为他能看透人的命运。"

"我以赎买我的那条公牛起誓,"莫格里自言自语道,"这一切可真像是又一次被狼群接纳入伙的仪式啊!好吧,既然我是人,我就必须变成人。"

妇人招手叫莫格里跟她到她的小屋里去,人群也就散开了。小屋里有一张刷了红漆的床架,一只陶土制成的收藏粮食的大柜子,上面有许多奇特的凸出的花纹。六只铜锅。一尊印度神像安放在一个小小的壁龛里。墙上挂着一面真正的镜子,就是农村集市上卖的那种镜子。

她给他喝了一大杯牛奶,还给他几块面包,然后伸手抚摩着他的脑袋,凝视他的眼睛;因为她认为他也许真是她的儿子,老虎把他拖到森林里,现在他又回来了。于是她说:"纳索,噢,纳索!"但是莫格里看样子没听过这个名字。"你不记得我给你穿上新鞋子的那天了吗?"她碰了碰他的脚,这只脚坚硬得像鹿角。"不,"她悲伤地说,"这双脚从来没有穿过鞋子。可是你非常像我的纳索,你就当我的儿子吧。"

莫格里心里很不踏实,因为他从来没有在屋顶下面待过。但是他看了看茅草屋顶,发现他如果想逃走,随时可以把茅草屋顶撕开,而且窗上也没有窗栓。"如果听不懂人说的话,"他终于对自己说,"做人又有什么用处呢?现在我什么都不懂,像个哑巴,就跟人来到森林里和我们待在一起那样。我应该学会他们说的话。"

当他在狼群里的时候,他学过森林里大公鹿的挑战声,也学过小野猪的哼哼声,那都不是为了闹着玩儿的。因此,只要米苏阿说出一个字,莫格里就马上学着说,说得一点也不走样。不到天黑,他已经学会了小屋里许多东西的名称。

到了上床睡觉的时候,困难又来了。因为莫格里不肯睡在那个像捕豹的陷阱的小屋里,当他们关上房门的时候,他就从窗子跳了出去。"随他去吧,"米苏阿的丈夫说,"你要记住,直到现在,他还从来没有在床上睡过觉。如果他真是被打发来代替我们的儿子的,他就一定不会逃走。"

于是莫格里伸直了身躯,躺在耕地边上一片长得高高的洁净草地上。但是还没有等他闭上眼睛,一只柔软的灰鼻子就开始拱他的下巴颏。

"嗨!"灰兄弟说(他是狼妈妈的崽子们中间最年长的一个),"跟踪你跑了二十英里路,得到的是这样的报答,实在太不值得了。你身上尽是篝火气味和牛群的气味,完全像个人了。醒醒吧,小兄弟,我带来了消息。"

"丛林里一切平安吗?"莫格里拥抱了他,说道。

"一切都好,除了那些被红花烫伤的狼。喂,听着。谢尔汗到很远的地方去打猎了,要等到他的皮毛重新长出以后再回来,他的皮毛烧焦得很厉害。他发誓说,他回来以后一定要把你的骨头埋葬在韦根加。"

"那可不一定。我也做了一个小小的保证。不过,有消息总是件好事。我今晚累了,那些新鲜玩意儿弄得我累极了,灰兄弟。可是,你一定要经常给我带来消息啊。"

"你不会忘记你是一只狼吧？那些人不会使你忘记吧？"灰兄弟焦急地说。

"永远不会。我永远记得我爱你，爱我们山洞里的全家；可是我也永远会记得，我是被赶出狼群的。"

"你要记住，另外一群也可能把你赶出去的。人总归是人，小兄弟，他们说起话来，就像池塘里的青蛙说话那样哇里哇啦。下次下山，我就在牧场边上的竹林里等你。"

从那个夜晚开始，莫格里有三个月几乎从没走出过村庄大门。他正忙着学习人们的生活习惯和生活方式。首先，他得往身上缠一块布，这使他非常不舒服；其次，他得学会钱的事，可是他一点儿也搞不懂；他还得学耕种，而他看不出耕种有什么用。村里的小娃娃们常惹得他火冒三丈。幸亏丛林的法律教会了他按捺住火气，因为在丛林里，维持生命和寻找食物全凭着保持冷静。但是，他们取笑他不会做游戏或者不会放风筝，或者取笑他某个字发错了音的时候，仅仅是因为他知道杀死赤身裸体的小崽子是不公正的，才使他没有伸手抓起他们，把他们撕成两半。

　　他一点儿也不知道自己的力气有多大。在丛林里他知道自己比兽类弱，但是在村子里，大家都说他力气大得像头公牛。

　　莫格里也毫不知道种姓在人和人之间造成的差别。有次卖陶器的小贩的驴子滑了一跤，摔进了土坑，莫格里攥住驴子的尾巴，把它拉了出来，还帮助小贩码好陶罐，好让他运到卡里瓦拉市场上去卖。这件事使人们大为震惊，因为卖陶器的小贩是个贱民，至于驴子，就更加卑贱了。可是祭司责怪莫格里时，莫格里却威胁说要把他也放到驴背上去。于是祭司告诉米苏阿的丈夫，最好打发莫格里去干活，越快越好。村子里的头人告诉莫格里，第二天他就得赶着水牛出去放牧。莫格里高兴极了，当天晚上，由于他已经被指派做村里的雇工，他便去参加村里的晚会。每天晚上，人们都围成一圈，坐在一棵巨大的无花果树底下，围着一块石头砌的台子。这儿是村里的俱乐部。头人、守夜人、剃头师傅（他知道村里所有的小道消息），以及拥有一支陶尔牌老式步枪的村里猎人老布尔迪阿，都来到这儿集会和吸烟。一群猴子坐在枝头高处叽叽喳喳说个没完，石台下面的洞

里住着一条眼镜蛇，人们每天晚上向他奉上一小
盘牛奶，因为他是神蛇。老人们围坐在树下，谈着
话，抽着巨大的水烟袋，直到深夜。他们净讲一些
关于神啦、人啦以及鬼啦的美妙动听的故事，布尔
迪阿还常常讲一些更加惊人的丛林兽类的生活方
式的故事，听得那些坐在圈子外的小孩们的眼睛
都差点鼓出脑袋了。故事大部分是关于动物的，
因为丛林一直就在他们门外。鹿和野猪常来吞吃
他们的庄稼，有时在薄暮中，老虎公然在村子大门
外不远的地方拖走个把男人。

莫格里对他们谈的东西自然是了解一些的，
他只好遮住脸孔，不让他们看见他在笑。于是，当
布尔迪阿把陶尔步枪放在膝盖上，兴冲冲地讲着
一个又一个神奇的故事时，莫格里的双肩就抖动
个不停。

这会儿布尔迪阿正在解释，那只拖走米苏阿
儿子的老虎，是一只鬼虎。有个几年前去世的狠
毒的老放债人的鬼魂就附在这只老虎身上。"我
说的是实话，"他说道，"因为有一回暴动，烧掉了
普朗·达斯的账本，他本人也挨了揍，从此他走路
总是一瘸一拐，我刚才说的那只老虎，他也是个瘸

子,因为他留下的脚掌痕迹总是一边深一边浅。"

"对,对,这肯定是实话。"那些白胡子老头一齐点头说。

"所有那些故事难道全都是瞎编出来的吗?"莫格里开口说,"那只老虎一瘸一拐,因为他生下来就是瘸腿,这是谁都知道的呀。说什么放债人的魂附到一只从来比豺还胆小的野兽身上,完全是傻话。"

布尔迪阿吃了一惊,有好一会儿说不出话来。头人睁大了眼睛。

"嗬!这是那个丛林的小杂种,是吗?"布尔迪阿说道,"你既然这么聪明,为什么不剥下他的皮送到卡里瓦拉去,政府正悬赏一百卢比要他的命呢。要不然,听长辈说话最好别乱插嘴。"

莫格里站起来打算走开。"我躺在这儿听了一晚上,"他回头喊道,"布尔迪阿说了那么多关于丛林的话,除了一两句以外,其余的没有一个字是真的,可是丛林就在他家门口呀。既然是这样,我怎么能相信他讲的那些据说他亲眼见过的鬼呀、神呀、妖怪呀等等的故事呢?"

"这孩子确实应该去放牛了。"头人说。布尔迪阿被莫格里的大胆无礼气得呼哧呼哧地喘着粗气。

大多数印度村子的习惯是在大清早派几个孩子赶着牛群出去放牧,晚上再把它们赶回来。那些牛群能把一个白人踩成肉泥,却老老实实地让一些还够不着他们鼻子的孩子们打骂和欺负。这些孩子只要和牛群待在一块儿,就非常安全,连老虎也不敢袭击一大群牛。可是孩子们如果跑开去采摘花儿,或者捕捉蜥蜴,他们有时就会被老虎叼走。莫格里骑在牛群头领大公牛拉玛的背上,穿过村庄的大街;那些蓝灰色的水牛,长着向后弯曲的长角和凶猛的眼睛,一头头从他们的牛棚里走出来,跟在他后面。莫格里非常明确地向一同放牧的孩子表示:他是头领。他用一根磨得光溜溜的长竹竿敲打着水牛,又告诉一个叫卡米阿的小男孩,叫他们自己去放牧牛群,他要赶着水牛往前走,并且叫他们要多加小心。别离开牛群乱跑。

印度人的牧场到处是岩石、矮树丛、杂草和一条条小溪流,牛群一到这儿就分散开去,消失不见了。水牛一般总待在池塘和泥沼里,他们常常一连几个小时躺在温暖的烂泥里打滚、晒太阳。莫格里把水牛赶到平原边上，韦根加河流出丛林的地方；接着他从拉玛的脖子上跳下来，一溜烟跑到一丛竹子那儿，找到了灰兄弟。"喂!"灰兄弟说，"我在这里等你好多天了。你怎么干起了放牛的活儿?"

"这是命令，"莫格里说，"我暂时是村里的放牛娃。谢尔汗有什么消息吗?"

"他已经回到这个地区来了，他在这里等了你很久。眼下他走了，因为猎物太少。但是他一心要杀死你。"

"很好，"莫格里说，"他不在的时候，你或者四个兄弟里的一个就坐在岩石上，好让我一出村就能够看见你。他回来以后，你就在平原正中间那棵达克树①下的小溪边等我。我们不用自己走进谢尔汗的嘴里去。"

然后莫格里挑选了一块阴凉的地方，躺下睡着了，水牛在他四周吃着草。在印度，放牛是天下最逍遥自在的活儿之一。牛群走动着，嚼着草、躺下，然后又爬起来向前走动，他们甚至不哞哞地

---

① 印度东部的一种树，它的花可做黄色染料。

叫。他们只哼哼,水牛们更是很少说什么,只是一头挨一头走进烂泥塘去,他们一点点钻进污泥里,最后只剩下他们的鼻孔和呆呆瞪着的青瓷色眼睛露在水面上,他们就像一根根圆木头那样躺在那里。酷热的太阳,晒得石头跳起了舞,放牛的孩子听见一只鸢(永远只是一只)在头顶上高得几乎望不见的地方发出呼啸声,他们知道,如果他们死了,或者是一头母牛死了,那只鸢就会扑下来。而在遥远的地方,另一只鸢会看见他下降,于是就跟着飞下来,接着又是一只,又是一只,几乎在他们断气以前,不知从哪里就会出现二十只饿鸢。接着,孩子们睡了,醒来,又睡了,他们用干枯的草叶编了些小篮子,把蚂蚱放进去;或是捉两只螳螂,让他们打架;要不他们就用丛林的红色坚果和黑色坚果编成一串项链;或是观察一只趴在岩石上晒太阳的蜥蜴,或是一条在水坑旁边抓青蛙的蛇。然后他们唱起了漫长的歌曲,结尾的地方都带着当地人奇特的颤音。这样的白天仿佛比大多数人整个一生还要长。他们或许用泥捏一座城堡,还捏些泥人和泥马、泥水牛,他们在泥人手里插上芦苇,他们自己装作国王,泥人是他们的军队,或者他们假装是受人礼拜的神。傍晚到来了,孩子们呼唤着,水牛迟钝地爬出黏糊糊的污泥,发出一声又一声像枪声一样响亮的声音,然后他们一个挨着一个穿过灰暗的平原,回到村子里闪亮的灯火那里。

莫格里每天都领着水牛到他们的泥塘里去,每天他都能看见一英里半以外平原上灰兄弟的脊背(于是他知道谢尔汗还没有回来),每天他都躺在草地上倾听四周的声音,梦想着过去在丛林里度过的时光。在那些漫长而寂静的早晨,哪怕谢尔汗在韦根加河边的丛林里伸出瘸腿迈错了一步,莫格里也会听见的。

终于有一天,在约好的地方他没有看见灰兄弟,他笑了,领着水牛来到了达克树旁的小溪边。达克树上开满了金红色的花朵。灰兄弟就坐在那里,背上的毛全竖了起来。

"他躲了一个月,好叫你放松警惕。昨天夜里他和塔巴克一块翻过了山,正紧紧追踪着你呢。"灰狼喘着气说道。

莫格里皱起了眉头。"我倒不怕谢尔汗,但是塔巴克是很狡猾的。"

"不用怕，"灰兄弟稍稍舔了舔嘴唇说道，"黎明时我遇见了塔巴克，现在他正在对鸢鹰们卖弄他的聪明呢，但是，在我折断他的脊梁骨以前，他把一切都告诉了我。谢尔汗的打算是今天傍晚在村庄大门口等着你——专门等着你，不是等别人。他现在正躺在韦根加的那条干涸的大河谷里。"

"他吃过食了吗？他是不是空着肚子出来打猎的？"莫格里说，这问题的回答对他是生死攸关的。

"他在天刚亮时杀了猎物——一头猪——他也饮过水了。记住，谢尔汗是从来不肯节食的，哪怕是为了报仇。"

"噢，蠢货，蠢货！简直像个不懂事的崽子！他又吃又喝，还以为我会等到他睡过觉再动手呢！喂，他躺在哪儿？假如我们有十个，就可以在他躺的地方干掉他。这些水牛不嗅到他的气味是不会冲上去的，而我又不会说他们的话。我们是不是能转到他的脚印的背后，好让他们嗅出它来？"

"他跳进韦根加河，游下去好长一段路，来消灭自己的踪迹。"灰兄弟说。

"这一定是塔巴克教他的，我知道。他自己

是绝不会想出这个办法的。"莫格里把手指放进嘴里思索着，"韦根加河的大河谷，它通向离这儿不到半英里的平原。我可以带着牛群，绕道丛林，一直把他们带到河谷的出口，然后横扫过去——不过他会从另一头溜掉的。我们必须堵住那边的出口。灰兄弟，你能帮我把牛分成两群吗？"

"我可能不行——不过我带来了一个聪明的帮手。"灰兄弟走开了，跳进一个洞里。接着洞里伸出一个灰色的大脑袋，那是莫格里十分熟悉的，炎热的空气里响起了丛林里最凄凉的叫声——一只在正午时分猎食的狼的吼叫。

"阿克拉！阿克拉！"莫格里拍起巴掌说道，"我早该知道，你是不会忘记我的。我们手头有要紧的工作呢。把牛群分成两半，阿克拉。让母牛和小牛待在一起，成年公水牛和青壮年耕地水年待在一起。"

两只狼跳开了四对舞的花样，在牛群里穿进穿出，牛群呼哧呼哧地喷着鼻息，昂起脑袋，分成了两堆。母水牛站在一堆，把她们的小牛围在中间，她们瞪起眼睛，前蹄敲着地面，只要哪只狼稍稍停下，她们就会冲上前去把他踩死。在另一群里,成年公牛和年轻公牛喷着鼻息、跺着蹄子。不过,他们虽说看起来更吓人,实际上却并不那么凶恶,因为他们不需要保护小牛。就连六个男人也没法这样利索地把牛群分开。

"还有什么指示?"阿克拉喘着气说,"他们又要跑到一块去了。"

莫格里跨到拉玛背上。"把公牛赶到左边去,阿克拉。灰兄弟,等我们走了以后,你把母牛集中到一堆,把她们赶到河谷里面去。"

"赶多远?"灰兄弟问道,他一面喘着气,一面又咬又扑。

"赶到河岸高得谢尔汗跳不上去的地方。"莫格里喊道,"让她们留在那里,直到我们下来。"阿克拉吼着,公牛一阵风似的奔了开去,灰兄弟拦住了母牛。母牛向灰兄弟冲去,灰兄弟悄悄跑在她们的前面,带着她们向河谷底跑去。而阿克拉这时已把公牛赶到左边很远的地方了。

"干得好! 再冲一下他们就开始跑了。小心,现在要小心了,阿克拉。你再扑一下,他们就会向前冲过去了。喔唷! 这可比驱赶黑公鹿要来劲得多。你没想到这些家伙会跑得这么快吧?"

莫格里叫道。

"我年轻的时候也……也捕猎过这些家伙,"阿克拉在尘埃中气喘吁吁地说道,"要我把他们赶进丛林里去吗?"

"哎,赶吧!快点赶他们吧!拉玛已经狂怒起来了。唉,要是我能告诉他,今天我需要他帮什么忙,那该有多好!"

这回公牛被赶向右边,他们横冲直撞,闯进了高高的灌木丛。在半英里外带着牛群观望着的其他放牛孩子拼命跑回村里,喊叫说水牛全都发了狂,说他们都跑掉了。

其实莫格里的计划是相当简单的。他只不过想在山上绕一个大圆圈,绕到河谷出口的地方,然后带着公牛下山,把谢尔汗夹在公牛和母牛群中间,然后捉住他,因为他知道,谢尔汗在吃过食,饮过大量水以后,是没有力气战斗的,并且也爬不上河谷的两岸。他现在用自己的声音安慰着水牛。阿克拉已经退到牛群的后面,只是有时哼哼一两声,催着殿后的水牛快点走。他们绕了个很大很大的圆圈,因为他们不愿离河谷太近,引起谢尔汗的警觉。最后,莫格里终于把弄糊涂了的牛群带到了河谷出口,来到一块急转直下、斜插入河谷的草地上。站在那块高坡上,可以越过树梢俯瞰下面的平原;但是,莫格里却只注视河谷的两岸。他非常满意地看见,两岸非常陡峭,几乎是直上直下,岸边长满了藤蔓和爬山虎,一只想逃出去的老虎,在这里是找不到立足点的。

"让他们歇口气,阿克拉,"他抬起一只手说,"他们还没有嗅到他的气味呢。让他们歇口气。我得告诉谢尔汗是谁来了。我们已经使他落进了陷阱。"

他用双手围住嘴巴,冲着下面的河谷高喊——这简直像冲着一条隧洞叫喊一样——回声从一块岩石弹到另一块岩石。

过了很久,传来了一只刚刚醒来的、吃得饱饱的老虎慢吞吞的带着倦意的咆哮声。

"是谁在叫?"谢尔汗说。这时,一只华丽的孔雀惊叫着从河谷里振翅飞了出来。

"是我,莫格里。偷牛贼,现在是你到会议岩去的时候了!下去!快赶他们下去,阿克拉!下去,拉玛,下去!"

牛群在斜坡边上停顿了片刻,但是阿克拉放

开喉咙发出了狩猎的吼叫,公牛便一个接一个像轮船穿过激流似的飞奔下去,沙子和石头在他们周围高高地溅起。一旦奔跑起来,就不可能停住。他们还没有进入峡谷的河床,拉玛就嗅出了谢尔汗的气味,吼叫起来。

"哈!哈!"莫格里骑在他背上说,"这下你可明白了!"只见乌黑的牛角、喷着白沫的牛鼻子、鼓起的眼睛,像洪流一般冲下河谷,如同山洪暴发时,大圆石头滚下山去一样;体弱的水牛都被挤到河谷两边,他们冲进了爬山虎藤里。他们知道眼下要干什么——水牛群要疯狂地冲锋了,任何老虎都挡不住他们。谢尔汗听见了他们雷鸣般的蹄声,便爬起身来,笨重地走下河谷,左瞧右瞧,想找一条路逃出去。可是河谷两边的高坡是笔直的,他只好向前走去,肚里沉甸甸地装满了食物和水,这会儿叫他干什么别的都可以,就是不想战斗。牛群践踏着他刚才离开的泥沼,他们不停地吼叫着,直到狭窄的河沟里充满了回响。莫格里听见河谷底下传来了回答的吼声,看见谢尔汗转过身来(老虎知道,到了紧急关头,面向着公牛比向着带了小牛的母牛总要好一点),接着拉玛被绊了一下,打了个趔趄,踩着什么软软的东西过去了,那些公牛都跟在他身后,他们迎头冲进了另一群牛当中,那些不那么强壮的水牛挨了这一下冲撞,都被掀得四蹄离了地。这次冲刺使两群牛都涌进了平原,他们用角抵,用蹄子践踏,喷着鼻息。莫格里看准了时机,从拉玛脖子上出溜下来,拿起他的棍子左右挥舞。

"快些,阿克拉!把他们分开。叫他们散开,不然他们彼此会斗起来的。把他们赶开,阿克拉。嗨,拉玛!嗨!嗨!嗨!我的孩子们,现在慢些,慢些!一切都结束了。"

阿克拉和灰兄弟跑来跑去,咬着水牛腿。牛群虽说有一次想回过头冲进河谷,莫格里却设法叫拉玛掉转了头,其余的牛便跟着他到了牛群打滚的泥沼。

谢尔汗不需要牛群再去践踏他了。他死了,鸢鹰们已经飞下来啄食他了。

"兄弟们,他死得像只狗,"莫格里说,一面摸着他的刀。他和人生活在一起以后,这把刀老是挂在他脖子上的一把刀鞘里。"不过,反正他根本是不想战斗的,他的毛皮放在会议岩上一定很漂亮,我们得赶快动手干起来。"

一个在人们中间教养大的孩子,做梦也不会想独自去剥掉一只十英尺长的老虎的皮,但是莫格里比谁都了解一只动物的皮是怎样长上的,也知道怎样把它剥下来。然而这件活儿确实很费力气,莫格里用刀又砍又撕,累得嘴里直哼哼,干了一个钟头,两只狼在一边懒洋洋地伸出舌头。当他命令他们的时候,他们就上前帮忙拽。

一会儿,一只手搭上了他的肩头,他抬头一看,是那个有支陶尔步枪的布尔迪阿。孩子们告诉村里人,水牛全惊跑了,布尔迪阿怒冲冲地跑出来,一心要教训莫格里一番,因为他没有照顾好牛群。狼一看有人来了,便立刻溜开了。

"这是什么蠢主意?"布尔迪阿生气地说,"你以为你能剥下老虎的皮!水牛是在哪里踩死他的?哦,这还是那只跛脚虎哩,他的头上还悬了一百卢比的赏金。好啦,好啦,把牛群吓跑的事,我们就不跟你计较了,等我把虎皮拿到卡里瓦拉去,也许还会把赏金分给你一卢比。"他在围腰布里摸出打火石和火镰,蹲下身子去烧掉谢尔汗的胡须。当地许多猎人总是烧掉老虎的胡须,免得老虎的鬼魂缠上自己。

"哼!"莫格里仿佛是对自己说,同时撕下了老虎前爪的皮,"原来你想把虎皮拿到卡里瓦拉去领赏钱,也许还会给我一个卢比?可是我有我的打算,我要留下虎皮自己用。喂,老头子,把火拿开!"

"你就这样对村里的猎人头领说话吗?你杀死这只老虎,全凭了你的运气和你那群水牛的蠢劲。这只老虎刚刚吃过食,不然到这时他早已跑到二十英里外去了。你连怎么好好剥他的皮都不会,小讨饭娃,好哇,你确实应该教训我不要烧他的胡须,莫格里,这下子我一个安那赏钱也不给你了,还要给你一顿好揍。离开这具尸体!"

"凭赎买我的公牛起誓,"莫格里说,他正在设法剥下老虎的肩胛皮,"难道整个中午我就这么听一只老人猿唠叨个没完吗?喂,阿克拉,这个人老缠着我。"

布尔迪阿正弯腰朝着老虎脑袋,突然发现自己被仰天掀翻在草地上,一头灰狼站在他身边,而莫格里继续剥着皮,仿佛整个印度只有他一个人。

"好——吧,"他低声说道,"你说得完全对,布尔迪阿。你永远也不会给我一安那赏钱。这只跛老虎过去和我有过冲突——很久以前的冲突，而我赢了。"

说句公道话，如果布尔迪阿年轻十岁的话，他在森林里遇见了阿克拉，是会和他比试一下的，但是一只听这孩子命令的狼——而这个孩子又和吃人的老虎在很久以前有私人冲突，这只狼就不是一只普通的野兽了。布尔迪阿认为这是巫术，是最厉害的妖法，他很想知道，他脖子上戴的护身符是不是能够保护他。他躺在那里，一点也不敢动，他随时准备看见莫格里也变成一只老虎。

"王爷！伟大的国王！"他终于嘶哑着嗓子低声说道。

"嗯。"莫格里没有扭过头来，抿着嘴轻声笑了。

"我是个老头子。我不知道你不仅是个放牛孩子。你能让我站起来离开这儿吗？你的仆人会把我撕成碎片吗？"

"去吧，祝你一路平安。只不过下一次再也不要乱插手我的猎物了。放他走吧，阿克拉。"

布尔迪阿一瘸一拐拼命朝村里跑，他不住地

回头瞧,害怕莫格里会变成什么可怕的东西。他一到村里,就讲出了一个净是魔法、妖术和巫术的故事,使得祭司听了脸色变得十分阴沉。

莫格里继续干他的活,但直到将近傍晚,他和狼才把那张巨大的花斑皮从老虎身上剥下来。

"我们现在先把它藏起来,把水牛赶回家。来帮我把他们赶到一块吧。阿克拉。"

牛群在雾蒙蒙的暮色中聚到一块了,当他们走近村子时,莫格里看见了火光,听见海螺呜呜地响,铃儿叮当地摇。村里一半的人似乎都在大门那里等着他。"这是因为我杀死了谢尔汗。"他对自己说。但是一阵雨点似的石子在他耳边呼啸而过,村民们喊道:"巫师!狼崽子!丛林魔鬼!滚开!快些滚开,不然祭司会把你变回一只狼。开枪,布尔迪阿,开枪呀!"

那支旧陶尔步枪砰的一声开火了,一头年轻的水牛痛得吼叫起来。

"这也是巫术!"村民叫喊道,"他会叫子弹拐弯。布尔迪阿,那是你的水牛。"

"这是怎么回事呀?"石头越扔越密,莫格里摸不着头脑地说。

"你这些兄弟跟狼群没什么两样，"阿克拉镇定自若地坐下说，"我看，假如子弹能说明什么的话，他们是想把你驱逐出去。"

"狼！狼崽子！滚开！"祭司摇晃着一根神圣的罗勒树枝叫喊道。

"又叫我滚吗？上次叫我滚，因为我是一个人。这次却因为我是只狼。我们走吧，阿克拉。"

一个妇人——她是米苏阿——跑到牛群这边来了，她喊道："啊，我儿，我儿！他们说你是个巫师，能随便把自己变成一只野兽。我不相信，但是你快走吧，不然他们会杀死你的。布尔迪阿说你是个巫师，可是我知道，你替纳索的死报了仇。"

"回来，米苏阿！"人们喊道，"回来，不然我们就要向你扔石头了。"

莫格里恶狠狠地、短促地笑了一声，因为一块石头正好打在他的嘴巴上。"跑回去吧，米苏阿。这是他们黄昏时在大树下面编的一个荒唐的故事。我至少为你儿子的生命报了仇。再会了，快点跑吧，因为我要把牛群赶过去了，比他们的碎砖头块还要跑得快。我不是巫师，米苏阿。再会！"

"好啦，再赶一次，阿克拉，"他叫道，"把牛群赶进去。"水牛也急于回到村里。他们几乎不需要阿克拉的咆哮,就像一阵旋风冲进了大门,把人群冲得七零八散。

"好好数数吧!"莫格里轻蔑地喊道,"也许我偷走了一头牛呢。好好数数吧,因为我再也不会给你们放牛了。再见吧,人的孩子们,你们得感谢米苏阿,因为她,我才没有带着我的狼沿着你们的街道追捕你们。"

他转过身,带着孤狼走开了。当他仰望着星星时,他觉得很幸福。"我不必再在陷阱里睡觉了,阿克拉。我们去取出谢尔汗的皮,离开这里吧。不,我们绝不伤害这个村庄,因为米苏阿待我是那么好。"

当月亮升起在平原上空,使一切变成了乳白色的时候,吓坏了的村民看见了身后跟着两只狼的莫格里,他的头上顶着一包东西,正用狼的平稳小跑姿势赶着路,狼的小跑就像大火一样,把漫长的距离一下子就消灭掉了。于是他们更加使劲地敲起了庙宇的钟,更响地吹起了海螺;米苏阿痛哭着,布尔迪阿把他在丛林里历险的故事添枝加叶讲了又讲,最后竟说,阿克拉用后脚直立起来,像人一样说着话。

莫格里和两只狼来到会议岩的山上，月亮正在下沉，他们先在狼妈妈的山洞停下。

"他们把我从人群里赶了出来，妈妈，"莫格里喊道，"可是我实现了诺言，带来了谢尔汗的皮。"狼妈妈从洞里费力地走了出来，后面跟着狼崽们，她一见虎皮，眼睛便发亮了。

"那天他把脑袋和肩膀塞进这个洞口，想要你的命，小青蛙，我就对他说：捕猎别人的，总归要被人捕猎的。干得好。"

"小兄弟，干得好。"一个低沉的声音从灌木丛里传来，"你离开了丛林，我们都觉得寂寞。"巴希拉跑到莫格里赤裸的双脚下。他们一块爬上会议岩，莫格里把虎皮铺在阿克拉常坐的那块扁平石头上，用四根竹钉把它固定住。阿克拉在上面躺了下来，发出了召集大会的老的召唤声——"瞧啊——仔细瞧瞧，狼群诸君！"正和莫格里初次被带到这里时他的呼叫一模一样。

自从阿克拉被赶下台以后，狼群就没有了首领，他们可以随心所欲地行猎和殴斗。但是他们出于习惯，回答了召唤，他们中间，有些跌进了陷阱,变成了瘸子;有些中了枪弹,走起来一拐一拐;另一些吃了不洁的食物,全身的毛变得癞巴巴的。还有许多只狼下落不明,但是剩下的狼全都来了,他们来到会议岩,看见了谢尔汗的花斑毛皮摊在岩石上,巨大的虎爪连在空荡荡的虎脚上,在空中晃来晃去。就是在这时,莫格里编了一首不押韵的歌,这首歌自然而然地涌上了他的喉头,他便高声把它喊出来。他一面喊,一面在那张嘎嘎响的毛皮上蹦跳,用脚后跟打着拍子,直到他喘不过气来为止。灰兄弟和阿克拉也夹在他的诗节中间吼叫着。

"仔细瞧吧,噢,狼群诸君!我是否遵守了诺言?"莫格里喊完以后说。狼群齐声叫道:"是的。"一只毛皮零乱的狼嗥叫道:

"还是你来领导我们吧,啊,阿克拉。再来领导我们吧,啊,人娃娃,我们厌烦了这种没有法律的生活,我们希望重新成为自由的兽民。"

"不,"巴希拉柔声说道,"不行。等你们吃饱了,那种疯狂劲儿又会上来的。把你们叫做自由的兽民,不是没有缘故的。你们不是为了自由而战斗过了吗,现在你们得到了自由。好好享受它吧,狼群诸君。"

"人群和狼群都驱逐了我,"莫格里说,"现在我要独自在丛林里打猎了。"

"我们和你一起打猎。"四只小狼说。

于是从那天起,莫格里便离开了那里,和四只小狼在丛林中打猎。但是他并没有孤独一辈子,因为许多年以后,他长大成人,结了婚。

不过,那是一个讲给成年人听的故事了。

国王的象叉

有四样最最贪得无厌的东西，

　　自古以来从没有感到满足，

茄卡那鸟的嘴巴，

　　鸢的胃口，

　　无尾猿的手和人的眼睛。

——丛林谚语

　　这是大蟒蛇卡阿出生以来大约第二百次蜕皮。莫格里从来没有忘记陷进冰冷的兽穴的那个夜晚，幸亏卡阿救了他一命——这种事你也许还记得——于是这次便去祝贺他蜕皮。蛇在蜕皮时总是情绪低沉，闷闷不乐，一直要到新的蛇皮变得

光亮美观的时候为止。现在卡阿再也不拿莫格里
取笑了,而是像丛林里的其他兽族一样,把他奉为
丛林的大王,他经常把像自己这么大的身躯的蟒
蛇自然而然能打听到的消息都告诉莫格里。卡阿
对人们所谓的中部丛林可说是了如指掌——凡是
有关地面上跑的、地底下跑的、石头上待着的、地
洞里住着的,还有在树上住着的那些生物的事情,
他都知道——他不知道的事,满可以全部写在他
身上最小的一块鳞片上。

那天下午,莫格里正坐在卡阿蜷成一团的身
体中间,抚摸着卡阿刚蜕下的那身破破烂烂,碎成
一片片的旧蛇皮。这块蛇皮还像卡阿蜕掉它的时
候那样,纠结在一块,扭得乱七八糟,扔在岩石中
间。卡阿非常殷勤地把自己的身躯垫在莫格里光
裸的宽肩膀后面,所以这个少年简直像靠在一张
活躺椅里一样舒服。

"连眼睛上的鳞片也是十全十美的,"莫格里
抚弄着旧蛇皮,悄声说道,"看见自己脑袋上的皮
躺在自己脚底下,真有点不可思议!"

"是呀,不过我没有脚,"卡阿说,"而且蜕皮
既然是我们这族的规矩我也就不觉得有什么奇怪

了。你的皮难道从来没有感到破旧和粗糙的时候吗？"

"要是那样，我就去洗洗，扁脑袋；不过，在热极了的暑天里，我倒真的希望我能一点不觉得疼地把皮脱下来，光溜溜地到处跑。"

"我洗自己，可是同时也脱掉我的皮。你瞧我这身新外衣怎么样？"

莫格里顺着他巨大脊背上的垂直的方格花纹摸下去。"乌龟的背比你更硬，可是没你的鲜艳，"他精明地说，"和我同名的青蛙比你鲜艳，可是没有你坚硬。你的外皮看上去真美——就像百合花蕊边缘上的斑纹。"

"它还缺点水。一张新皮不洗一次澡是不会把全部颜色都显出来的。我们去洗个澡吧。"

"我抱你去吧。"莫格里说，于是他乐呵呵地俯下身子，想把卡阿那巨大的躯体的中间那一段，正好是最粗的那一段身子抱起来。这就好比一个人想抬起一根两英尺长的总水管一样。卡阿纹丝不动地躺在那里，鼓起双颊，暗自觉得有趣。接着，他们每天傍晚都要玩的游戏开始了——一个是充溢着巨大精力的男孩子，另一个是换了一身华丽新皮的蟒蛇,开始互相交手,进行一场摔跤比赛,这是眼力和劲头的较量。当然,只要卡阿使足了劲头,他完全能把哪怕是十二个莫格里压成肉泥;但是他玩得很小心,从来不把劲头使出十分之一来。自从莫格里长大了,能承受住一点点粗暴待遇时起,卡阿就教会了他这种游戏,这比什么其他办法都更能锤炼他的四肢。有时,莫格里几乎被卡阿绕成一圈圈的滑动的躯体团团围住,直到嗓子眼那里。他使劲想松出一只手臂,好抓住卡阿的喉咙。接着,卡阿突然变软了,松开了,莫格里就会趁着卡阿巨大的蛇尾向后摆动,去找一块石头或者树桩撑住身体的时候,飞快地移动脚步,不让它找到支撑点。这时他们便互相抱着头滚来滚去,相互窥伺着时机,于是这一对像雕塑般健美的对手就变成了一团黄黑色的蛇圈和胡乱挣扎的胳臂和腿,一次又一次地倒下,然后又竖立起来。"嗨!嗨!嗨!"卡阿说道,他伸出脑袋一次次佯装进攻的样子,快得连莫格里那样敏捷的手也无法把它推开,"瞧吧!我碰着你这儿啦,小兄弟!这儿,还有这儿!你的手麻木了吗?这儿又是一下!"

　　游戏总是用同一种方式结束——蛇脑袋一记笔直有力的打击,把男孩打翻在地。莫格里始终没学会如何对付那一记闪电似的袭击,而卡阿说,他根本用不着想去对付它。

　　"祝你打猎顺利!"卡阿最后咕噜道;而莫格里像往常一样,一下子被摔到了六码以外的地方,一面喘着气,一面大笑。他抓了满满一手的青草,从地上站起来,跟在卡阿后面,来到这条聪明的蛇最心爱的洗澡的地方——这是一汪围在岩石中间的黑洞洞的深水潭,旁边散布着沉入地里的树桩,给这地方添加了一些情趣。小伙子照丛林的方式,静悄悄地溜进水里,潜水到了对岸,然后同样静悄悄地冒出水面,仰面躺着,两只胳臂交叉在脑袋后面,望着升起在岩石上面的月亮,用脚丫子把月亮映在水里的影子搅碎。卡阿钻石形状的脑袋像一把剃刀划开了湖水,他浮出水面,正好躺在莫格里的肩头上。他们就这样静静地躺着,舒舒服服地浸泡在清凉的水里。

　　"真棒呀,"莫格里终于睡意蒙眬地说道,"这会儿,在'人群'里,我记得每到这个时候,他们就把一些坚硬的木头片放进一个泥做的陷阱里,他们仔细地把清新空气都关在门外以后,便用一块臭气扑鼻的布蒙住他们的笨脑袋,鼻子里哼呀咳地唱起邪恶的歌来。丛林里可比他们那里好得多。"

一条匆忙赶路的眼镜蛇从一块岩石背后出溜下来,饮了水后,对他们说了声"打猎顺利"便走开了。

"咝!"卡阿说,他仿佛刚刚想起了什么事,"丛林满足了你的一切愿望,是吗,小兄弟?"

"并不是一切愿望都满足了,"莫格里笑着说道,"否则每个月都得再出生一头新的强壮的谢尔汗,好让我把他杀死。现在,我可以用自己的手杀死他了,不用请水牛们帮忙。另外,我曾经希望在雨季里能够阳光普照,而在夏天最酷热的时候,我希望雨水能盖住阳光;还有,我每次饿着肚子的时候,总是希望我能杀死一头山羊;每次我杀了一头山羊的时候,又总是希望它是一头公鹿;而当我杀了一头公鹿的时候,我又希望它是一头大羚羊。不过,人心不知足,我们全都这样。"

"你没有别的愿望了吗?"大蛇问道。

"我还能有什么更多的愿望呢? 我有丛林,

还有丛林赐给我的一切恩惠！在日出和日落之间，还有什么地方的东西比这儿更丰富呢？"

"喂，那条眼镜蛇说……"卡阿开口说道。

"哪条眼镜蛇？是那条刚才没说什么就走开的眼镜蛇吗？他正在打猎。"

"我说的是另一条。"

"你和那些有毒的兽族有很多来往吗？我总是让他们走自己的路。他们的门牙里携带着死亡，那可不是件好事——因为他们是那么小。不过，和你说话的那条蛇的头兜是什么样的？"

卡阿在水里慢吞吞地翻了个身，就像在横浪里前进的一艘火轮船一样。"三四个月以前，"他说，"我在'冰冷的兽穴'那儿狩猎，那地方你大概没忘记吧。我捕猎的那家伙尖叫着逃过蓄水池，逃进那所房子——就是我曾经为了救你而砸破它的墙的那所房子——钻进地洞里去了。"

"可是'冰冷的兽穴'里的兽族并不是生活在地洞里的。"莫格里明白卡阿指的是猴子。

"这家伙并不是在'生活'，倒是想要'生活'下去，"卡阿回答说，他的舌头颤动了一下，"他钻进一条很深很长的地洞里。我跟踪上去，捕杀了他以后，我就睡了。我醒来以后就向前走去。"

"在地底下吗？"

"正是。后来我遇见了一条'白头兜'（白眼镜蛇），他告诉了我一些我不知道的事，还带我看了许多我从来没有见过的东西。"

"是新的猎物吗？你的狩猎成功吗？"莫格里迅速地侧过身来。

"那不是猎物，而且会把我所有的牙齿都咬断的。可是'白头兜'说，人——他对人类是很了解的——人为了能看一眼这些东西，哪怕舍出命来也肯干的。"

"我们去看一看吧，"莫格里说，"我现在记起了，我也曾经是人。"

"慢些——慢些。那条吃掉了太阳的黄蛇，就是因为匆忙才送了命。我们在地下谈了起来，我提到了你，说你是一个人。'白头兜'说——他的确和丛林一样老了——'我有很久没见到一个人了。叫他来吧，他会看见所有这些东西的。许多人为了这里最小的一件东西也愿意舍掉性命。'"

"那肯定是什么新的猎物。可是那些有毒的

兽族遇到猎物时是从来不通知我们的。他们是很不友好的一族。"

"它们不是猎物。它是……它是……我说不出它是什么。"

"我们到那里去吧。我还从没见过一条'白头兜',另外我还想看看那些东西。他捕杀它们吗?"

"它们是没有生命的东西。他说,他是那一切东西的看守人。"

"噢!就像一只狼看守着他拖回自己巢穴里去的肉那样。我们走吧。"

莫格里游向岸边,在草地上滚干了身体,他们两个便出发到"冰冷的兽穴"去了。这是一个荒无人迹的城市遗址,你大概听说过它。莫格里那时一点也不怕猴群了,可是猴群却对莫格里怕得要命。不过,他们一族全到丛林里劫掠去了,所以在月光下,"冰冷的兽穴"是空旷寂静的。卡阿带路来到阳台上王妃亭的废墟,他从一堆垃圾上溜了过去,钻进了亭子中心通往地下的那座堵住了一半的楼梯。莫格里先是发出了一声蛇的呼喊:"你和我,我们是同胞。"然后手脚并用,跟在后面。他们爬进一个长长的倾斜的通道。通道拐来拐去,拐了好几个弯,最后他们爬到一个地方,那里有一棵离地三十英尺的巨大的树,树根把墙上一块实心的石头顶了出来。他们就从这个窟窿里爬了过去,爬进了一间很大的地下洞窟,洞窟的圆顶也被树根顶破了,因此有几道光线从洞顶射进黑暗中。

"这是个很安全的窝,"莫格里稳稳站起身来说,"可惜太远了,没法天天来。好吧,我们来看的那些东西在哪里?"

"难道我不值得看吗?"洞窟正中有个声音说道。莫格里看见有个白色的东西在移动,一条他所见过的最大的眼镜蛇慢慢地直立起来——这条蛇足有八英尺长,由于长期待在黑暗里,身体的颜色已经褪成了陈旧的象牙般的白色。就连蛇的头兜也褪成了淡黄色。他的眼睛像红宝石一样鲜红。总而言之,这条蛇简直奇妙极了。

"祝你打猎顺利!"莫格里说,他从不忘记对人要有礼貌,就跟他从不忘记带上他的小刀一样。

"关于那座城市有什么消息吗?"白眼镜蛇没有回答他的问候,却这样问道,"就是那座有围墙的巨大的城市——那个拥有一百头象、两千匹马和不计其数的牛羊的城市——那个统率着二十个国王的王中之王的城市？我的耳朵在这里已经变聋了，我很久没听见他的作战的锣声了。"

"我们的头顶上是丛林，"莫格里说，"我只认识象群里的哈西和他的儿子们。巴希拉把一个村庄里所有的马都杀死了，而且，什么是国王呀？"

"我告诉过你了，"卡阿温和地对眼镜蛇说，"四个月以前我就告诉过你，你的城市已经不存在了。"

"那座城市——那座森林中的巨大城市，它所有的城门都由国王的塔楼把守着——它是永不会被消灭的。还在我父亲的父亲从蛇卵里孵化出来以前，他们就建立了那座城市，它会一直存在，直到我的儿子们的儿子也变得像我一样白！它是由叶迦苏里的儿子维叶加，维叶加的儿子昌德拉比加，昌德拉比加的儿子萨洛姆狄在巴帕·拉瓦文时代建造起来的。你是属于谁家的牲口？"

"此路不通，"莫格里转过脸对卡阿说道，"我听不懂他说的话。"

"我也听不懂。他太老了。眼镜蛇的父亲

啊,这里只有丛林,自古以来它就在这里。"

"那么,他是谁,"白眼镜蛇说道,"那个坐在我面前,毫不害怕,不知道国王是什么,用人的嘴说着我们的话的人是谁?那个佩带小刀,会讲蛇的语言的人是谁?"

"他们叫我莫格里,"回答是这样的,"我来自丛林。狼是我的同胞,这里的卡阿是我的兄弟,眼镜蛇的父亲啊,你是谁?"

"我是国王宝藏的看守人。当我的皮肤还是黑色的时候,库伦王公建造了我头顶上这座石窟,命令我用死亡来教训那些前来盗宝的人。然后他们从上面把珠宝放进石窟里,那时我听见了我们的主人婆罗门的歌声。"

"嗯!"莫格里自言自语,"我在'人群'里的时候,已经跟一个婆罗门打过了交道,我心里有数。邪恶也会来到这里。"

"自从我待在这儿以后,上面的石头已经被掀起过五次,每次都是为了放进更多的珍宝,从来没有取出去过。不论在哪儿都没有这样的宝藏,这是属于一百个国王的珍宝。可是在最后一次石盖被掀起以后,已经过去了很久很久了,我还以为我的城市把我们忘了呢。"

"城市已经没有了。抬头看看吧,在你头顶上,大树的树根把石头都掀开了。树和人是不会在一块长大的。"卡阿坚持道。

"有两三回,人们找到了这个地方,"白眼镜蛇恶狠狠地说,"他们在黑暗里摸索,可是他们一直没出声,接着,他们只短短地喊叫了一声。可是你们却带着谎话来到这里,你们两个:人和蛇,你们要使我相信城市已经不存在了,我的看守职责也就结束了。多少年来,人的变化不大。可是我是决不改变的!我要一直等到石盖被掀起,婆罗门教徒们唱着我知道的歌走下地窖,用热牛奶喂我,把我带到明亮的地方去的时候,否则我……我……我,而不是别人,仍然是国王宝藏的看守官!你们说城市已经死亡了,你们说,树根长到了这里?那么,你们弯下腰随便拿吧。天下没有这样的珍宝。那个会说蛇的语言的人,你要是能从你进来的地方活着出去,那么那些小国王们就都要听从你的命令了!"

"还是此路不通,"莫格里泰然自若地说道,"难道真有一头豺钻到这么深的地方,咬了这位伟大的'白头兜'一口吗？他肯定是疯了。眼镜蛇的父亲啊，我看不见这儿有什么东西可以拿走。"

"我以太阳和月亮的神明的名字起誓，这孩子犯了疯病，是在找死啊！"眼镜蛇嘘嘘地说道，"在叫你合上眼以前，我赐给你这个恩惠。瞧吧，瞧瞧从来没有人看见过的东西！"

"还没有哪个丛林里的生物敢说什么赐给莫格里恩惠的话呢，"男孩子低声说道，"不过，我想，在这片黑暗的地方大概谁都会变样的。好吧，我就看看，如果这会使你高兴的话。"

他眯起双眼朝洞窟四周望去，然后从地上拾起一把闪闪发亮的东西。

"啊哈！"他说道，"这很像在'人群'里他们常常玩的那种东西；不过这是黄色的，他们玩的都是褐色的。"

他扔下了手里那些金币，向前走去，洞窟的地上堆积的金币和银币足有五、六英尺深。它们已经撑破了原来包装它们的麻袋而滚落出来，由于年深日久，这些金属就像在退潮时滞留下来的沙砾一样，压得紧紧地堆成一堆。一些镶着珠宝的、有浮雕花样的银制象轿,散落在金币和银币上面,或是从金币里面露出来,就像沉船在沙砾中显露出来一样,它们外面点缀着锤得薄薄的金片,上面还装饰着红宝石和绿松石。这里还有女王使用的肩舆和暖轿,它们的骨架是用银和上釉的珐琅制作的,轿杠的把手是翡翠做的,窗帘的吊环是琥珀做的;这儿还有装饰着绿宝石的金烛台,穿了孔的绿宝石在烛台支架上晃动;这儿还有已被人遗忘的神明的银制神像,它们有五英尺高,装饰着饰钉,眼睛是用宝石做的;这儿还有嵌金的锁子钢甲,边缘上缀着乌黑的、已经朽坏的细粒珍珠;这里还有顶上饰以一串串深红色红宝石的头盔;这儿还有用龟甲和水牛皮制作的漆盾牌,上面饰以镏金片,边缘上嵌着绿宝石;这儿还有一捆捆柄上镶着钻石的宝剑、匕首和猎刀;这儿还有献祭用的金碗和金勺;还有设在地下从没见过天日的轻便祭坛;这儿还有玉杯和玉镯;这儿还有香炉,梳子,装香水、染指甲水和眼膏的带有浮雕的金瓶;这儿还有数不清的鼻环、臂箍、束发带、指环和腰带;这儿还有七指宽的嵌有四方形钻石和红宝石的皮腰带;还有箍了三层铁圈的木箱,箱子的木头已经朽烂成了粉末,露出里面装的一堆堆的没有琢磨过的星形蓝宝石、蛋白石、猫眼石、蓝宝石、红宝石、钻石、祖母绿、石榴石。

"白头兜"说得不错。不论多少钱也买不到这些宝藏。这是经过多少个世纪的战乱、抢劫、贸易和税收,经过仔细筛选和淘汰而后挑选出来的宝物。不要说那些宝石,仅仅那些钱币,就是无价之宝;这里的金银大约净重两三百吨。现在印度的每个土著王公,不论怎么穷,总有一笔家藏的财宝,他们总是不断地往里面增加东西;虽说隔很久会出一个比较开明的王公,他也许会派四五十头水牛载着银子,去换取政府的安定,可是绝大多数王公都保存了他们的宝藏,并且秘而不宣,牢牢保守着自己的秘密。

莫格里当然不会懂得这些财宝的含义。其中那些匕首使他稍稍产生了一点兴趣,可是它们不像他自己那把刀有准头,因此他又把它们扔掉了。最后,他在一只象轿前面,找到一样被钱币埋掉一半的东西,它可真正使他着了迷。那是根三英尺长的象叉,或者叫象刺——样子有些像一根小小的带钩的撑船篙子。把手的顶部有一块光彩夺目

的圆形红宝石,把手约有八英寸长,密密麻麻嵌满
了天然绿松石,握起来非常方便。接下来是一个
翡翠环,上面雕着一朵花——红宝石做的花瓣,嵌
在冰凉的绿宝石叶片之中。把手的其余部分是一
根纯粹的象牙。象叉的顶端是一根尖刺和一只钩
子——都是钢的,外面镏金,刻有猎象的图画,这
些图画吸引了莫格里,他看出这些图画和他的大
象朋友沉默的哈西有些关系。

"白头兜"一直紧紧地跟在他身后。

"为了看看这些,难道不值得舍掉性命吗?"
他说道,"你瞧,我难道没有大大地帮你的忙吗?"

"我不懂,"莫格里说,"这些东西又硬又冷,
一点也不好吃。不过这个,"他举起了象叉,"我
想拿到太阳底下去瞧瞧。你说这些东西全都属于
你吗?你能不能把它送给我?我会给你抓些青蛙
来吃的。"

"白头兜"恶意地笑了,笑得全身都抖动起
来。"我当然肯送给你,"他说道,"这儿的一切我
都送给你,只要你能离开这个地方。"

"可是我现在就要离开。这里又黑暗又冰
冷,我想把这个有尖刺的东西拿到丛林里去。"

"看看你的脚下。那儿是什么？"

莫格里拾起一块白白的光滑的东西。

"它是一个人的头骨。"他安然说道，"这儿还有另外两块头骨。"

"他们是许多年前想来拿走宝藏的。我在黑暗里和他们说了话，于是他们就安安静静地躺下了。"

"可是我要这叫做宝藏的东西干什么？你只要让我拿走象叉，我这次狩猎就算没有白来。就是不给我，也不要紧，我的狩猎仍然是成功的。我不爱跟有毒的兽族打架，人家也教过我你们这一族的行话。"

"这儿只有一句行话。它是属于我的！"

卡阿眼睛熠熠发光，挺身上前。"是谁叫我把人带到这儿来的？"他咝咝地说道。

"当然是我，"老眼镜蛇口齿不清地说道，"我很久没有看见人了，而且这个人还会说我们的语言。"

"可是我们没有说过要杀死他呀。你叫我怎么能回到丛林里去，让别人说是我害死他的？"

"不到时候，我不会说出杀他的话，至于你回不回去,那边墙上有个洞。住嘴吧,你这宰猴子的胖家伙! 我只要碰一下你的脖子,丛林里就再也不会见到你了。到这里来的人还从来没有活着出去的。我是国王城市的宝藏看守人!"

"可是,你这个黑洞里的白蛆虫,我告诉你,国王和城市都不存在了! 我们的四周全是丛林!"卡阿喊道。

"宝藏还在。不过,我们可以这样办。等一等,岩石里的卡阿,让那男孩跑吧。这儿地方很大,够我们好好玩玩的。生命是宝贵的。来回跑跑,玩一玩吧,孩子!"

莫格里悄悄地伸手摸摸卡阿的头顶。

"这个白家伙直到现在只跟'人群'里的人打过交道。他并不了解我。"他悄声耳语道,"这次狩猎是他自己要求的,就让他试试吧。"莫格里本来是刺尖朝下握着象叉的,他迅速地把它抛了出去,象叉斜着横飞出去,正好落在那条大蛇的头兜后面,把他牢牢钉在地上。一瞬间,卡阿便扑到了那扭曲的躯体上,使他从头到尾都无力动弹。他那红眼睛燃烧着,没有钉住的六英寸花脑袋狂怒地向左右扑打着。

"杀死他!"就在莫格里的手伸出去拔出小刀时,卡阿说道。

"不,"他抽出刀来说,"今后,除了找食物,我再也不杀生了。可是,你瞧瞧吧,卡阿!"他揪住蛇的头兜,用刀锋撬开他的嘴,显出了上颚里那对可怕的毒牙,它埋在牙床里,已经萎缩发黑了。像蛇类通常那样,这条白眼镜蛇已经老得没有毒汁了。

"苏(它已经干涸了)①。"莫格里说道,他挥手叫卡阿让开,拾起象叉,放开了白眼镜蛇。

"国王的宝藏需要一个新的看守了,"他郑重地说道,"苏,你可没有干好自己的工作啊,还是来回跑跑,玩玩吧,苏!"

"我太惭愧了。杀死我吧!"白眼镜蛇咝咝地说。

"杀人的话已经说得太多了。我们现在要走了。我要拿走这个带尖刺的东西,苏,因为我和你交了手,打败了你。"

"好吧,瞧瞧到头来这东西会不会把你杀死。

---

① "苏"的字面意思是"腐烂的树桩"。

它就是死亡！记住，它就是死亡！这一种东西就足够杀死我的城市里所有的人。丛林里来的人，你占有它的时间不会长的，从你那儿抢走它的人，占有它的时间也不会长的。他们会为了它杀人，杀啊，杀个没完！我的力量已经干涸了，可是这根象叉会代替我干活的。它就是死亡！它就是死亡！它就是死亡！"

莫格里从那个洞里爬回到地道里，他最后一眼看见的是白眼镜蛇疯狂地用他无毒的毒牙啃着地上那些神像的坚硬的金脸，咝咝地说："它就是死亡！"

他们回到阳光下面，心里很痛快。他们回到自己的丛林以后，莫格里转动象叉，让它在晨曦中闪闪发光，高兴得就像他找到了一丛新的花朵插在头发里一样。

"这比巴希拉的眼睛还亮，"他旋转着红宝石高兴地说，"我要把它拿去给他看看。可是那个苏说什么死亡，那是什么意思？"

"我也说不清。他没有挨你的刀子，我觉得非常可惜。在'冰冷的兽穴'里总是有些邪恶的东西——不管是在地上还是地下。可是我现在觉得饿了,今天早晨你同我一块去打猎好吗?"卡阿说道。

"不,我一定得让巴希拉看看这东西。祝你狩猎顺利!"莫格里手舞足蹈地挥舞着象叉走开了。他不时停下来欣赏它,直到他来到巴希拉经常待的那块丛林里的地方。他看见巴希拉吃过丰盛的猎物以后正在饮水。莫格里把自己的冒险事迹从头到尾告诉了他,巴希拉一面听着,不时嗅嗅那根象叉。当莫格里讲到白眼镜蛇最后的话时,豹子呼噜呼噜地表示赞同。

"那么'白头兜'讲的是实话喽?"莫格里急忙问道。

"我是出生在奥德普尔国王的兽笼里的。我心里明白,我对人还是有点了解的。有好多人单是为了一大块红石头,是会一晚上杀掉三条性命的。"

"但是石头拿在手里多重啊。我那把发亮的小刀要好得多。而且,你瞧!那红石头不能吃。那么他们究竟为什么要杀人呢?"

"莫格里,去睡觉吧。你在人当中生活过,而且……"

"我记得。人们杀生不是为了打猎——是为了无聊，为了取乐。醒醒吧，巴希拉。这个有尖刺的东西是做什么用的？"

巴希拉的眼睛半睁半闭——他太困了——眼里发出恶意的闪光。

"它是人们造出来，用来扎哈西的儿子们的脑袋，好让它流出血来的。我在奥德普尔大街上，在兽笼前面，就见过这样的事。这玩意儿尝过许多哈西的同胞们的血。"

"可是他们为什么要用它扎象的脑袋呢？"

"为了教会他们遵守人的法律。人由于没有尖牙利爪，就造出这类东西来，而且有的东西比这更凶狠。"

"无论我走到什么地方，总是要流血，就连'人群'造出的东西也是这样，"莫格里厌恶地说。他对于沉重的象叉已经有点厌倦了，"我要是知道这些，决不会拿走它。起先，是米苏阿染在皮带上的血，现在又是哈西的血，我再也不用它了。瞧！"

象叉闪着光芒飞了出去，插进三十码外的树丛中间。"我的双手再也不沾死亡的边了。"莫格里在清新潮湿的泥土上擦了擦他的巴掌,说,"那个苏说死亡会跟随我。他老得变白了,他发疯了。"

"不管是白是黑,是死还是活,我可要睡觉了,小兄弟。我实在没法像有些人那样,打猎打了整晚上,接着又号叫一个白天。"

巴希拉去了两英里外的一个狩猎用的巢穴。莫格里为图省事,爬上了附近的一棵树,把三四根藤蔓捆在一起,转眼间就已经在一张离地五十英尺的吊床里晃悠了。莫格里虽说对于强烈的日光没什么绝对的反感,但他还是按照他的朋友们的习惯,尽可能不去利用白天。当莫格里在林中那些喜欢喧闹的兽族中间醒来时,已经暮色重重了,他一直在梦着他扔掉的那些好看的鹅卵石。

"我至少得再去看一眼那件东西。"他说,于是他攀着一根藤蔓爬到地面上;但是巴希拉比他更快。莫格里听见他在昏暗的光线里嗅来嗅去。

"那个有尖刺的东西在哪儿?"莫格里喊道。

"有个人拿走了它。这儿是他的足迹。"

"这下我们可以知道苏说的是不是实话了。假如那个有刺的东西意味着死亡,那个人就会死。

我们跟上他吧。"

"我们先去捕杀猎物吧,"巴希拉说,"空肚子的人眼力一定不济。反正人走起来很慢,丛林又够潮湿的,哪怕最轻微的痕迹也会留下来。"

他们尽快地捕杀了猎物,不过当他们吃完肉,饮过水,开始认真地跟踪足迹时,已经过去了将近三个小时。丛林的生物都知道,不管你急着去干什么,吃饭却不该匆忙。

"你认为那个有刺的东西会在那人的手里掉过头来把他杀死吗?"莫格里问道,"苏说它就是死亡。"

"我们找到他以后就会明白的,"巴希拉说。他正低着头在赶路。"这足迹是独脚(他的意思是说,只有一个人的足迹),这件东西的重量已经使他的脚后跟深深压进了地里。"

"嗨! 这是明摆着的,就跟夏天的闪电一样。"莫格里回答说。于是他们重新跟着两只赤裸的脚留下的印迹迅速地追踪着,他们在月光洒下的斑斑点点的黑影里绕出绕进,不时改变着方向。

"现在他飞快地跑了起来。"莫格里说,"脚趾张得非常开。"他们走过一段潮湿的地面,"为什么他在这里拐了弯?"

"等一会儿!"巴希拉说,他使劲往前一跃,跳得非常远。当你跟踪的痕迹变得不清楚的时候,首先就得朝前迈步,别让你自己乱七八糟的足迹留在地上。巴希拉落地以后,转过身来对莫格里喊道:"这儿有另一行足迹,是冲着他来的。这人脚板要小些,脚趾是朝里的。"

莫格里跑上去仔细察看。"这是一个冈德猎手的脚板,"他说,"瞧!他拖着弓在草地上走了过去。这就是为什么第一行足迹这么快地拐了个弯。大脚板在躲小脚板。"

"对,"巴希拉说,"我们最好别弄乱了痕迹,踩到了自己人的脚印上,我们还是每人跟踪一行脚印吧。我是大脚板,小兄弟,你是小脚板,那个冈德人。"

巴希拉跳回到原来的足迹那里,留下莫格里弯身考察森林里野蛮的矮人留下的奇特的狭小足迹。

"好啦,"巴希拉沿着一串脚印一步步地挪动着,"我,大脚板,在这儿拐了弯。现在我躲在一块岩石后头,死死地站住了,连脚也不敢挪动一下。把你的足迹说出来,小兄弟。"

"好,我,小脚板,已经来到岩石边了,"莫格里沿着痕迹跑了过来,"现在我在岩石下面坐了下来,倚在我的右手上,我的弓放在我的脚趾中间。我等了很久,因为我在这里留下了很深的脚印。"

"我也一样,"巴希拉躲在石头后边说,"我等待着,把那个有刺的东西的尖头靠在一块石头上。它滑了一下,因为石头上刮了一道痕迹。说说你的足迹吧,小兄弟。"

"这里有一根、两根小树枝和一根粗树干被折断了,"莫格里压低了嗓子说,"喂,那行足迹我该怎么说呢?噢,现在明白了。我,小脚板,离开了这里,发出声音,踩出脚步声,好让大脚板听见我。"他离开岩石一步一步在树丛中走着。他到了一条小小的瀑布旁边,他的声音从远方传来。"我 …… 走得 …… 远远的 …… 这儿 …… 哗哗的……流水声 …… 掩盖了我的 …… 声音;我就……在这儿……等着。说说你的足迹吧,巴希拉,大脚板!"

豹子正在四下察看大脚板的足迹是怎样从岩石后边伸展开去的。然后他开口说:"我跪着从岩石后边爬了出来,拖着那根带尖刺的东西。我看看四下没有人,就跑开了。我,大脚板,飞快地跑着,足迹很清楚。我们跟着自己追踪的那行足迹去吧。我跑啦!"

巴希拉沿着清晰的足印奔去,莫格里跟着那个冈德族人的足迹。丛林里寂静了片刻。

"你在哪儿,小脚板?"巴希拉喊道。莫格里的声音从右边不到五十码的地方回答了他。

"嗯!"豹子低沉地咳了一声说,"这两人是肩并肩地向前跑哩,他们越来越接近了。"

他们又跑了半英里路,中间一直保持着同样的距离,直到莫格里——他的头不像巴希拉那样低得俯到地上——喊了起来,"他们碰头了! 祝狩猎顺利——瞧! 小脚板在这儿站过,他的膝盖曾经靠在这块岩石上——嗨,大脚板就在那儿呢!"

在他们前面不到十码远,在一堆高低起伏的岩石堆上,躺着一个当地的村民。一支缀着小羽毛的冈德族长箭从他的后背一直刺到前胸。

"你瞧那个苏果真是老糊涂,是疯了吗,小兄弟?这儿至少已经死了一个。"

"我们继续跟下去吧。可是,那个喝过象血的东西,那根红眼睛的尖叉在哪儿?"

"也许是小脚板拿走了它。现在只剩下一个人的足迹了。"

一个个子瘦小,在肩上背着什么东西正在飞快地奔跑的人的足迹,沿着一块长着干草的低矮漫长的岩坡延伸下去。在追踪者锐利的目光下,每一步足迹都清晰得仿佛是用烙铁印下来似的。

他们谁也没有开口,直到足迹把他们引到山涧里一堆篝火的灰烬旁边。

"又是一个!"巴希拉收住了脚步,仿佛变成了石头,僵硬地说道。

一个瘦小干瘪的冈德人的尸体躺在那里,脚伸进火堆的灰烬里。巴希拉疑惑地看看莫格里。

"那是用一根竹棍儿干的,"男孩子看了一眼说,"我在'人群'里干活的时候,放牧水牛群时也使用过这样的东西,眼镜蛇的父亲——我很抱歉我取笑过他——很了解这个种族,我早该明白这一点。我不是说过吗?人们杀人完全是出于

341

无聊。”

“他们其实是为了那些红色和蓝色的石头而杀人的，”巴希拉回答道，“你要记住，我曾经在奥德普尔国王的兽笼里生活过。”

“一、二、三、四，四行足迹，”莫格里俯身看着灰烬说，“四个穿鞋的人的足迹。他们不像冈德人走得那样快。唉，那个小个子樵夫干了什么对不起他们的事呀？瞧，他们在杀死他以前，五个人都站了起来，在一块儿谈过话。巴希拉，我们回去吧。我觉得胃里很沉重，可是同时它又在上下晃悠，就像挂在树梢头的一个黄鹂窝一样。”

“丢下正在追逐的猎物，这种打猎习惯可不好。还是跟上去吧！”豹子说，“这八只穿鞋的脚走得不远。”

他们整整一个钟头没有说话，跟着那四个穿鞋的人的宽宽的足迹。

这时已经是炎热的大白天了。巴希拉说：“我嗅到了烟味。”

“人们总是更喜欢吃饭而不喜欢跑路。”莫格里回答道，这是一片长着低矮的灌木丛的丛林地带。他就在这片灌木丛中一会儿穿出，一会儿又穿进。巴希拉走在略为靠左边的地方,从他喉咙里发出了一种难以形容的声音。

"这儿有一个人,他再也不会吃东西了。"在一丛矮树下,仿佛有堆花里胡哨的衣服乱七八糟地堆在那里,四周有些面粉撒在地上。

"这又是用竹棍儿干的。"莫格里说,"瞧,那白颜色的粉末就是人们的食物。他们从这个人手里夺走了猎物——他本来替他们背着食物——又把他作为猎物送给了鸢鹰契尔。"

"这是第三个了。"巴希拉说。

"我要送些又肥又大的青蛙到眼镜蛇的父亲那里去,把他喂得胖胖的,"莫格里自言自语道,"那件喝象血的东西意味着死亡——可是我还是不懂!"

"跟踪上去吧!"巴希拉说。

他们还没有走出半英里,就听见乌鸦阿科在一棵柽柳顶上高唱着死亡之歌。树荫下躺着三个人。在他们中间,一堆即将熄灭的篝火在冒着烟,火上有个铁盘子,盘子里面有一块没有发过酵的饼,已经烤焦了。那只镶着红宝石和绿松石的象叉就躺在火堆旁边,在阳光下闪闪发光。

"这东西干起活来真快呀；他们都完蛋了。"巴希拉说，"这些人是怎么死的，莫格里？他们身上没有伤痕呀。"

生活在丛林的生物，是凭着经验辨别有毒的植物和果实的，他们跟许多医生知道的一样多。莫格里嗅了一下篝火上升起的烟气，掰开一小块发黑的饼，尝了一口，把它吐了出来。

"'死亡的苹果'，"他呛咳着说道，"刚才那个人一定是把它放进食物里给这几个人吃，这几个人一起先杀了那个冈德人，后来又杀了他。"

"打猎的成绩真不错呀！一个猎物紧接着另一个。"巴希拉说道。

丛林里的生物把刺苹果或者"达图拉"称做"死亡的苹果"，它是全印度药效最迅速的毒药。

"现在该怎么办？"豹子说，"我和你是不是也该为了争夺那儿的那只红眼睛杀人凶器而彼此残杀呢？"

"它会说话吗？"莫格里低声说，"我扔掉它是不是冒犯了它？它是没法引诱我们做坏事的，因为我们不想要那些人想要的东西。我们要是把它留在这儿，它一定会继续一个接一个地杀人，就像大风刮下树上的坚果一样。我并不喜欢人，可是我也不愿让他们一晚上就死掉六个。"

"那有什么关系？他们只是人。他们自相残杀，还觉得很满意，"巴希拉说，"那第一个矮小的樵夫很会打猎。"

"可是他们全都是些小崽子；小崽子们想去咬水里的月亮，结果自己就淹死了。这都是我的过错。"莫格里说。他那神情仿佛什么都懂了似的，"我以后再也不把新奇的东西带到丛林来了——哪怕它像花儿一样美。这玩意儿，"他小心翼翼地掂起象叉说，"得送回眼镜蛇的父亲那里去，但是我们首先要睡觉，而且我们不能在这些长眠不醒的人旁边睡觉。还有，我们得把它埋起来，不然它会跑掉，去杀死另外六个人。你给我在那棵树下面挖一个洞。"

"可是小兄弟，"巴希拉往树那边挪动着身子说，"我告诉你，这并不是那个喝血的东西的错儿。麻烦是出在那些人身上。"

"全都是一回事。"莫格里说，"挖一个深一点的洞。等我睡醒以后再把它挖出来送回去。"

两夜以后,白眼镜蛇正独自一人坐在黑暗的地窖里自怨自艾,他的宝物被抢走了,心里感到十分羞愧。突然那个镶着绿松石的象叉呼的一声穿过墙洞被扔了进来,砸在盛满金币的地上。

"眼镜蛇的父亲,"莫格里说(他小心翼翼地待在墙的那一边),"你去找一个年轻力壮的同族来帮你看守国王的宝藏吧,免得再有人活着离开这里。"

"啊哈!那么它回来了。我说过这东西就是死亡。你怎么还活着呢?"老眼镜蛇喃喃地说,亲热地用身体裹住了叉柄。

"我拿赎买我的那头公牛起誓,我也不知道为什么!那东西一晚上杀了六个人。再也别放它出去了。"

友好的小溪

　　浓浓的雾气笼罩着山谷,使得人们在田野里
只能看见一头母牛那么远的距离的东西。每一根
草,每一条树枝,每一片羊齿蕨的叶片和每一只蹄
印都浸满了水,空中充满了水沟和田间排水渠的
哗哗流水声,所有的水全都涌进了低处的小溪里。
一场十一月的雨整整下了一个星期,使浸透了水
的土地更加沟满渠溢,到处是水。此刻大地正以
汹涌的水声宣告着它的处境。

　　两个围着粗麻布罩裙的男人正打量着一条从
未修剪过的树篱。它沿着山坡蜿蜒而下,最后消
失在传出汹涌流水声的雾气中。他们朝后退了两
步,估量着这片没有人收拾过的篱墙,敲敲这边的

一段栎木篱笆,那边的一截满布苔藓的山毛榉树桩,来回晃了晃一株抽了芽的榉树,然后互相交换着目光。

"我估计它大概有两杆①那么宽,"小杰贝兹说,"而且从来没有修剪过,算起来足足有多少年了呢,杰西?"

"就算有二十五年了吧,杰贝兹,我看差不多就有这么久。"

"唔!"杰贝兹把湿漉漉的树剪在他更加湿漉漉的衣袖上擦了擦,"这可不是什么树篱,这简直是五花八门的树林子了。我们只好——"出于职业上的礼貌,他停住了。

"只好削平它的侧面,看看它是什么样的。不过,我们是不是应该——?"杰西说到这里也打住了,因为两人旗鼓相当,全都是行家。

"应该画出一条直线作标准。"杰贝兹从上到下地研究了一番,终于找出一处薄一些的地方,他利索地修剪了几下,就使得篱笆露出了本来面目。杰西接过剪下来的还滴着水的枝条,用手一把抓

---

① 杆,长度单位,合5.5码或16.5英尺。

住,用脚一踢,这些枝条便齐崭崭地堆在了溪岸旁,只等以后把它们捆扎起来了。

到了中午,一大片乱蓬蓬的树丛已经变成了能够圈住牲口的栅栏了。栅栏的有些地方,露出一丛丛受到保护的毛茸茸的冬青枝条,没有主家的命令,伐木工人是绝对不会去碰它们的。

"我们现在有了一块样板了!"杰西终于说道。

"别处不会全都像这一块那样容易修剪,"杰贝兹回答,"等我们靠近小溪的时候,还得给它打很多支柱和横撑。"

"噢,我们有的是木料!"杰西指着他们前方那片乱蓬蓬的,直插入山坡下面的雾气中的篱墙说道,"我估计,我们还没有修剪到小溪旁,就可以搞到一个半考得①的木柴,更不用说柴火捆了。"

"这条小溪的水比早上又上涨了不少,"杰贝兹说,"听上去它像是已经淹过了威肯登家的石条门槛儿了。"

---

① 考得,木材的层积单位,1 考得约合 3.6246 立方米。

杰西也在侧耳细听。小溪仿佛在咆哮，似乎它正在纠缠着什么坚硬的东西。

"不错，它已经漫过了威肯登家的石条门槛儿，"他回答道，"这会儿它就要漫过桤木堤岸了，然后它就能顺顺当当地流淌下去了。"

"要是那样的话，它可不会放过吉姆·威肯登的干草，"杰贝兹咕哝道，"我已经告诉了吉姆，他放在草地上的那个干草堆，地势太低了，他在给草堆打地基的时候，我就已经告诉他了。"

"我也告诉过他，"杰西说，"我比你说得还要早。州议会在那里铺柏油路面的时候，我就告诉他了。"他指了指山坡上面，那里不停地传来看不见的汽车和公路车辆驶过的隆隆声。"铺了柏油的公路，就像石板瓦屋顶一样，把每一滴水都倾泻到山谷里。这就跟过去不一样。在过去，水是按自然的法则被吸进去和渗出来的。现在，所有的水一下子都从柏油路面上流走了，于是，每一滴水便自然而然地流进了山谷。在这座山谷的两侧，都有十英里长的柏油路。所以，当他们去年铺柏油路的时候，我便这样告诉了吉姆·威肯登。可是，他是个生活在山谷里的人。他从来不到山上去走走。"

"你告诉他以后,他是怎么说的?"杰贝兹听了后,声调有点异常地问道。

"怎么啦?你告诉他以后,他又是怎么说的?"对方这样反问。

"我猜跟他对你说的是一样的,杰西。"

"那么你就不需要我再重复一遍了,杰贝兹。"

"唔,即便如此,他对我说那样的话又是什么意思呢?"杰贝兹坚持道。

"我不知道,除非你告诉我他对你说了些什么。"

杰贝兹离开了树篱——所有的树篱都是玩弄阴谋诡计和偷听别人说话的温床——来到田野正中的露天牲口小棚里。

"不用四下搜寻了,"杰西说,"这儿要是有人,我们早就看见他们了。"

"当我告诉吉姆·威肯登,他的干草堆离小溪太近,你知道他说了什么话?"杰贝兹放低了声音,"他的脑子那时是完全正常的。"

"就我所知,他的脑子从来没有出过毛病。"

杰西拉长了声调说,同时拔掉了茶水瓶的瓶塞。

"但是,接着杰姆说的是:'我决不把干草堆挪动一码,'他说,'小溪是我的好朋友,如果它愿意,'他说,'夺走我的干草,我是决不会拦住它的。'吉姆·威肯登就是这样对我说的,那是在今年——今年七月底。"杰贝兹说。

"他后来也没有把干草堆搬开,"杰西回答,"要是再下几场雨,小溪就会帮他把干草堆搬走的。"

"你用不着告诉我!可是我倒想知道,吉姆是什么意思?"

杰贝兹慢吞吞地把小刀打开;杰西也同样仔细地打开了他的摺刀。他们打开了用报纸包着的午餐,把捆住午餐的绳子卷成一卷收进口袋,然后在小棚的喂食槽边缘上坐了下来。透过雾气,雨点又落了下来,小溪的汹涌流淌声更响了。

"可是我还一直以为玛丽是他亲生的孩子呢。"杰西讲了一阵话以后,杰贝兹说道。

"不是……吉姆·威肯登的女人从来没有生养过。她是脚上穿着长袜,从刘易斯那个地方嫁过来的,她既不会做饭,也不会缝补,直到她死。他只好每天清早起来生火做早餐,逢到星期天,就连早餐也省了做了,因为她干脆躺在床上不起来了。后来,大概在十六七年前,她就病死了。可是,她从来没有生过小孩子。"

"他们是住在山谷里的人,"杰贝兹抱着歉意说,"所以我从不到他们家里去,可是我一直以为玛丽——"

"不,玛丽是从伦敦的一家孤儿院抱养来的。吉姆死了女人以后,就把住在皮斯马斯他姐姐家的母亲接了回来,他的母亲从他结婚起就搬到他姐姐家里去住了。自从他的老婆死了以后,他的母亲就一直在替他管家。大伙都说,是他母亲劝他收养玛丽的——好让家里有个孩子,也免得他再去娶另一个女人。他在许多事上都很听他母亲的话。于是,他们一商量,就从伦敦的一家孤儿院申请认养了一个孩子——就像我们这里有些人家代养的孤儿一样——我听说,玛丽是被放进一只篮子托运来的。"

"那么玛丽一定是个私生女了。我倒没有听说过,"杰贝兹说,"不过我也许听人提起过……"

　　"不,她不是私生女。如果她是私生女,对某些人来说,那倒会是件好事呢。她是用一只篮子送来的,附带了所有必需的文件——她是伦敦某个地方一对夫妇的合法婴儿——母亲死了,父亲是个酒鬼。而且那家伦敦的孤儿院每个星期还为她而付给他们五先令。吉姆的母亲不会拒绝每个周末拿到一笔钱的,但是我从没听人说吉姆是个贪财的家伙。不管怎么说,这两人就高高兴兴地抚养起了这个玛丽,到后来他们简直像是忘记了她并不是他们的亲骨肉。是的,我想他们确实忘记了玛丽不是他们亲生的。"

　　"那并不是什么新鲜事儿,"杰贝兹说,"在我们这个教区里很有几个领养孩子的人,后来不肯把孩子送回去了。你去问问马克·科普利和他的老婆,还有他们收养的那个瘸腿娃娃。"

　　"也许他们需要那五先令呢。"杰西提醒道。

　　"那笔钱的确有用,"杰贝兹说,"但是孩子更叫人心疼。他会叫'爸爸'、叫'妈妈',他那个大脑袋耷拉着围在铁颈箍里。他是活不长的——听说他的背脊骨已经腐烂了。但是科普利家的人还真的疼爱他——不管有没有五先令。"

"吉姆和他母亲也一样，"杰西继续说道，"据说过了几年以后，他们就再也没有收到那每周末为玛丽付给的五先令了；不过，虽然她连掉进污泥的一个铜板也不放过，吉姆却不愿意去找孤儿院提这件事。所以他们再也没有收到过钱。对于吉姆来说，每周末寄来的钱没什么了不起——尤其是当他的伯父在遗嘱里留给了他四幢在伊斯特伯恩乡下的房子和银行里的一笔存款以后。"

"那么，这笔遗产也是真的啰？我是通过拐弯抹角的方式听到一点的。"杰贝兹说。

"我敢保证房子的事是真的，因为吉姆让我在有关房产的文件底下签上了我的名字。至于银行里的存款，他当然不愿意让这件事在教区里到处传开去，所以他找了些陌生人做证人。"

"那么玛丽会有一笔嫁妆了？"

"她确实也需要嫁妆。造物主并没有赋予她多少姿色或是聪明才智。"

"那也关系不大，"杰贝兹使劲摇着头，水珠从他的帽檐上像下暴雨似的飞溅开去，"只要玛丽有钱，她就能比别的模样儿长得好的穷姑娘先嫁出去。她应该感谢吉姆。"

"在她身上可看不出感谢的意思，"杰西说，"有时候我真觉得玛丽生来就不懂关心体贴别人。每到星期一，她除非迫不得已，否则绝不会扎上一条围裙——不管是在厨房里还是在家禽棚屋里。她正在上学，准备做小学教师。我看到了那时候，她更会神气活现了！我从来没有看见她对谁表示过关心——哪怕在吉姆的母亲成了哑巴的时候。不！她不是患了中风症。这位老太太只是喉咙被堵塞住了。一开始她只是说话说不清楚；后来就只能发出咯咯的声音，最后她只能咽下一勺肉粥，什么话也说不出来了。吉姆送她去瞧哈丁医生，哈丁医生又给她开了张证明，把她送进了布赖顿医院，可是他们那儿也治不了她的病。后来她就被送到伦敦，他们在她身体内部点亮了老大一盏灯，可是，吉姆告诉我，他们在那里也找不到毛病。就这么折腾了一通，又是化验又是检查，结果她回来以后，情形比一开始还要糟得多。吉姆说他再也不让她住医院了。于是他给她在腰带上系了一块写字用的石板，她想说什么的时候，就把话写在石板上。"

"嘿，这我可真不知道了！ 不过，他们是住在山谷里的人。"杰贝兹重复道。

"她一向就不是一个爱多嘴的女人,所以这件事也并不特别引人注意。玛丽一个人的话就抵上他们所有三个人了……唔,后来,就在两年前的夏天,发生了我要告诉你的事。玛丽的那个伦敦父亲,本来他们都把他忘得干干净净的了,可是他突然从伦敦跑来了,而且有法律做靠山,说他要把他的女儿带回伦敦去。那年夏天我正在庞兹农庄给默斯·多克特干活,不过那天傍晚,我正在帮吉姆的忙,替他清扫猪圈。我看见一个陌生人走在威肯登家门槛石旁边的小桥上。他走的不是郡议会新建的那座有栏杆的桥。他们那时还没有决定建造一座公众使用的桥。它只不过是吉姆为了自己方便而搭在小溪上的几块窄窄的旧木板。那个男人并没有醉,只不过有了几分酒意——他在来的路上摔了几跤,所以背后糊满了污泥。他从正在喂鸭子的吉姆母亲身边走过,上了台阶,进了屋子,在桌子旁边坐了下来——吉姆正在换袜子——这人把他对玛丽的权利和他的打算全告诉了吉姆。这下子当然就引起了一场争吵。吉姆起初想把他扔出门外,可是他年轻时这样干过一次,结果那人摔破了头,害得他在刘易斯坐了六个月的监牢。所以他咽下一口唾沫,让那个人说下去。那个人对玛丽的权利确实从头到尾是有法律根据的,他把所有的文件都给我们看了。接着,玛丽下楼来了——她正在准备考试——这人告诉她自己是谁以后,她就说,当他的亲骨肉还在身边的时候,他本来应该好好地照顾她的,他休想等自己高兴的时候再来要回她。他又说了几句话,但是她把他从上到下、从前到后打量了一番,就用她那副伶牙俐齿,冲着他好一阵冷嘲热讽,把他骂出了门。他只好把所有的证明文件塞进帽子,嘴里不干不净地骂着离开了。她回过头来,又对吉姆和他的母亲发了一通脾气,因为他们没有把她的出身早点告诉她。看来,她对自己的出身一无所知。他们什么也没有对她讲。他们从来也没有说起过。要是我的话,我就会马上把她嫁给任何一个愿意娶她的男人——愿上帝可怜那个男人!"

"唔!"杰贝兹吸了一口烟斗,说道。

"于是,事情就这样开始了。过了约摸一个星期,那个男人又来了,这次他只见到吉姆一个人,他的母亲不在场。他拿出他的证明文件,七说

野兽的烙印

八说,把吉姆说昏了头——因为他确实有法律依据——结果吉姆从钱包里掏出了十先令来封他的嘴——这是吉姆告诉我的——好让他回去,把玛丽留给他们。"

"可是,用那种办法是打发不了男人或者女人的。"杰贝兹说。

"的确如此。我也对吉姆这样说。'可是我有什么办法呢?'吉姆说,'那个人有法律依据。我白天走来走去,考虑这件事,直考虑得我汗流浃背,内衣全湿透了,晚上我躺在床上也一直在想这件事,汗水湿透了我的床单。我现在年岁也不小了,'他说,'同时,我也不算是个穷人。也许他会喝酒喝醉了死掉。'我当时差点儿直截了当地告诉他别犯傻了,但是他自己也知道——他自己也知道——因为,他说下次那个男人再来就得用十五先令才能打发了。果然那人下次又来了。果然是十五先令!"

"那个男人是她的父亲吗?"杰贝兹问道。

"他有证据,有文件。玛丽写过信给孤儿院,因为这件事而责骂过他们,吉姆给我看了伦敦孤儿院的回信。我想她在信里对他们一定不太礼貌,所以他们的回信也很冷淡。他们说,这件事已经不归他们管了,但是——让我想一想——噢,是的——他们很遗憾其中出现了差错。我猜他们把玛丽放在篮子里托运来的时候,认为她是个孤儿,而不知道她有父亲。实在太尴尬了。后来,那个男人喝酒喝光了那笔钱,就又来了——带着他那些文件——他翻来覆去地说那是他对他那可怜的死去的妻子应尽的责任,而他在伦敦又会如何如何地照顾他亲爱的女儿,等等。说到伤心之处,眼泪便从他两个肮脏的脸颊上流淌下来,这样,他就能拿走一笔更多的钱。吉姆总是在门背后把钱交给他;但是他的母亲听见了钱币的叮当声。她是不赞成用钱来贿赂他的,于是她就把所有的不满都写在了石板上。吉姆也就不得不花上半个夜晚的时间回答她,告诉她这个男人拥有法律依据。"

"那么,那个男人有没有手艺,或是做什么生意?"

"他告诉我,他是个排字工人。不过我猜想他和伦敦的这类人一样,是靠救济金过日子的。"

"玛丽对这有什么看法?"

"她说她宁可去当用人,也不跟他去。我想

不论哪个女主人,碰见玛丽这样的女仆都会手足无措的。她正在学习,好当小学教师。她当上了教师以后肯定会神气十足!……唔,那年秋天,事情就是这样的。玛丽的伦敦父亲接二连三地到这里来,他只要喝酒喝完了吉姆给他的钱,就会再来;每一次他都为了不带走玛丽而提高要价。吉姆的母亲根本就不情愿掏钱,再加上她只能在石板上写出她的不满,而不能亲口发泄她的愤怒,所以简直气得快疯狂了。她差不多就像疯狂了一样。

"到了十一月,我当时正寄住在吉姆的鸡舍旁边的那间外屋里。我是付给她租金的。我那时正在给庞兹农庄的多克特干活——到佩里·肖农庄去搬运栗木棍儿。那时的天气跟这会儿一样——在潮湿的十月之后,又下了一场接一场的雨。我记得后来雨停了,干燥的霜冻天气一直持续到圣诞节。多克特打发人到佩里·肖农庄来找我——不,是他自个儿气喘吁吁地跑来找我——因为在'十七英亩地'下面,小溪拐弯的地方,拐角上一大片堤岸坍塌进了小溪里,那些他买下农庄的时候就该砍光的桤木残根断桩,也都跟着堤岸的滑坡而滑下小溪，溪水咆哮着流过这些乱糟糟的障碍，一下子就漫过了他的越冬小麦地。溪水已经淹没了那些低地。'老天啊，杰西！'他冲着我大喊道，'快想法搬开那些乱七八糟的东西。别停下来捞柴火了，想办法疏通溪水，要不我的小麦就全完了。我没法给你帮忙，'他说，'不过你好好干，我会付钱给你的。'"

"这下他只好听你的了。"杰贝兹咯咯地笑了。

"是的。我想我该跟他讨价还价的，不过，小溪正淹没着上好的粮食。所以我就跳进水里收拾起那堆倒下的乱七八糟的残枝烂桩来——那天的天气跟今天一个样——而溪水也一直不断地在慢慢地朝我站的地方淹过来。快到中午的时候，吉姆肩上扛着他那修树枝的斧头，踩着烂泥呱唧呱唧地走来了。

"'你想不想要个帮手？'他说。

"'你愿意帮忙吗？'我说，于是——二话不说——吉姆就站在我身边干了起来。他抡起修枝斧来可一点也不含糊。"

"是吗？不过我见过他伐木头，那样儿可不

太行，"杰贝兹说，"他的臂力不够，眼光也不准——这是我的看法——我是说在他砍伐长成材的大树的时候。他根本拿不定主意让木头往哪个方向倒。"

"我们不是在伐木。我们是在砍断桤木的嫩枝，把它们捞上岸，好让它们不至于堵住溪水，淹没了麦田。吉姆没怎么说话，只说头天晚上他收到了玛丽的伦敦父亲的一张明信片，说他那天上午要来。吉姆头天晚上翻来覆去出了一身汗，他觉得自己受不了那人滔滔不绝的话语，受不了那人的指天发誓和哭哭啼啼，也受不了他的母亲事后在石板上对他的责骂。'我一想起它，这天的心情就坏透了，'他在和我一起吃各人带来的面包时说道，'所以我索性甩手不管，一走了之。母亲只好独自去对付他了。我敢打赌，她不会给他封嘴钱的，他说，'我敢打赌，等到他跟她打完了交道以后，他会大吃一惊的。'他说。我们在一块的时候，他就对我讲了这些话。不过他抢起修枝斧来可一点也不含糊。

"小溪一直在静悄悄地漫过来，它不停地往上涨，直到后来，当我们又砍、又捅、又拽地对付着那堆烂树桩和枝条的时候,溪水已经没过了我们的膝盖。这时候,从上面流淌下来一堆不小的废物——牲口围栏的木杆、支撑啤酒花藤的支柱、杂七杂八的木棒,全都纠缠在一起了。等到我们把那些滑坡的残树烂桩捞完的时候,这堆废木头已经在小溪拐弯的地方堆积起了相当大的一片。到了四点钟,我们觉得自己已经干完了一整天的活儿,到此为止,溪水不会再漫出来了。我们不想摸着黑蹚水,没来由地让自己湿透。吉姆这时候正在把靴子里的水往外倒——不,是我正在倒靴子里的水。吉姆正蹲着脱靴子。'见鬼,杰西,'他站了起来,说道,'水一定淹过了我家的门槛,瞧那儿淌过来的是我家那个白漆顶盖的旧蜂箱!'"

"对,我常听人说,他喜欢给他的蜂箱涂上油漆,"杰贝兹插嘴说道,"我看油漆还没把蜂房弄干燥,反倒把蜜蜂吓坏了。"

"'让我拿棍儿捅它一下。'他说。于是,当这玩意儿从小溪拐弯的地方流过来的时候,他就捅了它一下。湍急的溪水差点把他手里的棍子带走了,他大声叫我,我就光着脚跑了过去。我们两人一块儿拽着棍儿,于是那个玩意儿就在水里竖了起来,我们大致可以猜到它是什么东西了。后来我们把它拽进水浅的地方,它滚了过来,一只老大的僵硬手臂差点砸在我的脸上。这时候,我们心里都有数了。'那是个男人,'吉姆说。可是那张脸一点也看不清楚。'我猜那是玛丽的伦敦父亲,'他立刻说道,'给我根火柴,让我看清楚。'他是从不抽烟的。我们一根接一根地点着了三根火柴,在雨里这可不太容易。他又抓了一把草擦掉了一些烂泥。'对,'他说,'是玛丽的伦敦父亲。他再也不会来吓唬我们了。你用得着他吗,杰西?'

"'不,'我说,'假如这是在伊斯特伯恩海滩上,把他交给验尸官,我们一人还能得到半克朗酬金;可是在这里,我们只会赔上一天的时间去参加验尸。我想他准是掉到溪里去了。'

"'我想他是的,'吉姆说,'不知道他是不是已经见到了母亲。'他把他翻了过来,解开他的上衣,把手伸进他的背心口袋,然后他就大笑起来。'他见过母亲了,一点不错,'他说,'而且他还占了她的上风。今后她再也没法因为我给了他钱而对我唠叨了。我从来没有给过他一金镑以上的钱。她却给了他两个金镑!'他不停地笑着,把钱揣进了裤子口袋里。'现在我们可以把他捅回溪里去,我已经处理完他了。'他说。

　　"于是我们把他捅进小溪中间,看着他毫不停顿地流过拐弯的地方,后来我们又跟着他走了很长一段路,好让他顺水流淌下去。当我们再也看不见他以后,我们便走大路回了家,因为我们知道溪水已经漫过了草地,我们可不愿意在黑暗里——而且在倾盆大雨里——去寻找吉姆那座又破又烂的小桥。我们到家的时候,见到了灯光和饭菜,我心里真高兴。吉姆使劲邀请我上他家去喝一盅。平常他是不喝酒的,但是那天晚上,他的一切烦恼都烟消云散了,你懂吗?'母亲,'他一开门就说,'您见到他了吗?'她抽出石板,写下了'不。''噢,不,'吉姆说,'您别想这么容易地溜掉,母亲。我猜您见到了他,我猜他打败了您,不管您怎么说,就像他打败了我一样。还是向我坦白一切吧,母亲。'他说,'他也降服了您。'她想再拿起石板,但是他制止了她。'没关系了,母亲,'他说道,'自从您见到他以后,我也见到了他,他再也不会麻烦我们了。'老太太像只知更鸟一般,

灵活地抬起头来,她写道:'他这样说了吗?'
'不,'吉姆笑着说道,'他没有这样说。所以我才
知道。但是他打败了您,母亲。以后您可再也不
能说我心肠软了。您的心肠比我要软一倍。
瞧!'他说道,并且拿出两个金镑给她看。'把它
们放回原来的地方去吧,'他说,'他再也不会来
了。现在,我们可以喝酒了,'他说,'我们有理由
喝上一杯。'

"他们当然不会让我看见他们放钱的地方。
她拿着钱上了楼——去取威士忌。"

"我不知道吉姆还喝酒——在他自己家里。"
杰贝兹说。

"他从不在家里喝酒;不过如果他喝的话,他
就一定喝好酒。他不会喝小酒馆里泔水似的劣
酒。他为那瓶威士忌付了四先令。我是怎么知道
的呢?当老太太把那瓶酒拿下楼来的时候,瓶子
里只剩下了几滴酒和一点酒渣。我敢说,用这来
招待邻居是太没礼貌了。

"'嗨,上星期这瓶里还剩半瓶酒呢,母亲,'
他说。'您想说,'他说道,'您还让他喝了那么多
酒吗,母亲?那是两先令的酒呀,'他说。——所

以我才知道他为那瓶酒付了四先令——'嗨,嗨,母亲,你的心肠软得没法在这世上活下去了。不过,我倒不吝惜他喝的那些酒,'他说,'也不吝惜他拿去的东西。'于是,我们就把酒瓶里剩下的那点酒喝完了。"

"那么,玛丽的伦敦父亲后来怎么样了?"杰贝兹沉默了整整一分钟以后问道。

"我已经累得没法去读晚报了。但是多克特告诉我,就在那个星期,他们对一名在罗伯兹桥下发现的男尸进行了验尸调查,这名男尸是从上面流下来的,也不知道他漂过了多少座桥和多少条河滩,没人知道他是谁。"

"那么玛丽对这一切又是怎么看的呢?"

"在她的伦敦父亲要来的时候,老太太事先打发她到村里去采买周末的食品了——而她把要买的东西又忘掉了一半——当我们到家的时候,她正在楼上学习小学教师的课程。谁也没把这件事告诉她。这不是女孩子应该知道的事。"

"你想她是不是有点儿知道呢?"杰贝兹继续说道。

"她吗? 当她看见她给的那笔钱又回来了,

也就差不多猜到了一大半。不过就我所知道的，她从来没有在石板上提起这件事。那天晚上她更加操心的是她养的鸡淹死了两三只，因为溪水涨起来，把他们家的旧鸡棚的柱子冲得七歪八倒。第二天，溪水落了下去，我就把它修补了一下。"

"那座小桥呢？冲到下游去了吗？"

"小桥倒还在原来的地方。它只是稍稍被冲坏了一点儿。小溪把其中一头的木板底下的堤岸冲垮了一些，所以，走在上面的人如果不小心，桥板就会斜着翘起来。不过，我在木板下面垫上了三四块砖头，就把它修好了。"

"唔，我不知道应该怎样看待这件事，不过无论如何，"杰贝兹说，"他不该从伦敦跑来吓唬人，威胁说要把孩子带走，说那是他们的合法子女——哪怕他要带走的是玛丽·威肯登。"

"他倒是有权利这么做，法律也是支持他的——这是无法回避的事实，"杰西说道，"但是，他又确实喝了不少酒，看来他吃亏就吃在这上头。"

"对呀，对呀！不论怎么说，小溪是吉姆的好朋友。我现在明白了。我一直在纳闷，他到底是什么意思：当我跟他说起把草堆挪开的时候，'你不知道，'他说，'小溪一向是我的好朋友，'他说，'她要是想冲掉我的干草，我是不会去阻止她的。'"

"我猜这会儿她已经把干草冲走了，"杰西咯咯笑了起来，"听啊！那可不像是堤岸被冲塌的声音。"

小溪的声调又改变了。听起来她似乎是在轻柔地咕噜着什么话。

吉卜林生平简历

一八六五年　十二月三十日生于印度孟买。

一八八一年　自费出版诗集《学童的抒情诗》。

一八八二年　中学毕业后离开英国回到印度。

一八八四年　发表他的第一篇短篇小说《百愁门》。

一八八八年　第一部短篇小说集《山里的故事》
　　　　　　出版，受到热烈欢迎。

一八九一年　出版他的第一部长篇小说《消失的
　　　　　　光芒》。

一八九二年　与美国女子卡罗琳·贝利斯蒂尔结
　　　　　　婚，定居美国佛蒙特。

一八九六年　出版诗集《七海》。

一八九七年　英国维多利亚女王登基六十周年，
　　　　　　吉卜林写出名诗《礼拜终场赞美
　　　　　　诗》。

一九〇一年　出版长篇小说《吉姆》。

一九〇七年　　获诺贝尔文学奖,成为英国第一位获此殊荣的作家;同年他还获得英国达勒大学、牛津大学和剑桥大学的荣誉博士称号。

一九二三年　　撰写作品《大战中的爱尔兰卫队》,纪念他在第一次世界大战中死去的儿子。

一九三六年　　一月,在去看望小女儿、女婿时突然发病,医治无效,于一月十八日凌晨逝世。他的骨灰被隆重地安放在威斯敏斯特教堂的诗人角里,与英国的伟大作家狄更斯和哈代等相伴。

主要作品表

《山里的故事》

《消失的光芒》

《丛林故事》

《丛林故事续篇》

《勇敢的船长》

《斯托凯公司》

《吉姆》

《供儿童阅读的平常故事》

《交通与发明》

《作用与反作用》

《普克山的帕克》

《奖赏和仙女》

《各种各样的人》

《借方和贷方》

《限期和展期》

《日常的工作》

《从海到海》

《关于我自己》

Hummingbird
CLASSICS
蜂鸟文丛

《蜂鸟文丛》

第一辑（按作者生年排序）

苹果树	〔英〕约翰·高尔斯华绥
一个陌生女人的来信	〔奥地利〕斯蒂芬·茨威格
奥兰多	〔英〕弗吉尼亚·吴尔夫
熊	〔美〕威廉·福克纳
乞力马扎罗山上的雪	〔美〕欧内斯特·海明威
文字生涯	〔法〕让－保尔·萨特
局外人	〔法〕阿尔贝·加缪
我的包着红头巾的小白杨	〔吉尔吉斯斯坦〕钦吉斯·艾特玛托夫
饲养	〔日〕大江健三郎
夜半撞车	〔法〕帕特里克·莫迪亚诺

第二辑（按作者生年排序）

野兽的烙印	〔英〕约瑟夫·鲁德亚德·吉卜林
地粮	〔法〕安德烈·纪德
米佳的爱情	〔俄〕伊万·布宁
都柏林人	〔爱尔兰〕詹姆斯·乔伊斯
乡村医生	〔奥地利〕弗兰茨·卡夫卡
蜜月	〔英〕凯瑟琳·曼斯菲尔德
印象与风景	〔西班牙〕费德里科·加西亚·洛尔迦
被束缚的人	〔奥地利〕伊尔泽·艾兴格尔
孩子，你别哭	〔肯尼亚〕恩古吉·瓦·提安哥
他和他的人	〔南非〕J.M. 库切